KOPF
KICK

KOPF-KINO
IST COOLES KINO

Markus Stromiedel

DER TORWÄCHTER

Kick Verlag · Bonn

2. Auflage

Einbandillustration: Helge Vogt
Satz: Dörlemann Satz, Lemförde
Druck: PRINT GROUP Sp. z o.o
Printed 2016
ISBN 978-3-946312-10-9

www.kopf-kick.de
www.markus-stromiedel.de

Prolog

Den Kopf auf seine Hände gestützt, saß Simon am Lagerfeuer und starrte in die Flammen. Er konnte nicht schlafen, der Tag war aufregend gewesen und in seinem Kopf kreisten die Gedanken. Hatte er wirklich erst vor zwei Nächten das Haus seiner Eltern verlassen? Waren sie wirklich erst zwei Tage lang unterwegs, auf Wegen, von denen er nicht geahnt hatte, dass es sie gab?

Es raschelte neben ihm, dann war ein leises Fauchen zu hören. Ashakida lag bei ihm am Feuer, sie schlief unruhig, den Kopf auf ihren Pfoten. Ihre Hinterläufe zuckten, offenbar träumte sie. Simon streckte seine Hand aus und strich ihr sanft über das silbern schimmernde Fell. Die Leopardin seufzte und rollte sich ein. Ruhig schlief sie weiter.

Eine Wolke schob sich vor den Mond, und die Finsternis kroch zurück in die Straßenschlucht, in der sie ihr Lager aufgeschlagen hatten. Mit blinden Augen starrten die Häuser der verlassenen Stadt zu ihnen herab. Ein Windstoß fuhr durch die Ruinen und wirbelte Sand auf, trieb ihn als Schattenwolke durch die Dunkelheit. Leise prasselten die feinen Körner gegen das Gerippe eines ausgebrannten Lastwagens.

Simon zog sich die Kapuze seines Pullovers über den Kopf,

dann nahm er ein Holzstück und warf es in das Feuer. Funken stoben, die Flammen flackerten auf. Vor einer Woche, dachte Simon, hatte er um diese Zeit in seinem Bett gelegen und geschlafen, in seinem Zimmer in dem alten Haus, in dem er mit seinen Eltern und seinem Bruder gelebt hatte. Er war ein ganz normaler dreizehnjähriger Junge gewesen, der morgens zur Schule und am Nachmittag wieder nach Hause ging, der Hausaufgaben machte und spielte, der sich mit seinem Bruder stritt und wieder versöhnte.

Warum hatte ihm nie jemand etwas gesagt? Warum hatte ihn niemand darauf vorbereitet, was geschehen würde?

Nachdenklich betrachtete Simon den silbernen Ring an seinem kleinen Finger. Der gelbe Stein in der Fassung sah stumpf und unscheinbar aus. Obwohl er den Ring häufig gesehen hatte, am Finger seines Großvaters und später an dem seines Vaters, war er ihm nie wirklich aufgefallen. Simon dachte an den Augenblick zurück, als ihm der Vater den Ring gegeben hatte. Er hatte aufmunternd gelächelt und Simons Hand fest um den Ring geschlossen. Dann hatten sie ihn fortgebracht. Es war das letzte Mal gewesen, dass er seinen Vater gesehen hatte.

Simon schluckte und er spürte Tränen in seinen Augenwinkeln. Trotzig wischte er sie weg. Er würde stark sein! Denn sie hatten eine Chance, den Kampf zu gewinnen! Das hatte Ashakida gesagt und er glaubte ihr. Denn alles, was er bisher von ihr erfahren hatte, war richtig gewesen, so seltsam und unglaublich es auch geklungen hatte.

Simon wickelte sich in die wärmende Folie und legte sich neben das Feuer. Ashakida rekelte sich im Schlaf und streckte ihre Pfoten von sich. Vorsichtig, um sie nicht zu wecken, rückte er an sie heran, bis er ihr Fell an seinem Körper spürte. Es war gut, nicht alleine zu sein.

Und während er versuchte einzuschlafen, dachte er zurück an jene Nacht, in der alles begonnen hatte …

I

In der Nacht, in der alles begann, lag Simon in seinem Bett und schlief. Es war warm, das Fenster des Zimmers, das er mit seinem Bruder teilte, war weit geöffnet. Der Duft der Nacht drang herein, und die Bäume rauschten leise, ein beruhigendes Flüstern, das ihn umhüllte.

Plötzlich schreckte Simon hoch. Sein Herz klopfte heftig. Hatte er gerade eben seinen Namen gehört? Er setzte sich auf und lauschte in die Dunkelheit. Im Haus war es still, seine Eltern schliefen. Auch im Bett auf der anderen Seite des Zimmers, in dem sein älterer Bruder lag, regte sich nichts.

Simon stand auf und trat ans Fenster. Der Mond stand hoch am Himmel und tauchte den Garten in kühles blaues Licht. Sanft strich der Nachtwind durch die Kronen der Olivenbäume. Ein Käuzchen rief, irgendwo schrie eine Katze, dann war es wieder still, bis auf das leise Rauschen des Meeres, das weit entfernt gegen die Küste brandete.

Langsam beruhigte sich Simons Herzschlag wieder. Ich muss geträumt haben, sagte er sich. Aber für einen Augenblick war er sich sicher gewesen, dass er die Stimme gehört hatte. Nur, wer sollte mitten in der Nacht, wenn alle schliefen, seinen Namen rufen?

Er wollte gerade zurück in sein Bett gehen, als er aus den Augenwinkeln unten im Garten eine Bewegung wahrnahm. Simon fuhr herum. Gespannt blickte er hinaus in die Dunkelheit. Nichts rührte sich, bis auf die Blätter der Bäume, die im Wind zitterten. Doch dann sah er es: Ein Schatten glitt durch das Gebüsch neben der alten Scheune, leise und ohne Eile. Der Schatten wurde langsamer, blieb stehen und verschmolz mit der Finsternis.

Simon beugte sich vor und starrte in die Nacht.

Auf einmal blitzte etwas auf: Zwei Augen sahen zu ihm hinauf, nur einen kurzen Moment lang, dann waren sie wieder verschwunden. Erschrocken wich Simon zurück. Was war das da draußen? Die Augen hatten geleuchtet, als ob in ihnen ein Licht brennen würde! Vorsichtig, den Atem angehalten, trat er wieder an das Fenster und sah hinaus.

Der Schatten war fort, auch die Augen waren nirgendwo zu sehen. Nur eine einsame Fledermaus flatterte um die alte Scheune.

Ein Seufzen ließ Simon zusammenfahren. Sein Bruder bewegte sich im Schlaf, er schmatze leise, sein Bett knarrte, wenig später tönte ein Schnarchen durch den Raum. Kurz überlegte Simon, den Bruder zu wecken und ihm alles zu erzählen, doch dann ließ er es lieber: Tim würde ihm nicht glauben. Er würde ihn stattdessen auslachen, so wie er es immer tat, und ihn danach tagelang verspotten.

Nach einem letzten Blick aus dem Fenster lief Simon zurück zu seinem Bett. Eilig kletterte er hinein. Vielleicht träume ich das alles tatsächlich nur, sagte er sich, während er die Decke über sich zog. Erst jetzt, in der Wärme seines Bettes, merkte Simon, dass er fror. Ob man im Traum auch frieren konnte? Simon wusste es nicht. Müdigkeit ergriff ihn. Er zog das Kopfkissen zu sich heran und kuschelte sich in seine Bettdecke. Sekunden später war er eingeschlafen.

2

Die Sonne schien ins Zimmer, als Simon am nächsten Morgen erwachte. Aus der Küche war das Klappern von Geschirr zu hören, dazu die Stimmen seiner Eltern, sie unterhielten sich leise. Das Bett seines Bruders war leer. Simon erschrak, weil er dachte, er hätte verschlafen, doch dann erinnerte er sich daran, wo er war und dass er nicht in die Schule musste: Hier hatten die Ferien gerade erst begonnen. Ein wenig traurig sog er die Luft ein, die durch das Fenster hereinkam und die so anders roch als zu Hause: Der Oleander blühte vor dem Haus, der Morgen war gesättigt von seinem Duft.

Simon kletterte aus dem Bett und ging zum Fenster. Die Oleanderblüten hatten sich geöffnet, die Büsche neben dem Gartentor waren voller roter Sterne. Bienen umschwirrten die Blütenkelche und unter den Zweigen hüpfte ein Rotkehlchen umher.

Im Licht der Sonne sah der Garten freundlich aus, ganz anders als in der Nacht zuvor. Auch die alte Scheune, die im Mondlicht unheimlich gewesen war, wirkte nun lauschig und einladend. Jetzt, am Tag, kamen ihm seine Erlebnisse der Nacht unwirklich vor.

Simon ging ins Bad und spritzte sich über dem Waschbecken

ein paar Hände voll Wasser ins Gesicht. Prustend richtete er sich auf. Während er sich abtrocknete, betrachtete er sich im Spiegel. Sein Oberkörper war blass, nur die Arme, der Hals und das Gesicht waren von der Sonne gebräunt. Simon mochte es nicht, draußen vor den Augen anderer sein T-Shirt auszuziehen, sein Körper kam ihm in letzter Zeit viel zu schmal und zu dünn vor. Die meisten Jungs an seiner Schule hatten älter als er ausgesehen, und irgendwie waren sie auch cooler gewesen, zumindest emfand er das so. Nur seine beiden besten Freunde waren anders, mit ihnen hatte er über alles geredet. Sogar über seine Träume, und von denen erzählte er sonst niemandem etwas.

Seine Mutter sah ihn ernst an, als er hinab in die Küche kam. »Guten Morgen.« Sie strich ihm über die blond gelockten Haare und schob ihn zu seinem Platz am Küchentisch, auf dem schon ein geschmiertes Brot und ein Becher mit Milch auf ihn warteten. Simon erwiderte den Gruß, griff nach dem Brot und biss hinein. Erst jetzt bemerkte er, dass auch sein Vater in der Küche war, er stand an den Schrank gelehnt und beobachtete ihn. Er wirkte ernst, so wie seine Mutter.

Simon durchlief es siedend heiß. Sie wussten es! Sie wussten, dass er in der Scheune gewesen war, obwohl der Vater es ihm streng verboten hatte. Seit sie hier vor zwei Wochen angekommen und in das Haus des Großvaters eingezogen waren, hatte ihn die Scheune magisch angezogen. Das alte Gemäuer mit seinen staubblinden Fenstern stand im Garten hinter dem Haus, mit fest verschlossenen Türen, dafür hatte sein Vater gesorgt. Doch das Verbot hatte Simons Neugier nur noch weiter angestachelt, und immer wieder hatte er darüber nachgedacht, was sich wohl im Inneren der Scheune verbarg.

Die Stimme seines Vaters riss ihn aus seinen Gedanken.

»Alles klar bei dir?«

Erstaunt blickte Simon seinen Vater an: Das war nicht der Satz, den er erwartet hatte. Sie ahnten nichts, begriff er erleichtert. Möglichst beiläufig zuckte er mit den Schultern. »Ist alles okay.« Er hoffte, sie würden nicht merken, dass er ein schlechtes Gewissen hatte.

Sein Vater antwortete nicht. Simon sah, dass ihn etwas beunruhigte: Nervös drehte er den silbernen Ring an seinem kleinen Finger zwischen den Fingerspitzen der anderen Hand hin und her. Der gelbe Stein, der in einer schlichten Fassung am Ring festgemacht war, glänzte stumpf. Sein Vater suchte nach Worten. »Simon«, sagte er schließlich, »ich muss mit dir reden …«

Die Stimme der Mutter unterbrach ihn. »Nein, das musst du nicht.« Sie trat hinter Simon und legte die Hand auf seine Schulter. »Es ist zu früh.«

»Was ist zu früh?« Erstaunt blickte Simon zwischen seinen Eltern hin und her.

Seine Mutter versuchte ein Lächeln. »Es ist zu früh am Tag. Außerdem sind Ferien und die Sonne scheint. Los, iss auf, und dann raus aus dem Haus. Lern ein paar Freunde kennen. Die sind garantiert nett hier.«

Simon starrte sie verwundert an. Meinte sie das ernst? Rausgehen und Freunde kennenlernen? Er gehörte nicht hierher und solche Freunde wie zu Hause würde er hier garantiert nicht finden.

Seine Mutter lächelte aufmunternd. Erst jetzt sah Simon, dass ihre Augen ernst blieben. Stumm aß er auf und trank den Becher mit Milch leer, dann schob er seinen Stuhl zurück und ging hinaus. In der Tür drehte er sich noch einmal um: Seine Eltern sahen ihm schweigend nach.

Sein Bruder war im Hof vor der Werkstatt und schraubte an seinem Motorroller herum, als Simon das Haus verließ. »Na, Penner, aufgewacht?« Tim grinste. Er fand alles, was er sagte, besonders lässig, vor allem, wenn er es zu Simon sagte. Simon wusste, dass für Tim jüngere Brüder dazu da waren, große Brüder zu bewundern und ansonsten alles zu tun, was man ihnen sagte. »Du kannst mir mal was zu trinken holen.«

»Hol's dir doch selber.« Ohne Tim weiter zu beachten, überquerte Simon den Hof und verschwand Richtung Garten. Solange sein Bruder an seinem Schrotthaufen herumfummelte, brauchte er nicht zu befürchten, dass Tim ihn nervte. Seit sein Bruder von den Eltern den alten Roller des Großvaters geschenkt bekommen hatte, war es für ihn das Größte, das rostige Gefährt auseinanderzubauen und wieder zusammenzusetzen, nur um festzustellen, dass es immer noch nicht funktionierte. Simon war fest davon überzeugt, die Sache mit dem Motorroller war ein Trick gewesen, um seinen Bruder ruhig zu stellen: Seit ihrer Ankunft hatte Tim kein Wort mehr über ihre ehemalige Heimat verloren.

Simon erreichte den Garten und öffnete das Tor. Sonnenlicht funkelte durch die Blätter der Olivenbäume, das Blumenbeet leuchtete, Bienen umschwärmten die üppigen Blütenkelche. Das frisch gemähte Gras roch nach Sommer. Es war ein wunderbarer Tag. Und doch merkte Simon, dass ihn etwas beunruhigte. Scheu sah er hinüber zur Scheune. Dort im Gebüsch hatte er den Schatten und die leuchtenden Augen gesehen. Falls er es doch nicht geträumt hatte: Wer oder was war in der Nacht in ihrem Garten gewesen?

Er wollte gerade die Äste eines Busches zur Seite biegen, um nachzusehen, ob der nächtliche Besucher Spuren hinterlassen hatte, als er stutzte: Die Scheunentür war nur angelehnt! Verblüfft sah sich er sich um. Niemand war zu sehen, auch aus dem Inneren der Scheune drang kein Laut. Zögernd ging Simon zu der Tür und stieß mit den Fingerspitzen gegen das alte, rissige Holz. Die Tür schwang leise knarrend einen Spalt weit auf.

Simon runzelte die Stirn. Er war sich sicher, dass er die Tür gestern abgeschlossen hatte. Heimlich hatte er den Schlüssel aus dem verborgenen Fach im Arbeitszimmer genommen und ihn nach seinem verbotenen Besuch in der Scheune auch dorthin wieder zurückgebracht. Jemand war nach ihm hier gewesen und hatte die Tür offen stehen gelassen. Nur wer? Sein Vater? Das war unmöglich. Sein Vater drehte jedes Mal, wenn er die Scheune verließ, den Schlüssel sorgfältig im Schloss. War es seine Mutter gewesen? Simon glaubte es nicht, er hatte sie noch nie in der Scheune gesehen.

Dann blieb nur noch Tim.

Simon sah hinüber zu seinem Bruder, der gerade mit einem Lappen ein angerostetes Metallteil aufpolierte. Tim war es genauso wie ihm verboten, in die Scheune zu gehen. Doch anders als ihn schien Tim dies überhaupt nicht zu stören. Tim interessierte sein Motorroller, sein Handy, sein Computer. Die Scheune war ihm völlig egal.

Hatte der nächtliche Besucher mit der offenen Scheunentür zu tun?

Simon sah zurück zum Haus. Seine Eltern waren nirgendwo zu sehen, wahrscheinlich waren sie noch in der Küche oder schon in ihrem Arbeitszimmer, das sie sich teilten. Vielleicht, überlegte Simon, fand er in der Scheune die Antwort darauf, wer in der Nacht in ihrem Garten gewesen war.

Vorsichtig drückte er die Tür auf und trat über die Schwelle.

3

Im Inneren der Scheune war es still, bis auf das Geräusch des Windes, der um das Gebäude strich. Matt schien die Sonne durch schmutzige Scheiben. Auch durch das Dach sickerte Licht, es tropfte durch die Ritzen zwischen den Dachziegeln und kleckste Lichtpunkte auf den Boden. Die Luft roch muffig und abgestanden.

Als er am Tag zuvor das erste Mal die Scheune betreten hatte, war Simon enttäuscht gewesen: Gartengeräte, verrotte Möbel, ein Bretterstapel, vier verstaubte Autoreifen – nichts war wirklich aufregend, nichts rechtfertigte die Geheimnistuerei seines Vaters. Selbst der alte Trecker, der neben einem leeren, an die Wand gelehnten Türrahmen vor sich hin rostete, war nicht wirklich interessant. Heute jedoch kam Simon der Raum unter dem mächtigen Eichengebälk viel unheimlicher vor. Bedrohlich türmte sich das Gerümpel, und die Schatten in den Ecken waren so düster, dass Simon fürchtete, es könnten sich darin Nachtwesen verstecken, die die Helligkeit scheuten.

Könnte es sein, dass sich der nächtliche Besucher hier verbarg? Für einen Moment stellte Simon sich vor, wie sich das Wesen mit den leuchtenden Augen aus seinem Versteck löste und sich auf ihn stürzte. Vielleicht ist es besser, die Scheune wieder zu verlassen, dachte er und sah unruhig zurück zur Tür. Doch dann straffte er entschlossen seinen Körper: Wenn er herausfinden wollte, wer oder was sich hier verbarg, durfte er keine Angst haben.

Schritt für Schritt ging er weiter. Knarrend beugten sich die Dielen unter seinem Gewicht. Staubflusen wirbelten auf. Ein Windstoß fuhr um das Gebäude und ließ die Äste zittern, nervös tanzten die Sonnenstrahlen an der Wand.

Simons Herz klopfte. Je weiter er ging, desto glaubhafter kam ihm sein Erlebnis der vergangenen Nacht vor. Er hatte den Schatten im Gebüsch gesehen, war er sich nun sicher, und auch die leuchtenden Augen waren wirklich dort gewesen. Vielleicht hatte sich das unbekannte Wesen hierher in die Scheune zurückgezogen.

Plötzlich sah Simon aus den Augenwinkeln eine Bewegung. Erschrocken wich er zurück: Der Bretterstapel neben ihm schwankte, dann donnerte krachend ein großes Holzstück herab und prallte auf die Stelle, an der Simon gerade eben noch gestanden hatte. Offenbar war er, ohne es zu bemerken, an den Stapel gestoßen, und ein Holzblock, der oben auf der Kante gelegen hatte, war heruntergefallen.

Simon wischte sich mit der Hand den Schweiß von der Stirn. Ihm wurde flau im Magen. Sein Blick verschwamm, und er tastete sich zu einer umgestürzten Obstkiste, um sich zu setzen. Das war knapp, dachte er. Simon holte tief Luft und wartete, dass sich sein Magen wieder beruhigte und das Schwindelgefühl nachließ.

Sein Blick fiel auf den leeren Türrahmen, der an der Wand

lehnte. Ein Metalldorn steckte im Holz des Rahmens, auf der einen Seite war er spitz wie ein Nagel, auf der anderen breit und flach wie eine große Münze. Simon war der Dorn schon bei seinem ersten Besuch in der Scheune aufgefallen. Er hatte versucht, das Metall aus dem Holz zu ziehen, doch er hatte es nur etwas lockern können.

Simon stand auf und trat näher. Erst jetzt sah er, dass feine Spinnweben den Türrahmen umhüllten, kaum zu erkennen im Dämmerlicht. Eine winzige Spinne kroch gerade aus einer Ritze und zog einen Faden hinter sich her. Simon blies die Spinne zur Seite und betrachtete den Dorn. Ein Bild war auf der flachen Seite eingraviert, eine prachtvolle Rose, die vor einem Tor emporrankte und die den Durchgang mit ihren Blüten, Dornen und Blättern versperrte. Behutsam strich Simon über die Gravur. Noch nie hatte er so etwas Schönes gesehen.

Er wollte gerade noch einmal versuchen, den Dorn aus dem Holz zu ziehen, als er stutzte: Die eingravierte Rose ließ ihre Blüten etwas hängen. Simon sah sich das Bild genauer an. Auch die Blätter wirkten trocken, so als bräuchten sie Wasser. Gestern noch hatte die Rose prachtvoll geblüht! Ob er sich täuschte? Je länger er die Gravur betrachtete, desto unsicherer wurde er.

Aus einer der Ritzen im Holz krabbelte eine zweite Spinne, sie zog einen Faden hinter sich her und huschte den Türrahmen hinab. Den Metalldorn umging die Spinne in einem Bogen. Simon folgte ihr mit seinem Blick. Er mochte keine Spinnen, auch keine kleinen, aber wenn sie winzig waren wie die hier, waren sie nicht ganz so schlimm.

Plötzlich stutzte er. Vor ihm auf dem Boden waren Spuren zu sehen, die Abdrücke von Pfoten im Staub. Simon betrachtete sie genauer, sein Großvater hatte ihm bei ihrem letzten Besuch im vergangenen Sommer das Spurenlesen beigebracht: Die Abdrücke hier mussten von einer Katze stammen, vermutete er, allerdings von einer ziemlich großen Katze, größer als jede, die er bisher gesehen hatte. Gespannt folgte er der Spur, sie führte an der Wand entlang bis zur Scheunentür. Eine zweite Spur führte von der Tür zurück in das Scheuneninnere, diesmal am Holzstapel entlang. Die Tatzenabdrücke endeten direkt vor dem leeren Türrahmen.

Die Stirn gerunzelt, sah Simon sich um: Ringsherum gab es kein Versteck, auch war da kein Mauervorsprung oder Fenstersims, auf den sich die Katze hätte zurückziehen können. Wohin war das Tier verschwunden?

Noch während er nachdachte, krabbelte eine weitere Spinne aus einer Ritze und zog einen Faden über das Holz des Türrahmens.

Eine leise Stimme war zu hören, es war seine Mutter, die ihn suchte. Simon zögerte. Noch einmal sah er zurück zu den Spuren. Dann drehte er sich um und verließ die Scheune.

4

Simon hörte seine Mutter in der Küche leise singen, als er über den Hof ging. Das war ein gutes Zeichen: Hätte sie von seinem heimlichen Besuch in der Scheune gewusst, dann würde sie ihn in der Tür erwarten, schweigend und mit strengem Blick. Auch sein Vater konnte nichts bemerkt haben, sein Wagen war fort, er war aus dem Haus. Tim war ebenfalls nirgendwo zu sehen.

Erleichtert sprang Simon die Stufen hinauf, die zur Küche führten.

Als er den großen Raum betrat und seine Mutter sah, stöhnte er leise auf: Sie hatte ihre Haare mit einem Tuch hochgebunden und ihre Ärmel hochgekrempelt, und das bedeutete, dass sie voller Energie steckte und Großes vorhatte. Einen Hausputz zum Beispiel oder Marmelade einkochen, auf jeden Fall würde sie wie immer alle in ihrer Familie mit einplanen. Kein Wunder, dass sich Tim und der Vater verdrückt hatten.

»Heute räum ich alle Schränke aus und wir waschen das ganze Geschirr ab. Und danach koch ich uns für den Abend was Leckeres. Was hältst du davon?«

Es war vollkommen egal, was er davon hielt: Wenn seine Mutter sich etwas vorgenommen hatte, dann zog sie es durch.

Also sparte Simon sich die Antwort und verzog nur genervt das Gesicht.

»Du gehst einkaufen«, fuhr sie fort. »Die Liste liegt auf dem Tisch.«

»Muss das sein?« Simon hasste es, wenn sie über ihn bestimmte.

Seine Mutter lächelte. »Du kannst auch abwaschen, wenn dir das lieber ist.«

Simon fand, dass das keine wirkliche Alternative war, und so nahm er sich die Einkaufsliste und die Geldbörse, stopfte beides in einen Rucksack und verzog sich eilig, bevor er noch weitere Aufgaben aufgedrückt bekam.

Schlecht gelaunt ging er die Auffahrt hinab. Lieber wäre er hiergeblieben, um im Garten nach weiteren Spuren zu suchen. Doch zum einen konnte er das seiner Mutter nicht sagen, und zum anderen hatte es keinen Sinn, in diesen Momenten mit ihr zu diskutieren. Er hatte es oft genug erlebt: Am Ende passierte genau das, was sie wollte. Selbst sein Vater kam nicht dagegen an.

Simon erreichte das Ende der Auffahrt und trat durch das alte, schmiedeeiserne Tor. Es stand offen, so wie immer, die Scharniere waren festgerostet. Ein Eichhörnchen huschte über die bröckelnde Mauer.

Der Schritt hinaus auf die Straße war wie der Schritt in eine andere Welt, Simon spürte es fast körperlich. Das Haus des Großvaters war ihm vertraut, ebenso der Garten mit seinen Olivenbäumen und den duftenden Oleanderbüschen. Selbst die alte Scheune gehörte irgendwie dazu. Doch auf der anderen Seite des Tores fühlte er sich fremd. Zwar kannte er die Umgebung: Früher, wenn sie den Großvater besucht hatten, war Simon häufig mit Tim über die Wiesen und durch die Olivenhaine gestrichen, oder sie hatten die Baustellen erkundet, die in den letzten Jahren ringsherum entstanden waren und die nun wie Wunden in der Landschaft klafften. Aber das war in den Ferien gewesen, ein Abenteuer in einem fremden Land. Jetzt sollte dies hier ihre neue Heimat sein! Simon fand die Vorstellung immer noch unglaublich.

Seufzend machte er sich auf den Weg.

Die Sonne brannte heiß, kaum dass er den Schatten der Bäume verlassen hatte. Simon blinzelte in das Licht. Hell glitzerte das Meer zu ihm herauf, die Sonne spiegelte sich in tausenden winzigen Wellen. Warmer Wind strich über den Hügel, er trug den Sandstaub fort, den Simon mit jedem Schritt aufwirbelte.

Vor ein paar Jahren, hatte sein Vater erzählt, war das Haus des Großvaters noch das einzige auf dem Hügel gewesen, nur umgeben von Feldern, Wiesen und knorrigen Olivenbäumen. Doch die nahe Stadt, deren Hochhäuser am Horizont in der Hitze flimmerten, wuchs ständig: Die Ferienhäuser, die überall gebaut wurden, waren die ersten Vorboten, bald würden die Lücken mit weiteren Häusern gefüllt werden, bis irgendwann ein neuer Stadtteil entstanden sein würde. Simon kam die Stadt wie ein lebendiges Wesen vor, das immer größer wurde und alles fraß, was sich ihm in den Weg stellte. Auch das Dorf unten am Ende der Straße würde bald gefressen werden. Schon kamen die ersten Makler und Bauunternehmer aus der Stadt und fuhren durch die Gassen, um ihre Claims abzustecken.

Endlich erreichte Simon das Dorf. Eine Tankstelle markierte den Ortsrand, der Besitzer hatte die Gebäude einer aufgegebenen Gemüseplantage gepachtet. Wie verdorrte Äste lagen die alten Bewässerungsrohre in der Sonne. Ein Stück weiter standen die ersten Häuser.

Simon wischte sich den Schweiß von der Stirn. Seufzend sah er sich um. Seine Mutter hatte hier seinen Vater kennengelernt, während der Ferien, die sie in dem Ort verbracht hatte. Sie hatte oft von jenem Sommer erzählt, von den warmen Farben und den aromatischen Düften, von den freundlichen Menschen und den heimeligen Gassen. Simon verstand es nicht. Für ihn war das Dorf nichts weiter als eine Ansammlung trostloser Häuser, die sich entlang staubiger Straßen drängten.

Die Gasse, die zum Supermarkt führte, war lang und schmal, Simon kürzte den Weg über eine Treppe ab, die zwischen zwei Häusern hinabführte. Kaum jemand war um diese Uhrzeit unterwegs. Nur ein paar alte Frauen schlurften mit gebeugten Rücken und Plastiktüten in den Händen nach Hause. Missmutig kickte Simon einen Stein fort. Wie sollte er hier jemanden kennenlernen? Seine Mutter hatte gut reden! Ständig lag sie ihm in den Ohren, er solle endlich mal die Gegend erkunden, um neue Freunde zu finden.

Doch vielleicht ging es darum gar nicht. Ihm kam es vor, als wollte seine Mutter ihn weglocken, weg vom Haus des Großvaters, weg von der alten Scheune. Auch heute hatte sie ihn zum Einkaufen fortgeschickt, obwohl er sich sicher war, dass in der Speisekammer genug Vorräte lagerten. Je eher er zurückkehren und seine Spurensuche fortsetzen konnte, desto besser.

Die dicke Kassiererin hockte hinter ihrer Kasse und betrachtete ihn wohlwollend, als er den kleinen Laden betrat. Wie jedes Mal überschüttete sie ihn mit einem Schwall überfreundlicher Worte. Simon mühte sich ein Lächeln ab. Er verstand zwar, was sie sagte, sein Vater hatte ihm und Tim, als sie noch klein gewesen waren, die Sprache seines Heimatlandes beigebracht. Doch Simon schwieg. Was sollte er der dicken Kassiererin auch antworten? Dass er sich ebenfalls ganz entzückend fände? Dass auch er der Meinung sei, wunderbare blaue Augen zu haben? Geschickt wich er ihrer Hand aus, als sie ihm durch die Haare wuscheln wollte, und verschwand zwischen den Regalen. Kurze Zeit später hatte er seinen Einkaufskorb vollgepackt und steuerte die Kasse an. Noch einmal musste er die Wortflut der Kassiererin über sich ergehen lassen, dann konnte er den Laden endlich verlassen, seinen Rucksack auf dem Rücken.

Als er auf der Straße stand, zögerte er. Kurz entschlossen ging Simon nicht zurück den Hügel hinauf, sondern folgte der Straße hinab Richtung Hafen. Zwar wusste er den Weg nicht genau, doch er roch das Meer, es konnte nicht mehr weit sein.

Die Gasse, der er folgte, schlängelte sich zwischen sandfarbenen Häusern hindurch, und es ging steil bergab, der Ort war an einen Hang gebaut. Die Fensterläden der meisten Gebäude waren verschlossen, als Schutz vor der Hitze. Manche der Häuser standen leer.

Plötzlich bemerkte er hinter sich eine Bewegung. Simon fuhr

herum. Dort rechts, an der morschen Mauer, dort hatte sich etwas bewegt! Aber die Straße hinter ihm war verlassen. Zögernd ging er weiter, auf den Klang seiner Schritte lauschend. Hohl schallten sie von den Häuserwänden zurück. Da, diesmal auf der anderen Seite! Erneut fuhr Simon herum. Wieder war niemand hinter ihm, obwohl er hätte schwören können, etwas gesehen zu haben. Eilig lief er weiter. Endlich, er dachte schon, er hätte sich verlaufen, sah er das Meer durch eine Häuserlücke aufblitzen. Er hatte sein Ziel erreicht.

Wie das ganze Dorf, war auch der Hafen alt und heruntergekommen. Er bestand aus einer schlichten Kaimauer, die früher ein paar Fischerkähnen Platz geboten hatte und die von zwei Molen zum Meer hin geschützt wurde. Eine Reihe baufälliger Häuser stand an der Kaistraße, daneben entdeckte Simon die Reste einer Markthalle. Längst legten hier keine Fischerboote mehr an, die Küste sei leer gefischt, hatte sein Vater erzählt. Eine verlassene Fischfabrik verfiel am Rand des Hafens.

Simon schlenderte den Kai hinunter. Eidechsen huschten über den sonnengewärmten Stein. Eine große Motorjacht hatte sich in das Hafenbecken verirrt, sie näherte sich gerade der Kaimauer. Der Skipper, ein dicker Mann mit nacktem Oberkörper, kurbelte aufgeregt am Steuerrad. »Hey, du da, hilf mir mal.«

Simon drehte sich erstaunt um. War er gemeint?

»Hast du Tomaten auf den Ohren? Hier, fang das Seil.« Der Dicke wuchtete seinen Körper eine Treppe hinunter und rannte zur Spitze der Jacht, wo eine Frau auf einer Sonnenliege saß und ihm unendlich gelangweilt zuschaute. Fluchend griff sich der Mann ein Tau und warf es hinüber ans Ufer. Simon erwischte das Seilende, bevor es zurück ins Wasser fiel. So gut er konnte, wickelte er es um einen Poller. Auch das zweite Seil, das ihm der Skipper zuwarf, machte er an einem der rostigen Metallpfosten fest.

Die Frau hatte der Aktion ohne eine Regung zugesehen. Jetzt, da das Schiff festgemacht war, ließ sie sich auf die Liege zurücksinken, um sich weiter zu sonnen. Simon betrachtete sie unauffällig: Sie war schlank und hatte lange schwarze Haare, und ihre Augen hatte sie hinter einer dunklen Brille versteckt. Ihre Nägel waren leuchtend rot lackiert, passend zur Farbe ihres knappen Bikinis. Simon fand das affig. Hinsehen musste er aber trotzdem.

Da hörte er hinter sich eine spöttische Stimme: »Gaffer!« Etwas zischte an seinem Kopf vorbei, Sekunden später klirrte Glas. Erschrocken fuhr Simon herum.

5

In der Fensterhöhle des verlassenen Hauses saß eine Gestalt, ein Junge auf den ersten Blick. Doch dann erkannte Simon, dass es ein Mädchen sein musste, kaum älter als er. Ihre dunklen kurzen Haare waren zerzaust und ihre Augen blitzten frech. »Hab ich dich gestört?« Sie grinste. Ihre Finger spielten mit einer Zwille in ihrer Hand.

Simon hatte keine Chance, zu antworten, denn im gleichen Augenblick dröhnte die wütende Stimme des Dicken über die Straße. »Was soll denn das? Spinnt ihr?« Ärgerlich starrte er auf ein zersplittertes Fenster im Cockpit seines Schiffes. Was auch immer das Mädchen mit seiner Zwille geschossen hatte, es hatte das Glas des Fensters getroffen.

»Bleibt, wo ihr seid!« Flinker, als Simon es erwartet hätte, drehte sich der Dicke um und eilte zur Reling, um an Land zu kommen. Das Mädchen machte keinerlei Anstalten, der Aufforderung nachzukommen: Sie schwang ihre Beine über die Fensterbrüstung und verschwand in dem leer stehenden Haus. Simon zögerte, doch nur kurz, denn er hörte, wie der Dicke die Gangway herabfallen ließ und an Land trampelte. Eilig kletterte Simon dem Mädchen hinterher.

Im Inneren des Hauses war es dunkler als draußen, Simons

Augen brauchten etwas, um sich an das Dämmerlicht zu gewöhnen. Schnell sah er sich um. Das Erdgeschoss bestand aus einem einzigen großen Raum, auf dem Boden lagen Müll und zerbrochenes Mauerwerk. Eine wackelige Treppe führte in das nächste Stockwerk. Simon hörte Schritte von oben, das Mädchen musste hinaufgelaufen sein. Er folgte ihr ohne nachzudenken, denn dazu blieb ihm keine Zeit: Der Dicke hatte bereits das Haus erreicht und sah durch das Fenster zu ihm herein, wobei er schon wieder brüllte, dass Simon stehen bleiben solle, um für den Schaden, den sie angerichtet hätten, zu büßen.

Die Treppe führte über mehrere Stockwerke nach oben. Jede Ebene ähnelte der vorangegangenen, alle waren mit Gerümpel vollgestopft und verdreckt. Ächzend knackten die Dielenbretter unter Simons Schritten. Ohne es zu wollen, stieß er eine der leeren Flaschen um, die auf den Stufen standen, polternd rollte sie hinab und riss andere Flaschen mit sich. Schließlich erreichte Simon die Treppe zum Dachboden. Das Holz der Stufen war hier noch morscher, und auch die Dielenbretter unter dem löcherigen Dach waren verfault und zum Teil zerbrochen. Das Mädchen war nirgendwo zu sehen.

Simon sah sich suchend um. Er glaubte nicht, dass sie sich hier oben versteckte: Weder sah er einen Ort, der dafür geeignet war, noch glaubte er, dass sie einfach hier warten würde, bis die Polizei kam. Denn dass der Dicke die Polizei holen würde, da war sich Simon sicher.

Sein Blick fiel auf eines der Dachfenster. Es war verschlossen, aber direkt daneben waren mehrere Ziegel verrutscht. Sonnenlicht fiel durch die Öffnung. Vorsichtig ging Simon zu dem Loch im Dach, angespannt auf die morschen Dielen starrend. Die Bretter bogen sich, doch sie trugen sein Gewicht. Er hielt sich an einem Dachsparren fest, setzte seinen Rucksack ab und zwängte seinen Oberkörper durch die Öffnung. Geblendet kniff er die Augen zusammen.

Der Ausblick von hier oben war atemberaubend: Rechts von ihm funkelte der blaue Ozean, auf der linken Seite breitete sich ein Meer von Dächern aus. Das Haus, in dem er sich befand, war höher als die umliegenden Gebäude, der Blick ging weit. Selbst das Anwesen des Großvaters war von hier aus zu sehen. Dahinter funkelte die Stadt in der Sonne, mit ihren Hochhaustürmen im Zentrum. Das höchste Gebäude der Stadt, der Tower, blinkte golden zu ihm herüber.

Suchend schaute Simon sich um. Einen Moment lang glaubte er, sich geirrt zu haben, doch dann hörte er ein spöttisches Lachen. Das Mädchen saß auf dem Dach des Nachbarhauses und blickte grinsend zu ihm herüber. Sie winkte ihm zu, dann sprang sie auf, balancierte ein kleines Stück auf dem First entlang, rutschte eine Dachschräge hinab und landete auf einer Terrasse darunter. Herausfordernd drehte sie sich um. »Viel Spaß mit dem Dicken, Schisser!« Abwartend blickte sie zu ihm, um zu sehen, was er tun würde.

Simon zögerte. Tatsächlich hörte er die Schritte des Dicken unten im Haus, ihr Verfolger machte sich gerade leise fluchend daran, die Treppe hinaufzusteigen. Zwar war Simon davon überzeugt, dass die Treppendielen das Gewicht des Dicken niemals aushalten würden – für den Moment war er hier oben sicher. Doch die Worte und mehr noch der Blick des Mädchens hatten ihn herausgefordert. Sie sollte bloß nicht glauben, dass er Angst hätte, ihr nachzuklettern!

Natürlich hatte er Angst, doch das würde er niemals zugeben.

»Was ist? Traust du dich nicht?«

Simon biss die Zähne zusammen. Er drückte sich hoch und stemmte seine Beine durch die Öffnung, bis er rittlings auf dem Dachfirst saß. Der Wind vom Meer pfiff ihm um die Ohren und blies ihm die Haare ins Gesicht. Simon merkte, wie es in seinem Magen kribbelte. Er angelte seinen Rucksack aus der Öffnung und setzte ihn auf, dann holte er tief Luft und schob sich langsam vorwärts bis zum Ende des Firsts, um von dort auf das etwas tiefer gelegene Nachbardach zu klettern. Das Mädchen schaute ihm interessiert zu. Vorsichtig robbte er weiter bis zu der Dachschräge oberhalb der Terrasse, dann ließ er sich herabrutschen. Er landete direkt vor ihr.

Für einen Augenblick standen sie sich gegenüber. Simon sah in ihre Augen: Sie waren dunkelbraun, ein kleiner goldgelber Schimmer umgab die Iris. Ihre Wimpern waren lang und an den Spitzen hell.

Das Mädchen grinste. Bevor er etwas sagen konnte, hatte sie sich umgedreht und war über das Geländer der Dachterrasse geklettert. Mit einem Sprung landete sie auf einem tiefer gelegenen Flachdach. Kurz blickte sie zu ihm zurück, dann lief sie weiter. Simon folgte ihr.

Ihre Flucht führte sie über eine Reihe von flachen oder mäßig schrägen Dächern und über verschiedene Dachterrassen. Simon war froh, dass er nicht erneut über einen Dachfirst robben musste, um ihr zu folgen. Mit der Zeit wurde er geschickter und traute sich mehr zu. Einmal glaubte er, einen anerkennenden Blick von ihr zu erhaschen. Doch es gelang ihm nicht, sie einzuholen, der Rucksack auf seinem Rücken behinderte ihn, außerdem war sie einfach schneller als er.

Auf einmal stoppte sie ihren Lauf. Vor ihr, am Ende des Daches, öffnete sich eine Lücke im Dächermeer, wie eine Felsspalte in einem Berg. Die Häuserreihe war hier zu Ende, eine schmale Gasse führte unten entlang. Das Mädchen sah zurück zu Simon und schien kurz zu überlegen, aber ehe er ihr zurufen konnte, sie solle stehen bleiben, war sie schon wieder losgelaufen. Mit angehaltenem Atem sah Simon, wie sie Anlauf nahm, um hinüber auf die andere Seite des Abgrunds zu springen.

Doch kurz bevor sie das Ende des Daches erreicht hatte, strauchelte sie, ein Dachziegel war unter ihrem Schritt verrutscht. Sie verlor das Gleichgewicht, stürzte und rollte auf den Abgrund zu. Verzweifelt suchte sie nach Halt, aber ihre Hände fanden nichts, um sich festzuklammern. Simon sah die Angst in ihrem Gesicht, er hörte ihren Schrei. Dann war das Mädchen verschwunden.

6

Für einen Augenblick wusste Simon nicht, was er tun sollte. Hilfe holen, das war sein erster Gedanke, einen Erwachsenen, zur Not sogar den Dicken. Dann kam ihm der Gedanke, dass er zuerst nach dem Mädchen sehen sollte. Vielleicht war ja schon jemand auf den Sturz aufmerksam geworden.

Simon mochte sich nicht ausmalen, was ihr passiert war.

Er warf seinen Rucksack ab, ging auf die Knie und kroch vorsichtig auf das Ende des Daches zu. Die letzten Meter robbte er auf dem Bauch. Langsam schob er seinen Kopf über die Kante. Er erwartete, unten in der Gasse einen verrenkten Körper liegen zu sehen, vielleicht ein paar Menschen, die sich aufgeregt über ihn beugten.

Die Gasse war leer.

»Hier bin ich!«

Simon stutzte.

Dann entdeckte er sie: Das Mädchen lag auf einem Vordach aus Wellblech, das jemand als Sonnenschutz über einem Fenster montiert hatte. Ihre Beine waren blutig, sie musste auf die Kante des Blechdaches geprallt sein und sich geistesgegenwärtig an der Halterung einer Klimaanlage festgehalten haben, bevor sie ganz herabgestürzt war. Noch immer hielt sie den dünnen Stahlträger mit einem Arm fest umklammert.

»Verdammter Mist. Jetzt mach schon, hilf mir! Ich weiß nicht, wie lange das Ding hier hält.«

Simon nickte nur und kroch zurück. Er hatte keine Ahnung, was er tun sollte. Ratlos blickte er um sich. Dann kam ihm ein Gedanke: Er lief zu der Reihe von Dachterrassen, die sie zuvor überquert hatten. Auf einer von ihnen fand er, was er jetzt brauchte: eine Wäscheleine aus Hanf, sie wirkte neu und schien stabil zu sein. Simon nahm die Schnur ab und balancierte wieder zu dem Dach, von dem das Mädchen abgestürzt war. Eilig schlang er die Leine um ein Metallrohr, Simon rüttelte kräftig daran, um zu prüfen, ob es hielt. Er verknotete die Schnur, dann kroch er zurück zur Dachkante und warf dem Mädchen das andere Ende zu. »Halt dich an dem Seil fest. Und dann zieh dich hoch. Ich helf dir.«

Misstrauisch beäugte das Mädchen die Wäscheleine, bevor sie zugriff und die Schnur mehrfach um ihren Arm wickelte. Zögernd ließ sie die Halterung der Klimaanlage los und stand auf, mit zitternden Knien. Das Wellblechdach ächzte unter ihrem Gewicht. Das Mädchen presste seinen Körper dicht an die Hauswand, dann kletterte sie auf die Klimaanlage und reckte sich, bis ihre Hand den Rand des Daches erreichte. Simon, der flach auf dem Dachfirst lag, hielt den Atem an. Er reichte dem Mädchen seine Hand, sie ergriff sie, und mit Simons Hilfe kletterte sie zurück auf das Dach. Gemeinsam krochen sie ein Stück von der Kante weg und ließen sich erschöpft auf den Dachziegeln nieder.

Eine Weile sprach keiner von beiden ein Wort. Schließlich drehte sich das Mädchen zu ihm um. »Wenn du irgendjemandem was davon erzählst, mach ich dich fertig!«

Simon musste grinsen. Er konnte sie gut verstehen. »Hi! Ich bin Simon.« Und er streckte ihr die Hand hin.

Das Mädchen musterte ihn, erstaunt und misstrauisch zugleich. Schließlich grinste auch sie und ergriff seine Hand. »Ich bin Ira.« Ihre Nase kräuselte sich beim Lachen, bemerkte Simon, bevor er den Blick abwendete und verlegen zur Seite schaute.

Sie schien nichts bemerkt zu haben. Mühsam stand sie auf. »Komm.«

Der Rückweg zur Dachterrasse, von der sich Simon die Wäscheleine ausgeliehen hatte, war schwer. Diesmal gingen sie langsam, Ira humpelte, ihr Bein musste ziemlich schmerzen. Simon, der fast seinen Rucksack vergessen hätte, wollte sie stützen, aber sie wies seine Hand zurück. Doch als sie die Dachterrasse erreichten, schien Ira froh zu sein, dass er ihr herabhalf.

»Und jetzt?« Suchend sah Simon sich um, irgendwie mussten sie hier hinunterkommen.

Statt einer Antwort bedeutete sie ihm, still zu sein. Simon war gespannt, was sie vorhatte. Ira trat an die zweiflügelige Tür, die aus dem Haus hinaus auf die Dachterrasse führte. Das Holz war alt und das Glas schon matt, doch der Riegel im Inneren saß fest auf dem Haken. Geschickt schob das Mädchen eine Drahtschlaufe, die sie in ihrer Hosentasche bei sich getragen hatte, durch einen Spalt zwischen den Türflügeln. Sie führte den Draht über den Riegel, ein Ruck, der Riegel sprang zurück und die Tür schwang auf. »Bitte sehr!« Ira war stolz, zu Recht, wie Simon fand, so etwas hätte er nicht gekonnt.

Leise betraten sie das Haus. Es war kitschig eingerichtet, mit goldverzierten Möbeln und pausbäckigen Engelchen an den Wänden. Niemand war zu hören oder zu sehen. Vorsichtig schlichen sie die Treppe hinab. Jeden Moment rechnete Simon damit, dass jemand auftauchen und sie entdecken würde, doch sie blieben unbemerkt, selbst als er versehentlich eine Metallskulptur umstieß. An der Haustür war endgültig klar, dass die Bewohner unterwegs waren: Die Tür war von außen abgeschlossen – hier konnte Iras Drahtschlaufe nichts ausrichten. Ira wollte schon aus einem Fenster klettern, als Simon neben der Tür einen Schlüsselkasten entdeckte. »Ira, warte!« Er durchsuchte den Kasten und fand einen Ersatzschlüssel, mit dem er die Haustür aufschloss. Ira linste durch den Türspalt. Dann huschte sie ohne ein Wort aus dem Haus. Simon folgte ihr.

Die Tür ging direkt auf die Straße hinaus. Es war die gleiche Gasse, begriff Simon, in die Ira gestürzt wäre, hätten er und das Wellblechdach sie nicht gerettet. Der schmale Steig war verlassen, kein Mensch war zu sehen, niemand interessierte sich für sie. Sie hatten es geschafft! Auch den Dicken hatten sie abgehängt, stellte Ira zufrieden fest. Simon hatte ihn fast schon vergessen.

Gemeinsam gingen sie die Gasse hinunter. Es war für Simon selbstverständlich, dass er Ira begleitete, mit ihrem verletzten Bein würde er sie nicht alleine lassen. Außerdem war er neugierig, mehr über sie zu erfahren.

»Lebst du hier im Dorf?«

Simon ärgerte sich, kaum dass er die Frage gestellt hatte. Es war klar, dass sie hier wohnte, er brachte sie ja gerade nach Hause.

Ira nickte nur stumm.

»Schon immer? Oder bist du hierhergezogen, so wie ich?«

Ira schüttelte den Kopf. »Ich leb hier schon immer.« Sie verstummte wieder.

»Und die Schule, ist die auch hier?«

Ira schüttelte erneut den Kopf und schwieg.

Simon versuchte noch ein paarmal, ein Gespräch mit ihr in Gang zu bringen, doch sie blieb wortkarg. Es dauerte, bis Simon endlich begriff, warum: Sie hatte starke Schmerzen. Die Prellungen und Schnittwunden an ihrem Bein waren schlimmer, als sie zugeben wollte. Er fragte nicht weiter und ging schweigend mit ihr durch die Straßen. Irgendwann packte sie ohne ein Wort seine Schulter und stützte sich auf ihn.

Sie erreichten Iras Zuhause nach einem längeren Fußmarsch, das Haus lag am anderen Ende des Ortes. Das Viertel, in dem sie wohnte, war ärmlich, und das große Haus, auf das sie zugingen, sah alt und baufällig aus. Ira öffnete die Tür, trat ein und drehte sich auf der Türschwelle um. Sie schien verlegen zu sein. »Danke. Ich komm jetzt schon klar.«

Simon bezweifelte das. »Ist denn wer da? Jemand muss nach deinem Bein sehen.«

Ira nickte. »Meine Oma.«

»Ist sie Ärztin?«

»Nein, aber sie kennt sich mit so etwas aus.«

Simon merkte, dass Ira ihn nicht hineinlassen wollte. Doch er konnte sie nicht überzeugen, sich von ihm helfen zu lassen.

Plötzlich sah er hinter ihr eine Bewegung. Ein faltiges Gesicht starrte ihn aus der Dunkelheit des Hausflurs an: Es war eine alte Frau, schwarz gekleidet und mit streng zurückgebundenem weißen Haar. Sie kam näher, den Blick unverwandt auf ihn gerichtet. Simon sah, wie alle Farbe aus ihrem Gesicht wich. »Salvatore!« Sie fiel vor ihm auf die Knie und nahm seine Hand. »Salvatore … Du bist gekommen …« Sie begann zu weinen.

Simon begriff überhaupt nichts. Vergeblich versuchte er, seine Hand zu befreien. Auch Ira starrte die alte Frau, offenbar ihre Oma, überrascht an.

Die Alte schaute auf, die Augen voller Tränen und Traurigkeit. Zärtlich strich sie Simon über die Wange. Danach ergriff die Alte auch seine andere Hand und hielt sie fest, so als wolle sie ihn nie wieder loslassen. Simon war nicht darauf vorbereitet, was nun geschah: Seine Finger begannen in den Händen der Alten zu glühen. Hitzewellen durchliefen ihn, von seinen Fingerspitzen in die Hand hinein und weiter die Arme hinauf bis in seinen Oberkörper. Und im gleichen Augenblick spürte er in sich den Schmerz der Alten, als wäre es sein eigener. Das Gefühl überwältigte ihn.

»Es ist zu spät, Salvatore«, stammelte die Alte leise, Tränen im Gesicht. »Es ist zu spät …«

Erschrocken riss Simon sich los. Ohne sich noch einmal umzusehen, rannte er davon.

7

Einen riesigen Kochtopf in beiden Händen, verließ Simons Mutter die Küche. »Alle zum Essen kommen!« Vorsichtig stieg sie die Stufen zum Hof hinab und ging hinüber zum Platz vor dem Haus. Sie hatte mithilfe des Vaters den alten Esstisch in den Schatten der Olivenbäume gerückt. Sie liebte diesen Platz: Der Blick über die Küste war unverstellt und die wilden Kräuter am Rand der Auffahrt verströmten einen herben Geruch. Als Simon auf den Vorplatz kam, stellte sein Bruder gerade Teller und Gläser auf die Tischplatte. Die Mutter hatte Tim zum Tischdecken verdonnert, als er nichts ahnend die Werkstatt verlassen hatte, um sich die Hände zu waschen. Der Vater saß schon auf seinem Platz und blickte hinab aufs Meer.

Der Wind hatte abgeflaut, und die Sonne stand als Feuerball dicht über dem Horizont. Die Felsen glühten im Abendlicht. Rot leuchteten die Dächer des Dorfes zu ihnen herauf. Simon würdigte das Farbenspiel mit keinem Blick. Er setzte sich wortlos, wartete stumm, dass seine Mutter allen auftat, und stocherte anschließend lustlos in seinem Essen herum. Er hatte keinen Appetit, die Begegnung mit der Alten war ihm auf den Magen geschlagen.

Er war nach Hause gerannt, nachdem er sich losgerissen hatte – zumindest hatte er es versucht –, doch in seiner Panik hatte er sich in den Gassen des Dorfes verirrt. Irgendwann schließlich war er an dem kleinen Supermarkt vorbeigekommen. Von dort aus wusste er den Weg hinauf zum Haus des Großvaters. Seine Mutter war ärgerlich gewesen, weil er so spät zurückgekommen war. Simon hatte sich nicht verteidigt, er wollte nichts von seiner Tour über die Dächer und Iras Rettung erzählen. Auch die Begegnung mit ihrer Großmutter hatte er für sich behalten, obwohl er an nichts anderes denken konnte.

Wie so häufig am Esstisch führte sein großer Bruder das Wort. Tim berichtete von seinem Motorroller, er glaubte, den Fehler im Motor endlich gefunden zu haben. Gleich nach dem Abendessen würde er weitermachen. Simon hörte Tim nur mit halbem Ohr zu.

»Und? Hast du schon jemanden kennengelernt?« Sein Vater sah ihn neugierig an.

Simon reagierte nicht. Erst als sein Vater noch einmal nachfragte, bemerkte er, dass er gemeint war. Er schüttelte den Kopf. »Nicht wirklich.«

Sein Vater musste lachen. »Was heißt das denn?«

Simon zögerte, doch dann erzählte er, dass er ein Mädchen getroffen und es nach Hause begleitet hatte. Warum sie sich verletzt und seine Hilfe gebraucht hatte, sagte er nicht.

Wieder musste er an die weißhaarige Alte in Iras Haus denken und an das Gefühl, das plötzlich in ihn geströmt war, als sie seine Hände festgehalten hatte. Es war so wirklich gewesen, als ob es sein eigenes gewesen wäre. Für einen Augenblick war es ihm vorgekommen, als wären er und die Alte eins gewesen. So etwas hatte er noch nie zuvor erlebt!

Dann fielen ihm die seltsamen Dinge ein, die sie gesagt hatte.

Was hatte sie damit gemeint, dass er zu spät gekommen sei? Wie hatte sie ihn noch mal genannt?

»Salvatore, kennt ihr diesen Namen?«

Simon hatte nicht mit der Reaktion seiner Eltern gerechnet. Beide erstarrten und blickten ihn an, als hätte er ihnen von der Klettertour über die Dächer erzählt.

»Wieso?«

Simon zögerte. »Mich hat heute jemand so angesprochen.«

»Und wer?« Sein Vater kaute weiter, darum bemüht, seine Frage beiläufig klingen zu lassen. Auch seine Mutter zwang sich, ruhig weiterzuessen. Doch Simon spürte, wie sie ihn besorgt musterte.

Er zuckte mit den Schultern. »Eine alte Frau. Ich kannte sie nicht. Ist ja auch nicht so wichtig.«

Doch sein Vater ließ nicht locker, bis Simon schließlich von der Begegnung mit der Alten erzählte. Er hatte ja mit dem Besuch bei Ira nichts Verbotenes gemacht, sagte er sich.

Seine Eltern schwiegen, als er fertig war. Wieder hatte er das Gefühl, dass sie ihm etwas verheimlichten. Und wieder war es seine Mutter, die den Vater mit einem Blick dazu brachte, das Thema zu wechseln. »Das war bestimmt nur ein Zufall gewesen«, behauptete sie. »Die Alte war verwirrt. Mach dir keine Gedanken.« Und sie stand auf, um allen aus dem Tiefkühlfach des Kühlschranks ein Eis zu holen.

Simon war verblüfft. So etwas tat sie sonst nie am Abend, höchstens mal am Wochenende, und das war gerade vorbei. Er war sich jetzt sicher, dass seine Mutter mehr wusste, als sie ihm sagen wollte.

Endlich hatten sie alle aufgegessen. Simon wollte aufstehen, um hinauf in das Zimmer zu gehen, das er sich mit seinem Bruder teilte. Doch sein Vater hielt ihn zurück. »Wir wollten dir noch was sagen.«

Simon schaute erstaunt auf.

Sein Vater lächelte. »Mama und ich haben uns überlegt, dass es für dich und Tim in einem Zimmer vielleicht zu eng ist.« Jetzt horchte auch Tim auf. »Was hältst du davon«, fuhr sein Vater fort, »wenn du in das Atelier von Großvater ziehst? Wir räumen die Bilder zur Seite und dann hast du einen schönen großen, eigenen Raum.«

Tim sprang auf, er war sauer. »Das ist unfair«, fing er an, doch ein Blick seines Vaters ließ ihn verstummen. Simon wusste auch so, was Tim sagen wollte: Er sei der Ältere, er hätte ein Recht auf das größere Zimmer, und so weiter.

Simon suchte den Blick seiner Mutter. »Und was ist, wenn Opa zurückkommt?«

»Er hat es selbst so gewollt«, antwortete sie. »Er hat gesagt, du sollst in das Atelier ziehen, wenn er …« Sie stockte, sprach nicht weiter.

»Wenn was?«

Die Mutter lächelte. »Wenn es mit dir und Tim in einem Zimmer zu eng wird.«

Noch einmal versuchte Tim zu protestieren, doch der Vater

wies ihn nur kurz auf den Motorroller hin, den er bekommen hatte. Tim verstummte beleidigt.

Simon schwieg nachdenklich. Das Atelier mit den großen Fenstern war der schönste Raum des Hauses und es war das Heiligtum seines Großvaters. Es war höchst seltsam, dass er in das Zimmer ziehen sollte, und noch seltsamer, dass sein Opa das wollte. Sonst durften er und Tim das Atelier noch nicht einmal betreten.

Die Mutter schaute Simon erwartungsvoll an. »Und? Was sagst du?«

Simon antwortete nicht. Wieder hatte er das Gefühl, seine Mutter verheimlichte ihm etwas.

Sie stupste ihn an. »Freust du dich?«

Er nickte.

Doch ob er sich wirklich freuen sollte, wusste er nicht.

8

Es war schon fast dunkel, als er sich ausgezogen hatte. Diese Nacht, hatte er mit seinen Eltern besprochen, würde er noch in seinem alten Bett schlafen. Am nächsten Tag dann würde er damit beginnen, gemeinsam mit seiner Mutter das Atelier umzuräumen. Seine Eltern hatten ihn vor dem Zubettgehen geküsst und in den Arm genommen, was nur noch selten geschah, weil Simon es nicht mehr so richtig mochte. Doch er hatte es zugelassen, und es war ihm vorgekommen, als würden sie ihn fester drücken und länger halten als sonst. Jetzt stand er an seinem Bett und machte sich für die Nacht fertig. Sein Kopf war voller Gedanken, es war viel passiert an diesem Tag.

Eigentlich, dachte Simon und knöpfte seine Schlafanzugjacke zu, wäre es gar nicht schlecht, ein eigenes Zimmer zu haben. In einem eigenen Zimmer könnte er tun und lassen, was er wollte, Tim könnte ihm nichts mehr vorschreiben. Der Gedanke gefiel ihm.

Trotzdem fand er es seltsam, dass ihm seine Eltern das Atelier des Großvaters angeboten hatten. Er war sich sicher, dass er das Zimmer wieder räumen musste, wenn sein Opa zurückkehrte. Das konnte nur eines bedeuten: Sein Großvater würde nicht zurückkommen, zumindest nicht in der nächsten Zeit.

Aber wo war er? Und warum hatte er gesagt, dass er, Simon, in das Atelier ziehen sollte? Es musste mehr dahinterstecken als der Wunsch, dass Tim und er mehr Platz hatten. Nur was?

Warum, fragte sich Simon, sagten seine Eltern ihm nicht, was wirklich los war?

Schon der ganze Umzug hierher war eigenartig gewesen. Sie waren überstürzt abgereist, von einem Tag auf den anderen, obwohl das Schuljahr noch nicht zu Ende gewesen war. Noch nicht einmal von seinen Freunden hatte er sich verabschieden können! Erst hatte er gedacht, dass sie in einen verfrühten Sommerurlaub fahren würden, doch dann hatten ihm seine Eltern erzählt, dass sie ihn von der Schule abgemeldet hatten.

Simon war immer noch stinksauer, wenn er daran dachte – niemand hatte ihn gefragt, ob er hierher in die Pampa ziehen wollte! Er vermisste seine Freunde, und es macht ihn wütend, zu wissen, was er jetzt alles verpasste. Für die Ferien hatte er sich eigentlich in einem Sportcamp angemeldet. Mit der Klasse wäre er im Herbst nach Wien geflogen. Und mit seiner Hockeymannschaft hatten sie gerade die zweite Kreisliga erreicht! Seine Eltern hatten sich seinen Protest angehört und sich bei ihm und bei Tim dafür entschuldigt, dass alles so überraschend passiert war. Doch in der Sache blieben sie hart: Hier im Haus des Großvaters würde in Zukunft ihr Leben stattfinden. Früh am nächsten Morgen würde der Vater zurückfahren, um den Umzug ihrer Möbel zu organisieren.

Warum sie hierhergekommen waren, hatten seine Eltern ihm bis heute nicht gesagt.

Nachdenklich ging Simon zum Fenster und sah hinaus. Die

Nacht war inzwischen dicht an das Haus herangerückt, und die alte Scheune verschmolz mit der Dunkelheit. Der Mond war noch nirgendwo zu sehen. Unwillkürlich hielt Simon nach dem Schatten Ausschau, den er in der letzten Nacht beobachtet hatte.

Plötzlich zuckte er zusammen: Eine Gestalt huschte über den Hof, dann eine zweite, sie liefen zur Werkstatt. Quietschend öffnete sich die Tür. Eine der Gestalten verschwand im Inneren, kurze Zeit später flammte ein Licht auf, jemand hatte die Öllaterne angezündet, die sein Bruder dort deponiert hatte. Das Licht wurde heller und beleuchtete ein junges Mädchen, das an der Tür stand. Es war vielleicht sechzehn Jahre alt und hatte lange, dunkle Haare. Abwartend blickte sie in das Innere des Schuppens. Jetzt kam die zweite Gestalt zurück, Simon erkannte seinen Bruder. Tim ging zu dem Mädchen, zog sie an sich und gab ihr einen langen Kuss.

Simon war verblüfft, dann musste er grinsen. Deshalb also wollte sein Bruder abends so häufig an seinem Motorroller weiterarbeiten! Und deshalb bekam er das Ding nicht zum Laufen: weil er sich dort heimlich mit dem Mädchen traf.

Draußen auf dem Hof verschwanden sein Bruder und das Mädchen im Inneren der Werkstatt. Die Tür schloss sich leise und es war still. Nur der Wind, der durch die Blätter der alten Bäume strich, war noch zu hören.

Noch immer grinsend, ging Simon hinüber ins Bad. Während er die Zähne putzte, dachte er darüber nach, ob ihm das Wissen um das Geheimnis seines Bruders irgendwie nützlich sein konnte. Auf jeden Fall würde Tim ihn nicht wie bisher ärgern können, wenn er nicht wollte, dass die Eltern von seinen heimlichen Treffen erfuhren.

Als Simon das Bad verließ, hörte er aus der Küche die Stimmen seiner Eltern. Sie waren unterschiedlicher Meinung, wie er sofort erkannte. Wenn seine Mutter ärgerlich war, wanderte ihre Stimme ein paar Töne nach oben. Sein Vater hingegen wurde in solchen Momenten noch stiller, er wirkte wie ein Vulkan, der kurz vor dem Ausbruch stand.

Simons erster Gedanke war, zu verschwinden. Er mochte es nicht, wenn seine Eltern stritten. Zum Glück kam es nicht häufig vor. Doch gerade als er in sein Zimmer gehen wollte, hörte er seinen Namen: Sie sprachen über ihn!

»Wir müssen mit ihm reden!« Das war die Stimme seines Vaters. »Jetzt glaub mir doch!«

Simon zögerte, dann schlich er die Treppe hinab zur Küche. Die Tür war nur angelehnt. Vorsichtig blickte er durch den Spalt. Sein Vater stand am Küchenschrank, die Arme vor der Brust verschränkt. Er sah ärgerlich aus. Seine Mutter saß am Küchentisch. Entschieden schüttelte sie den Kopf, so wie sie es immer tat, wenn sie eine Sache nicht einfach hinnehmen wollte. »Wir sind gerade erst hierhergezogen. Gib ihm die Zeit, sich an alles zu gewöhnen.«

»Es wird nicht einfacher, wenn wir warten. Du hast gehört, was er heute gefragt hat.«

»Er ist noch viel zu jung! Er wird es früh genug erfahren.«

»Und wenn er es zu spät erfährt?« Der Vater ging zum Küchentisch und setzte sich der Mutter gegenüber. Eindringlich sah er sie an. »Ich weiß nicht, was hier passiert. Ich weiß nur, dass mein Vater verschwunden ist. Und dass meine Kraft nachlässt. Es ist an der Zeit, mit seiner Ausbildung zu beginnen.«

Trotzig schüttelte die Mutter den Kopf. »Noch nie wurde der Ring in eurer Familie so früh weitergegeben. Du hast ihn doch selbst gerade erst bekommen.«

»Aber du hast doch gehört, was mein Vater über Simon gesagt hat.«

»Eric, ich will, dass mein Sohn wie ein normales Kind aufwächst. Ohne eure Geschichten. Ohne eure ständige Angst.« Sie beugte sich vor und legte eine Hand auf den Arm ihres Mannes. »Lass Simon die Ferien. Lass ihn hier ankommen, lass ihn Freunde finden. Lass ihn den Sommer unbeschwert genießen. Lass ihn einfach einen ganz normalen Jungen sein. Er wird schnell genug erwachsen.«

Einen Augenblick war es still. Ernst erwiderte der Vater ihren Blick. »Hoffentlich machen wir keinen Fehler.«

Statt einer Antwort küsste sie ihn.

Simon hatte hinter der Tür im Flur den Atem angehalten. Als er merkte, dass das Gespräch seiner Eltern beendet war, schlich er zurück und ging leise die Treppe hinauf. In Gedanken vertieft, vergaß er, dass die achte Stufe knarrte. Erschrocken biss er sich auf die Unterlippe, als das ächzende Quietschen der Stufe durch das Haus schallte. In der Küche schabte ein Stuhl über den Boden, seine Eltern hatten ihn gehört. Eilig drehte er sich um und ging mit lauten Schritten die Treppe wieder hinab.

Seine Mutter trat in die Küchentür und sah ihm entgegen.

Simon versuchte ein Lächeln. »Ich wollte nur Gute Nacht sagen.« Er beugte sich vor und küsste sie auf die Wange. Inzwischen war er so groß wie sie und musste sich nicht mehr strecken. Sein Vater kam hinzu, er strich Simon über das Haar und lächelte verkniffen. »Gute Nacht, Großer. Träum was Schönes.«

Simon nickte, dann stieg er die Treppe wieder hinauf und ging in sein Zimmer. Leise schloss er die Tür. Er hatte ein schlechtes Gewissen, das Gespräch seiner Eltern belauscht zu haben. Doch die Neugier, die in ihm brannte, war stärker. Was war es, das er nicht wissen durfte? Was hatte sein Vater ihm sagen wollen? Hatte es mit dem Ring zu tun, den er trug, seit sie hier waren?

Simon trat ans Fenster. Der Mond war aufgegangen, voll und groß hing er über den Wipfeln der Bäume. Der Garten badete in seinem kalten blauen Licht. Nachdenklich betrachtete Simon die alte Scheune. Er wusste, wenn sich seine Mutter etwas in den Kopf gesetzt hatte, dann kam sein Vater nicht dagegen an. Sein Vater könnte tausendmal mit ihm reden wollen, solange seine Mutter anderer Meinung war, würde es nicht geschehen. Wer weiß, ob sie den Vater nach den Ferien nicht erneut überreden würde, ihm nichts zu verraten.

Simon merkte, wie er ärgerlich wurde. Seine Mutter behandelte ihn, als ob er noch ein Kind wäre! Aber er war kein Kind mehr, egal, was sie von ihm dachte, und er wollte auch keines mehr sein! Er würde selber versuchen müssen, hinter das Geheimnis zu kommen. Mit diesem Vorsatz kletterte er in sein Bett. Bald glitt er in einen unruhigen Schlaf.

Simon sah nicht den Schatten, der aus der alten Scheune huschte und lautlos über den Rasen lief, er sah nicht, wie der Schatten vor dem Haus stehen blieb und hinauf zu seinem Zimmer blickte.

Zwei Augen leuchteten in der Dunkelheit.

9

Im Haus war es still, als Simon am nächsten Morgen erwachte. Tim lag in seinem Bett und schnarchte leise. Eines seiner Beine hing über die Bettkante. Er schnaufte im Schlaf, als Simon aufstand, um sich anzuziehen.

Wenig später stand Simon im Treppenhaus und überlegte, was er tun sollte. Frühstück gab es noch nicht, und obwohl es nach frischem Brot roch, war niemand außer ihm wach. Kurz überlegte er, sich selber etwas zuzubereiten. Doch er hatte keine Lust dazu und außerdem war er noch nicht wirklich hungrig.

Ein Sonnenstrahl fiel durch das runde Dachfenster. Simon musste blinzeln, als er hinaufsah. Dort oben war das Atelier des Großvaters, hinter der Tür am Ende der Treppe. Simon hatte es erst einmal betreten, im letzten Sommer, in dem sein Opa viel Zeit mit ihm verbracht hatte. Das Atelier war ihm groß vorgekommen und geheimnisvoll, mit vielen Bildern und Zeichnungen, an denen der Großvater in jeder freien Minute arbeitete. Simon kannte sonst niemanden, der malte, und der Geruch von Farbe und Leinwand hatte sich in seinem Gedächtnis festgesetzt.

Kurz entschlossen ging er die Treppe hinauf. Wenn der Raum unter dem Dach sowieso zu seinem Zimmer werden würde, dann konnte er ihn auch jetzt schon ansehen, dachte er sich. Die Tür war unverschlossen. Simon zögerte, doch dann drückte er die Klinke hinab und betrat das Atelier.

Das Zimmer des Großvaters reichte über die gesamte Fläche des Dachbodens. Ein großer Arbeitstisch stand in der Mitte des Raumes, an den Wänden waren Regale und Materialschränke aufgebaut. Überall standen Bilder herum, auf Staffeleien und Stühlen, in den Regalen und an die Schränke gelehnt. Alles war mit Farbe bekleckst. An der Stirnseite des Ateliers bedeckte ein flauschiger Teppich die Holzdielen, darauf lagen mehrere gemütlich aussehende Sitzkissen. Ein Stück weiter stand ein dicker Ohrensessel. Das Beste jedoch war das Fenster: Es ging zur Küste hinaus und bot einen beeindruckenden Blick über die Bucht. Sogar die Hochhaustürme der nahen Stadt konnte man von hier aus sehen.

Simon schloss die Augen und sog die Luft durch die Nase. Es roch fast so wie in seiner Erinnerung, und für einen Augenblick glaubte er, seinen Opa hinter der großen Staffelei hervortreten zu sehen. Doch da war niemand, der Platz hinter der Staffelei war leer. Sein Großvater war fort.

Eine Reihe von Gemälden, die an einem Schrank lehnten, weckte Simons Aufmerksamkeit. Es waren Bilder eines üppig bewachsenen Tals, wunderschön, aber zugleich auch unheimlich. Auf den ersten Blick wirkte die Landschaft verlockend und friedlich, doch Simon hatte das Gefühl, in der Idylle lauerte Gefahr. Ihm lief es kalt den Rücken herunter, als er die Bilder betrachtete.

Neugierig sah er sich weiter um. In einem Regal entdeckte

er mehrere Skizzen von Menschen, mit Kohle gezeichnet, es waren faszinierende Porträts ernster Gesichter. Daneben lag ein Stapel bunter Aquarelle, sie zeigten Fantasiewesen, die meisten Tiere jedenfalls hatte er noch nie gesehen. Simon fand Schneebilder und karge Steinwüsten, eine Reihe unheimlicher Moorlandschaften sowie die Bilder eines Dorfes, in dem die Bewohner ein Fest feierten. Staunend betrachtete er die Welten, die sich vor ihm öffneten.

Ihm war nicht bewusst gewesen, dass sein Opa so gut malen konnte. Doch da war noch mehr: Die Bilder schienen zu leben. Simon hatte das Gefühl, dass sie mit ihm Kontakt aufnahmen, mit ihm redeten. Nur was die Bilder ihm zu sagen hatten, das verstand er nicht.

Ob das der Grund war, warum er in das Atelier einziehen sollte? Waren die Gemälde seines Großvaters eine Nachricht an ihn?

Schließlich entdeckte er auf einer Staffelei ein düsteres Gemälde, ein Tuch hing halb über der Leinwand. Das Bild zeigte eine Straßenschlucht zwischen riesigen Hochhäusern, kalt funkelnd ragten die Wolkenkratzer in den Nachthimmel. Einer der Türme überragte alle anderen Häuser, er stand im Zentrum der Straßenschluchten wie eine Spinne in ihrem Netz. Simon erkannte das Haus sofort: Es war der Tower, das Wahrzeichen der nahen Stadt. Simon warf einen Blick aus dem Fenster: Der glitzernde Riese war größer als alle anderen Gebäude, selbst von hier aus konnte man ihn sehen. Auf dem Bild wirkte er feindlich und abweisend.

Simon betrachtete das Gemälde genauer. Erst jetzt sah er

die Augen, die sich in der Stadt versteckten, hinter Ritzen und staubigen Fensterscheiben, in dunklen Ecken und achtlos am Straßenrand liegenden Pappkartons. Behutsam strich er mit seinem Finger über das Bild. Gerne hätte er seinen Großvater gefragt, was das alles bedeutete.

Da stutzte er. Die Ölfarbe war noch weich! Gespannt suchte er das Bild nach einem Hinweis ab, wann es entstanden war, sein Opa unterschrieb seine Gemälde, bei manchen fügte er ein Datum hinzu. Und tatsächlich entdeckte Simon eine Signatur und daneben ein paar Ziffern. Er rechnete nach: Es war der Tag ihrer Ankunft vor zwei Wochen.

Sie waren an jenem Tag nach einer langen Fahrt spät hier eingetroffen, er hatte im Auto geschlafen und war müde von seinem Sitz geklettert. Sein Großvater hatte sie begrüßt, er hatte sich gefreut, sie zu sehen. Oder war er nur erleichtert gewesen? Simon erinnerte sich nicht genau, er war damals zu schläfrig gewesen. Seine Mutter hatte ihm sein Zimmer gezeigt, und er war sofort in das Bett geklettert, um weiterzuschlafen. In der Nacht war er wach geworden. Im Atelier hatte noch Licht gebrannt und er hatte die Stimmen seines Vaters und seines Großvaters gehört. Seit jener Nacht war sein Opa fort, zumindest hatte er ihn seither nicht mehr gesehen.

Die Tür knarrte. Erschrocken fuhr Simon herum: Seine Mutter stand im Eingang des Ateliers, mit gerunzelter Stirn. »Was machst du hier?«

»Ich wollte mir nur mein neues Zimmer ansehen«, stotterte er. Möglichst unauffällig ließ er das Tuch wieder über das Ölgemälde gleiten.

Das Gesicht seiner Mutter entspannte sich. Sie ging zu ihm und legte ihren Arm um seine Schultern. »Wir räumen nachher die Bilder zur Seite. Dann wirst du sehen, wie schön es hier ist.«

Simon hatte ein schlechtes Gewissen, nicht nur wegen des verbotenen Besuchs in der Scheune, den er ihr verheimlichte. Er hatte ihr sonst immer alles gesagt, was er dachte und fühlte, doch diesmal scheute er sich, mit ihr zu reden.

Immerhin, sagte er sich, verheimlicht auch sie etwas.

»Wo ist eigentlich Opa?« Simon hoffte, dass sie nicht merkte, wie angespannt er war.

Seine Mutter zögerte mit ihrer Antwort. »Der ist auf einer Geschäftsreise. Bald ist er wieder da.«

Simon schwieg. Das war eine Lüge, so viel war klar. Er hatte alles Recht der Welt, ihr nichts zu verraten. Sie würde ihm sowieso nicht die Wahrheit sagen.

Sie wollten gerade den Raum verlassen, als er etwas entdeckte. An einem Balken neben der Tür hingen mehrere kleine Porträts, Simon erkannte seinen Vater, seine Mutter, seinen Bruder Tim. Simon stutzte: Dort, wo sein eigenes Bild hätte hängen müssen, klaffte eine Lücke. Stattdessen war dort ein Blatt mit einem Streifen Klebefilm am Balken befestigt. Auf dem Papier war eine Zeichnung zu sehen, Simon erkannte einen Jungen, neben ihm ging ein Tier, vielleicht ein Hund oder eine große Katze. Der Junge hielt eine brennende Fackel in der Hand. Simon sah zu seiner Mutter. Sie hatte nichts bemerkt, öffnete gerade die Tür. Kurz entschlossen zupfte Simon die Zeichnung ab und verbarg sie unter seinem T-Shirt. Dann folgte er der Mutter aus dem Atelier.

10

Seine Mutter hatte den Tisch in der Küche für drei Personen gedeckt, der Platz des Vaters blieb leer. Sie hatte sich bemüht, es ihnen schön zu machen, sogar frische Blumen aus dem Garten standen in einer Vase. Tim schlief noch.

»Komm, setz dich.« Sie strich Simon über das Haar, als er auf die Eckbank kletterte. Ein wenig unwillig drehte er den Kopf zur Seite, doch er sagte nichts. Es gab frisches Brot, seine Mutter hatte es am Abend zuvor gebacken. Wahrscheinlich hatte sie nicht schlafen können, dann stand sie lieber wieder auf und tat etwas Sinnvolles, wie sie immer sagte. Sie mühte sich um gute Laune, doch ihre Augen waren besorgt. Simon traute sich nicht, sie zu fragen, was ihr Sorgen bereitete. Er überlegte, ob er ihr sagen sollte, dass er alles wusste und ihr Gespräch mit dem Vater belauscht hatte. Doch er blieb stumm.

»Was hältst du davon, wenn wir gleich nach dem Frühstück damit anfangen, das Atelier leer zu räumen?« Seine Mutter trank einen Schluck Kaffee, während sie ihn über den Rand der Tasse ansah.

Simon wusste nicht, was er ihr antworten sollte. Er mochte das Atelier, und er wollte, das war ihm inzwischen klar, dort auch gerne einziehen. Aber nachdem er sich am Morgen die

Bilder angesehen hatte, überkam ihn bei dem Gedanken, sie fortzuräumen, ein komisches Gefühl. Vor allem das Gemälde der verlassenen Stadt mit den vielen Augen hatte ihn beeindruckt. »Wo sollen die Bilder denn hin?«

»Vielleicht in die Werkstatt?«

Simon schüttelte den Kopf. »Da ist doch schon Tim mit seinem Motorroller.« Und seiner Freundin, ergänzte er für sich.

»Er hat bald ein ganzes Zimmer für sich. Der soll sich nicht beschweren.«

Simon hielt es für keine gute Idee, seinen Bruder aus der Werkstatt zu vertreiben. Tim würde sauer sein, und er würde ihn das spüren lassen, egal, was die Mutter sagte. »Wir könnten doch die Bilder einfach hängen lassen.«

Nun war es die Mutter, die skeptisch schaute. »Ich weiß nicht … Magst du sie denn? Ich finde sie ein bisschen unheimlich.«

Das fand Simon eigentlich auch, aber seine Neugier war stärker. Sein Großvater hatte gewollt, dass er sie sah. Vielleicht würden sie ihm verraten, warum sein Opa verschwunden war.

Sie einigten sich darauf, in einer Hälfte des Ateliers die Bilder abzuhängen und sie in die andere Hälfte zu schaffen und dort abzustellen. Platz genug gab es ja, und Simon gefiel der Gedanke, sich die Bilder jederzeit ansehen zu können.

Sie arbeiteten den ganzen Morgen, bald war das Atelier auf der Fensterseite leer, bis auf den Teppich, den Ohrensessel sowie die Schränke, die sie ausgeräumt hatten. Das Bild mit den vielen Augen trug Simon selber fort, er hatte Sorge, seine Mutter könnte es an sich nehmen oder gar verschwinden lassen, wenn sie es sah. Er warf einen langen Blick auf die verlassene Stadt, bevor er das Tuch wieder über die Leinwand warf und sie hinter einen Materialschrank schob. Als er sich umdrehte, raschelte es unter seinem T-Shirt, und er bemerkte, dass er immer noch die Zeichnung bei sich trug. Er zog sie hervor. Sie war verknittert. Simon strich sie wieder glatt und versteckte sie ebenfalls hinter dem Schrank.

Die Mutter hatte nichts bemerkt. Die Hände in die Hüften gestemmt, stand sie in der Mitte des Raumes und betrachtete ihr gemeinsames Werk. Sie sah zufrieden aus. »Jetzt hängen wir hier noch einen Vorhang hin und dann hast du einen eigenen Raum.« Sie legte den Arm um seine Schulter. Natürlich, ergänzte sie, müssten sie noch putzen und die Schränke sauber machen, auch fehle noch eine Kleiderstange und außerdem das Bett. »Also, was machen wir zuerst? Putzen oder einen Vorhang kaufen?« Sie lächelte verschmitzt, sie glaubte seine Antwort zu kennen.

Irritiert bemerkte sie, dass Simon zögerte.

Simon dachte nach. Klar, dass er nicht putzen wollte, da ging er lieber einkaufen, auch wenn das nicht zu seinen Lieblingsbeschäftigungen gehörte. Doch noch lieber wäre er hiergeblieben und hätte im Garten nach Spuren gesucht, die das geheimnisvolle Wesen in der Nacht vielleicht im Garten hinterlassen hatte. Vielleicht wäre es auch nicht schlecht, noch einmal die Scheune zu durchsuchen. Doch das konnte er der Mutter nicht sagen.

»Also, was ist? Was machen wir?«

Simon sah auf und grinste. »Einkaufen.«

Ihm war ein Gedanke gekommen: Um einen Vorhang zu besorgen, mussten sie in die Stadt fahren. Und im Stadtzentrum stand der Tower, jenes Hochhaus, das sein Großvater gemalt hatte. Vielleicht entdeckte er einen Hinweis, was das Bild mit den Augen bedeutete.

Seine Mutter fand, dass er eine gute Wahl getroffen hatte. »Wird Zeit, hier mal rauszukommen!« Sie lächelte.

Simon spürte, dass der Satz seiner Mutter von Herzen kam. Sie mochte es, unter Menschen zu sein, und sie liebte es, durch Geschäfte zu laufen und nach irgendwelchen Sachen zu stöbern. Doch als Simon sie bat, mit ihm bis in das Zentrum der Stadt zu fahren, schüttelte sie den Kopf. Sie schätzte die Stadt nicht sonderlich. Stattdessen schlug sie vor, das nahe Shopping-Center am Stadtrand anzusteuern, dort gab es einen großen Stoffladen.

»Wenigstens mal schauen.« Simon ließ nicht locker. »Ich war noch nie im Stadtzentrum. Wenn wir nichts finden, können wir immer noch ins Shopping-Center fahren.« Er zögerte, dann setzte er nach: »Es sind doch Ferien. Lass uns den Sommer genießen!« Bewusst wählte er die Worte, die seine Mutter am Abend zuvor dem Vater gesagt hatte.

Die Mutter betrachtete ihn nachdenklich. Schließlich lächelte sie. »Okay.« Abermals strich sie ihm über das Haar und diesmal zog Simon seinen Kopf nicht zurück.

Simon wartete, bis die Mutter die Treppe hinuntergegangen war, dann lief er zum Schrank, hinter dem er das Bild mit den vielen Augen versteckt hatte. Er zog es heraus und betrachtete es genau, um sich vor seiner Fahrt in die Stadt jedes Detail einzuprägen. Dieses Bild war das letzte, das der Großvater gemalt hatte. Er hatte das Gefühl, es verband ihn mit seinem Opa.

Doch je länger er das Bild betrachtete, desto stärker spürte Simon, dass ihn etwas beunruhigte. Es waren die Augen: Er hatte den Eindruck, als würden sie ihn beobachten. Sein Magen begann zu kribbeln. Plötzlich wurden seine Hände warm, erst die Fingerspitzen, danach die Finger, die Handflächen, die Ballen.

Erschrocken schob Simon das Bild zurück hinter den Schrank und lief aus dem Atelier.

II

Wenig später dröhnte es vor dem Haus, die Mutter hatte das Auto vorgefahren, ein klapperiger Geländewagen, der dem Großvater gehörte. Es stank fürchterlich nach Diesel. Simon kletterte auf den Beifahrersitz und zog die Tür hinter sich ins Schloss.

»Fertig?« Seine Mutter lächelte.

Simon nickte.

Der Wagen ließ die Entfernungen zusammenschmelzen, sie brauchten für die Fahrt den Hügel hinab nur wenige Minuten. Zu Fuß kam Simon der Weg bis zum Ortsrand immer endlos vor.

An der Tankstelle kurz vor den ersten Häusern bogen sie ab und fuhren auf die neue Zubringerstraße, die vor Kurzem fertig geworden war und die das Dorf mit der Autobahn verband. Straßenarbeiter malten gerade weiße Linien und Markierungen auf die Fahrbahn. Während sie wieder bergan fuhren, blickte Simon zurück, er wollte nach dem Haus Ausschau halten, in dem Ira mit ihrer Großmutter wohnte. Doch von hier aus konnte er nicht erkennen, in welcher der vielen Gassen es sich befand. Einzig das verlassene Gebäude am alten Hafen konnte er sehen, es ragte ein kleines Stück aus dem Dächermeer heraus.

Die Schnellstraße war stark befahren und bald stauten sich die Autos. Simons Mutter fluchte und bremste den Wagen. Meter für Meter schoben sie sich der Stadt entgegen. Simon störte es nicht: Nachdenklich betrachtete er die goldene Spitze des Towers, der aus der Mitte der am Horizont glitzernden Hochhaustürme emporragte.

Kurz vor dem Stadtrand teilte sich die Strecke und der Stau löste sich auf. Sie fuhren auf die Stadtautobahn, ein auf Pfeilern ruhendes Betonband, das sich in flachen Bögen dem Zentrum entgegenschlängelte. Meist folgte die Strecke den alten Straßen, doch manchmal bog die Autobahn ab und führte quer durch die Häuserreihen, in die man Lücken geschlagen hatte. Simon fiel auf, dass die Häuser in allen Farben leuchteten, ganz anders als die Häuser am Stadtrand oder die in ihrem Dorf. Auch waren die Gebäude größer, und sie wurden immer imposanter, je näher sie dem Zentrum kamen.

Schließlich waren die Häuser so hoch, dass er den Kopf in den Nacken legen musste, um hinaufzusehen. Erstaunt sah er Büsche, die über die Dachkanten lugten – auf einigen der Häuser waren Dachgärten angelegt worden. Es war nicht das einzige Grün inmitten all des Betons: Auch unten zwischen den Hochhäusern gab es Grünflächen, mit blühenden Blumen und Bäumen. Entlang der Straßen waren ebenfalls Bäume gepflanzt. Überall waren Brunnen zu sehen, aus denen Wasser plätscherte. Sogar der allgegenwärtige Sandstaub war wie weggewischt. Jeden Morgen, erzählte die Mutter, wurden die Straßen der Stadt mit Wasser besprüht, um den angewehten Wüstensand wegzuspülen. Simon fand das unfair: Hier wurde das Wasser verschwendet, während es zu Hause knapp wurde. Erst neulich war den ganzen Tag aus den Wasserhähnen kein einziger Tropfen gekommen.

Sie verließen die Autobahn und tauchten in die City ein. Dicht an dicht drängten sich die Autos auf den Straßen. Die Gehwege waren voller Menschen. Seine Mutter erzählte ihm, was sie von der Stadt wusste. Sie zeigte ihm das Theater, die Börse, das Stadtmuseum und auch den Zentralbahnhof, ein altes verschnörkeltes Gebäude, das inmitten der glitzernden Hochhäuser fehl am Platz wirkte. Simon hörte ihr zu, während er gespannt aus dem Fenster schaute.

Jede Sekunde musste der Tower vor ihnen auftauchen!

Je näher sie der Stadt gekommen waren, desto mehr hatte sich der Turm seinen Blicken entzogen. Als sie die Autobahn verlassen hatten, war er überhaupt nicht mehr zu sehen gewesen: Die Häuser rechts und links der Straße, durch die sie fuhren, waren so hoch, dass sie jede Sicht verwehrten.

Zu Simons Enttäuschung lenkte seine Mutter den Wagen in eine Tiefgarage, bevor er einen Blick auf das höchste Gebäude der Stadt erhaschen konnte. Sie parkten auf der untersten Ebene, die Garage war riesig, mit tausenden Autos in endlosen Reihen. Simon fragte sich, wie sie hier ihren Wagen wiederfinden sollten. Nach einer Weile entdeckten sie einen Lift, der sie hinauf an die Oberfläche brachte. Es dauerte etwas, bis sie ankamen, viele Menschen stiegen zu, zumeist Männer in Anzügen und Frauen in streng geschnittenen Kostümen. Schließlich öffneten sich die Türen. Simon war überwältigt von der glitzernden Pracht, die sie plötzlich umgab.

Der Platz, auf dem sie standen, war gigantisch groß, er bestand aus mehreren Ebenen, die terrassenförmig ineinander verschachtelt waren. Hoch aufragende Häuser umgaben das Areal. Überall blinkte und blitzte es, Musik säuselte aus versteckten Lautsprechern und aus den Brunnen stiegen Wasserfontänen auf. Ein Stück weiter, in einer künstlichen Parklandschaft, standen Flamingos am Rand eines Sees, man hatte den Vögeln die Flügel gestutzt, damit sie nicht fortflogen.

Überwältigt drehte Simon sich im Kreis, er wusste nicht, wohin er zuerst schauen sollte. Und dann sah er ihn: Direkt vor ihnen erhob sich der Tower in die Höhe, ein goldener, in der Sonne glänzender Obelisk, glatt wie ein Spiegel und schwindelerregend hoch. Simons Magen zog sich zusammen. Die umliegenden Häuser, die ihm eben noch groß vorgekommen waren, wirkten plötzlich klein und unscheinbar. So gewaltig hatte er sich das Gebäude nicht vorgestellt.

»Los, komm.« Seine Mutter ging los, er eilte ihr nach. Sie überquerten den Platz, bis sie erst eine Informationstafel und dann in einer der Straßen ein Einkaufszentrum fanden. Zischend glitten vor ihnen die Türen zur Seite, kalte Luft schlug ihnen entgegen. Simon warf einen Blick zurück auf den goldenen Turm, dann folgte er seiner Mutter in die Passage.

»Wir müssen ganz nach oben.« Die Mutter ging voran und schleuste sie durch die Menschenmassen, die sich durch die Gänge drängten. Im obersten Stockwerk schließlich entdeckten sie ein Geschäft, in dem Vorhänge und Stoffe verkauft wurden. Bald schon war Simons Mutter mit der Verkäuferin in ein angeregtes Gespräch vertieft, an dessen Ende sie gemeinsam mit

Simon einen hellen Stoff aussuchte, dessen Farbe in das Atelier passte und aus dem sie ihm einen Vorhang nähen würde.

Simon dachte fieberhaft nach, während sie in der Schlange vor der Kasse warteten. Sobald sie bezahlt hätten, würden sie zurück zum Wagen gehen, um wieder nach Hause zu fahren. Wenn er sich den Tower genauer ansehen wollte, musste er sich etwas einfallen lassen.

»Hast du das gesehen?« Simon zeigte zum Ausgang des Stoffgeschäfts.

Seine Mutter drehte sich um. »Was denn?«

»Der Laden dort. Sieht nett aus.« Im Geschäft gegenüber verkauften sie buntes Geschirr und Vasen und anderen nutzlosen Krimskrams – nicht perfekt, aber vielleicht klappte es.

Die Augen seiner Mutter verengten sich.

»Ein Stück weiter«, ergänzte Simon, »gibt es Klamotten. Nur für Frauen. Kleider und so was.«

Misstrauisch sah sie ihn an. »Was hast du vor?«

Simon wurde rot. »Ich? Gar nichts.«

»Du schickst mich doch nicht ohne Grund weg.«

Gespielt arglos zuckte er mit den Achseln. »Ich dachte, das macht dir Spaß. Und ich kann mich hier in der Zeit ein bisschen umschauen.« Genau das hatte er ja auch vor, sagte er sich und beobachtete seine Mutter genau.

Ihr Misstrauen blieb. Doch sie drehte sich um und sah hinaus in die Ladenpassage.

»Du bist doch so selten hier«, setzte er nach und hakte sich bei ihr ein. »Hier gibt es bestimmt ganz andere Sachen als in den Läden, in denen du sonst einkaufst.«

Erneut suchte seine Mutter mit den Augen die Geschäfte ab, die sie von hier aus sehen konnten. Simon merkte, dass sie überlegte.

»Und was machst du in der Zeit?« Sie musterte ihn forschend.

»Hab ich doch schon gesagt: mich umschauen. Ist spannend hier.«

»Alleine?« Die Vorstellung schien ihr nicht zu behagen.

Simon blickte sie vorwurfsvoll an. »Mama, ich bin fast vierzehn!«

Sie zögerte. Dann lächelte sie. »Na gut. Eine Viertelstunde. Dann treffen wir uns wieder. In der Boutique an der Ecke.« Sie zeigte ihm das Geschäft, das sie meinte.

Simon versprach, pünktlich zu sein. Bevor sie es sich anders überlegen konnte, lief er schnell hinaus in die Passage.

Kurze Zeit später hatte er den Ausgang des Einkaufszentrums erreicht. Ohne anzuhalten, rannte er den Gehweg entlang, bis er den Tower sah. Fasziniert betrachtete er den goldenen Turm. Es war ihm ein Rätsel, wie irgendjemand darin leben konnte. Weder sah er Fenster, noch entdeckte er irgendwo Türen, durch die man in das Hochhaus hineingehen konnte. Je länger er den Turm betrachtete, desto eigenartiger kam ihm das Gebäude vor. Als er schließlich näher kam, fiel ihm auf, dass niemand die direkt angrenzende Fläche rund um das Hochhaus überquerte. Alle machten einen Bogen um den Turm, als würden sie ihn meiden.

Am Rand der freien Fläche blieb Simon stehen. Keiner beachtete ihn, obwohl er der Einzige war, der nicht weiterging, sondern stattdessen den Turm ansah. Oder war da jemand hinter ihm? Simon fuhr herum, er hatte das merkwürdige Gefühl, beobachtet zu werden. Doch sosehr er sich auch umsah, er konnte niemanden entdecken, der ihn anschaute.

Er betrat die freie Fläche. Sein Magen begann zu kribbeln. Langsam näherte er sich dem Turm, während er den Kopf in den Nacken legte. Ihm wurde schwindelig, als er an der goldglänzenden Fassade hinaufblickte, von hier aus wirkte der Tower noch höher und noch gewaltiger. Die Spitze schien mit dem Himmel zu verschmelzen.

Eine Armlänge von dem Gebäude entfernt blieb Simon stehen. Er kniff die Augen zusammen. Das goldene Glänzen brannte in seinen Augen. Simon musste an das Bild denken, das sein Großvater gemalt und das die gleiche Wirkung auf ihn gehabt hatte: Sein Magen hatte gekribbelt, genau wie jetzt.

Was würde er spüren, wenn er den Turm berührte?

Vorsichtig streckte Simon seine Hand aus und legte erst seine Fingerspitzen an die Fassade, dann die Handfläche. Der Turm war kalt, eiskalt, ein Schauer durchlief ihn.

Im gleichen Moment ertönte eine Stimme hinter ihm. »Was machst du hier?«

Simon fuhr herum. Ein Wachmann stand dort und blickte streng zu ihm herab. Er trug eine schwarze Uniform, dazu Handschuhe und eine dunkle Brille. Simon fragte sich, woher der Mann so plötzlich aufgetaucht war.

»Ich schau mir nur das Haus an.« Simon zögerte. »Ist doch nicht verboten, oder?«

Der Wachmann betrachtete ihn schweigend. Simon kam es

vor, als ob ein leichtes Schmunzeln seine Mundwinkel umspielte. Sein strenger Gesichtsausdruck wurde milder. »Verschwinde besser.« Die Stimme des Wachmannes klang bestimmt, doch nicht unfreundlich.

Simon zögerte. Noch einmal blickte er zu dem goldglänzenden Turm. Dort, wo er die Handfläche auf die Fassade gelegt hatte, war ein Fleck entstanden, er wurde größer, bis der Abdruck einer Hand zu sehen war. Die Hand glitzerte. Verblüfft sah Simon, dass sich an der Stelle funkelnde Eiskristalle gebildet hatten, und das trotz der Hitze in der Stadt.

Der Wachmann folgte seinem Blick. »Geh jetzt. Es ist nicht gut, hier zu sein.«

Simon wäre gerne näher getreten, um sich die Kristalle genauer anzusehen. Doch etwas in der Stimme des Wachmannes ließ ihn zögern. Besser, er folgte der Aufforderung. Nach einem letzten Blick auf die Eishand drehte er sich um und ging. Als er den Rand der freien Fläche, die den Turm umgab, erreicht hatte, schaute er noch einmal zurück.

Der Wachmann war fort.

Golden und unnahbar funkelte der Tower in der Sonne.

12

Seine Mutter war gut gelaunt, als sie sich vor der Boutique trafen. Zwar kam er zu spät, doch auch sie verließ gerade erst den Laden, eine Papiertüte in der Hand. Offenbar war ihr Einkauf erfolgreich gewesen.

Gespielt streng schaute sie auf die Uhr. »Wer hat getrödelt?«

Simon blieb cool. »Du.«

Sie lachte und hakte sich bei ihm unter. Gemeinsam gingen sie zur Rolltreppe.

Am Hauptplatz unter der Lichtkuppel des Einkaufszentrums aßen sie ein Eis. Der Tower blitzte durch das Glasdach herein, die Sonne brach sich in seiner spiegelnden Außenhaut.

»Sieht beeindruckend aus, nicht wahr?« Seine Mutter war seinem Blick gefolgt. »Aber auch irgendwie … kalt.«

Simon nickte stumm. Er musste an das Bild denken, das sein Großvater gemalt hatte: der goldene Turm inmitten düsterer Häuserschluchten, umgeben von Hunderten Augen. Hier in der Stadt war das Bild nicht entstanden, es musste der Fantasie des Großvaters entsprungen sein. Doch Simon ahnte jetzt, warum sein Opa das Bild so bedrohlich gemalt hatte. Der Turm war unheimlich, trotz seines goldenen Glanzes.

Sie schwiegen, während sie wieder nach Hause fuhren.

Die Pracht der City blieb hinter ihnen zurück, die Landschaft wurde trockener, die Farben blasser, bis wieder Sandbraun der alles beherrschende Farbton war. Schließlich verließen sie die Autobahn und rollten die Straße hinab Richtung Meer. Wenig später tauchte das Dorf an der Küste auf.

Simon sah seine Mutter von der Seite an. »Kannst du mich am Dorfeingang rauslassen?«

»Warum das denn?« Seine Mutter war erstaunt.

»Ich will nach Ira sehen«, antwortete Simon.

Seine Mutter runzelte die Stirn. »Das Mädchen, dem du geholfen hast? Hast du da nicht die alte Frau getroffen?«

Simon hörte an ihrem Tonfall, dass sie ihm den Besuch verbieten wollte. Eilig winkte er ab. »Das war nur Zufall. Die Frau seh ich bestimmt nicht noch einmal.«

Seine Mutter blieb skeptisch.

»Du hast doch selber gesagt«, setzte er nach, »dass ich Freunde kennenlernen soll.« Es war immer das Beste, der Mutter ihre eigenen Argumente vorzuhalten.

Es klappte auch diesmal. Sie lächelte. »Na gut.« Am ersten Haus, das sie erreichten, stoppte sie den Wagen. »Dann viel Spaß!«

Er nickte, stieg aus und winkte ihr noch einmal zu. Seine Mutter wendete das Auto und fuhr weiter zur Straße, die den Hügel hinaufführte. Das Geräusch des Wagens wurde leiser, bis es ganz erstarb.

Der Weg zu Iras Haus war lang und beschwerlich, nicht weil er sonderlich weit gewesen wäre, sondern weil sich Simon prompt verlief. Er wusste den Weg nicht genau, und er fand, dass die Straßen des Dorfes alle ähnlich aussahen, was Ira vermutlich bestritten hätte. Aber Simon hatte bald schon in dem Gewirr aus Gassen und Treppen die Orientierung verloren. Endlich entdeckte er die Straße, in der Ira wohnte.

Das Haus, zu dem er Ira am Vortag gebracht hatte, stand an einem kleinen Platz, in dessen Mitte ein ausgetrockneter Brunnen den durch die Luft treibenden Wüstensand einfing. Verkrüppelte Bäume säumten die Piazza. Während Simon auf das Gebäude zuging, betrachtete er es genauer: Es war ockerfarben so wie die anderen Häuser und mit einer Mischung aus Kalk und Sand verputzt. Der Putz war alt und brüchig und an vielen Stellen schon abgeplatzt und ließ das darunter liegende Mauerwerk zum Vorschein kommen. Erst jetzt fiel Simon auf, dass das Haus etwas größer war als die umliegenden Gebäude: Die Fenster waren höher, das Dach breiter, und zur Eingangstür führten einige von einer Steinbrüstung eingefasste Stufen hinauf. Muster aus verblassten Farben umrahmten das Portal, das Haus musste vor vielen Jahren bunt und freundlich ausgesehen haben. Im Laufe der Jahre jedoch hatte die Sonne die Farben ausgeblichen, und der Wüstensand hatte seinen Teil dazu beigetragen, dass das Haus schäbig und heruntergekommen aussah so wie die anderen in der Straße.

Simon stieg die Stufen hinauf zum Eingang. Er suchte vergeblich nach einer Klingel, klopfte schließlich mit dem Fingerknöchel gegen das Holz. Als sich nichts rührte, hob er den rostigen Türklopfer an und ließ ihn gegen die Tür prallen. Ein dumpfes Wummern war zu hören, es verhallte im Inneren.

Niemand öffnete ihm.

Simon wartete eine Weile, dann versuchte er es noch einmal. Als sich nichts tat, drehte er sich enttäuscht um und ging die Treppe wieder hinab.

Eine Stimme hielt ihn zurück. »Was willst du denn hier?« Ira stand in der Tür und sah zu ihm herunter. Sie wirkte überrascht.

Simon zuckte mit den Schultern. »Ich wollte nach dir schauen.« Er kam sich plötzlich blöd vor.

Doch Ira lächelte und schlüpfte durch den Türspalt, sie freute sich anscheinend, ihn zu sehen. Sie war gar nicht so cool, wie er befürchtet hatte. Simon merkte, dass er froh darüber war.

Vorsichtig humpelte sie die Treppe hinab. Sie trug einen Rock, darunter waren ihre nackten Beine zu sehen, eines war dick verbunden.

Ira sah seinen Blick und winkte ab. »Ach, ist nicht so schlimm.« Ihre Oma habe die Wunden gesäubert, erzählte sie, und dann eine Heilsalbe aufgetragen. »Das Zeug ist der Hammer. Brennt total, aber heute sieht das Bein schon viel besser aus.« Während sie sprach, griff sie zu der Binde und nestelte daran herum. Für einen Augenblick fürchtete Simon, Ira würde den Verband abwickeln und ihm die Wunden zeigen, so wie es seine Großtante Margit einmal gemacht hatte. Ihm war dabei schlecht geworden. Doch Ira zupfte die Binden nur zurecht und strich eine Falte glatt, bevor sie sich setzte. Auch Simon hockte sich auf eine der Stufen.

Einen Moment war es still, keiner von ihnen wusste, was er sagen sollte.

»Ich hab niemandem was verraten«, brach Simon schließlich das Schweigen, »also von dem, was gestern passiert ist.«

Ira nickte nur.

»Haben deine Eltern Stress gemacht? Oder deine Oma?«

»Nein. Papa ist egal, was ich mache. Und Oma schimpft nie.« Ira lächelte. »Sie ist zwar manchmal etwas seltsam, aber eigentlich ist sie ganz in Ordnung.«

Simon musste an das erschrockene Gesicht der Alten denken und an ihre rätselhaften Worte. Seltsam war ein viel zu harmloses Wort für den Auftritt.

»Weißt du, woher sie mich kennt?«

Ira hob die Schultern. »Keine Ahnung. Sie hat dich bestimmt verwechselt.«

Simon war enttäuscht. Er hatte gehofft, dass Ira ihm erklären würde, was mit ihrer Oma gestern los gewesen war und warum die Alte ihn Salvatore genannt hatte. »Vielleicht können wir sie mal fragen«, sagte er zögernd.

»Das geht nicht.«

»Und warum?«

»Sie redet nicht mit Fremden.« Ira stockte. »Sie ist nicht ganz … ganz klar im Kopf.«

Einen Moment lang war es wieder still, jeder hing seinen Gedanken nach.

Simon dachte daran, was seine Mutter ihm gesagt hatte: Die Alte sei verrückt und er solle sich keine Sorgen machen. Vielleicht war es wirklich das Beste, einfach alles zu vergessen.

Doch dann dachte er an die Augen der alten Frau, er dachte an die Verzweiflung in ihrem Gesicht und an den Schmerz, der in ihn geströmt war, als er ihre Hände gehalten hatte. Diesen Moment würde er niemals vergessen. Wie sollte er sich da keine Gedanken machen?

»Ich habe sie gespürt.« Simon sprach, ohne aufzusehen.

Erstaunt blickte Ira ihn an. »Was hast du?«

»Ihre Schmerzen. Sie waren in mir.« Simon sah Iras ratlosen Blick, und er erklärte ihr, was am Tag zuvor geschehen war. »Es ist passiert, als sie meine Hände festgehalten hat. Ich wusste, was sie fühlte. So als ob ich es selber fühlen würde.«

Ira runzelte ungläubig die Stirn. »Du verarscht mich doch, oder?«

Simon schüttelte den Kopf. Er zögerte einen Moment. Dann begann er zu erzählen: von seiner Familie, von ihrem überraschenden Umzug hierher, von seinem Großvater, der verschwunden war, von den leuchtenden Augen im Garten und von den Spuren in der verbotenen Scheune. Zuletzt berichtete er von dem Bild im Atelier des Großvaters, das die verlassene Stadt zeigte, mit den vielen Augen und dem unheimlich im nächtlichen Himmel glitzernden Tower.

»Meine Hände sind ganz heiß geworden, als ich es gehalten habe. So wie bei deiner Großmutter.«

»Du spinnst.« Ira sah ihn zweifelnd an.

»Ich sag die Wahrheit! Wirklich!«

Doch Ira glaubte ihm nicht. »Leuchtende Augen. Glühende Bilder. Du bist ja noch schräger drauf als meine Oma.« Sie wandte sich ab.

Einer Eingebung folgend, griff Simon nach ihren Händen.

»Hey, was soll das?« Überrascht wollte Ira ihm ihre Hände

entziehen. Aber Simon hielt sie fest. »Nur ganz kurz. Lass mich was versuchen.« Er sah sie bittend an.

Ira runzelte die Stirn. Er merkte, wie sich ihre Hände in den seinen entspannten. »Okay, und was jetzt?«

Simon antwortete nicht, ihr Blick irritierte ihn. Besser, er schloss die Augen.

Ira beobachtete ihn genau.

Einen Moment passierte gar nichts. Doch dann spürte Simon tatsächlich, wie seine Fingerspitzen warm wurden: erst die Finger, dann die Handflächen, bis schließlich seine beiden Hände glühten. Simons Herz klopfte bis zum Hals, aber er zwang sich, ihre Hände nicht loszulassen. Die Wärme kroch weiter seinen Arm herauf, bis sie den Rumpf seines Körpers erreichte und langsam weiter seinen Hals hinaufstieg. Er begann zu zittern.

»Hey, was ist los mit dir?«

Das war Iras Stimme. Sie drang wie durch Watte zu ihm. Er wollte antworten, doch er konnte es nicht. Denn im gleichen Augenblick stürzte eine Welle aus Gefühlen auf ihn ein. Und obwohl er es nicht das erste Mal erlebte, überwältigte ihn der Moment: Es waren nicht seine Gefühle, die er spürte, sondern es waren die von Ira.

Erschrocken ließ Simon sie los, um sofort wieder zuzupacken.

»Aua, du tust mir weh!«

Simon beachtete ihren Protest nicht, er hielt sie fest, mit klopfendem Herzen, jeden Muskel seines Körpers angespannt. Er spürte Neugier, Ärger, auch Furcht. Und ganz zuletzt: Trauer. Das Gefühl passte nicht zu den anderen, es saß tiefer, und es war größer. Simon näherte sich dem Gefühl und das Bild eines

Mannes in einem dunklen Zimmer tauchte vor seinem inneren Auge auf.

Er öffnete die Lider. »Was ist mit deinem Vater? Warum versteckt er sich?«

Ira starrte ihn mit offenem Mund an. Dann riss sie sich los und rannte eilig die Treppe hinauf. Und im gleichen Augenblick, in dem sich ihre Hände voneinander lösten, waren ihre Gefühle in ihm verschwunden.

»Ira, warte!«

Doch sie hörte nicht auf ihn, riss wortlos die Tür auf und verschwand im Haus. Krachend fiel die Tür hinter ihr ins Schloss.

13

Simon stand auf der Treppe und starrte ihr nach. Ihm war übel, und er brauchte einen Moment, um wieder zu sich zu kommen.

Er hatte gespürt, was sie fühlte, und ihr Gefühl war für ihn greifbar und so wirklich gewesen, als wäre es sein eigenes.

Simon sah seine Hände an. Alles in ihm sagte, dass so etwas nicht möglich war. Vielleicht, überlegte er, ist das alles nur eine Einbildung, wie ein intensives Spiel, in das man eintaucht, bis man irgendwann nicht mehr weiß, ob es erdacht oder vielleicht doch die Wirklichkeit ist.

Er war sich allerdings sicher: Was geschehen war, musste mehr sein als eine Fantasie. Er hatte gewusst, was in Ira vor sich ging, er hatte gespürt, was sie fühlte. Er war ihr so nahe gewesen wie noch keinem Menschen je zuvor.

Aber warum er? Und warum gerade jetzt? Erst Iras Oma, dann Ira selbst – so etwas war ihm noch nie passiert.

Noch während er dies dachte, begriff er, dass das nicht stimmte. Schon immer hatte er sich gut in die Gefühle anderer hineindenken können, schon immer hatte er Dinge gespürt, die unausgesprochen zwischen Menschen existierten. Aber bisher hatte er das nie beachtet.

Ein Klacken ließ Simon aufmerken. Die Tür am Ende der

Treppe hatte sich geöffnet, Ira stand auf der Schwelle und sah zu ihm herab. »Woher weißt du das?«

»Was weiß ich?«

»Das mit meinen Vater. Hat dir jemand was gesagt?«

»Ich weiß überhaupt nichts. Ich weiß nur, dass du traurig bist wegen ihm. Ich hab es gespürt.«

Misstrauisch starrte sie ihn an. »Findest du das cool?«

Simon merkte, wie er ärgerlich wurde. »Ich kann doch auch nichts dafür!« Seine Wut der letzten Wochen brach aus ihm heraus. »Wenn's nach mir gehen würde, dann wäre ich überhaupt nicht hier! Und deine Oma hätte ich auch nicht getroffen. Ich wär lieber zu Hause bei meinen Freunden. Dann müsste ich nicht da oben in der Bruchbude von meinem Opa hocken! Oder hier in diesem sandigen Kaff!«

Hilflos setzte er sich auf die Stufen. Tief in seinen Augenwinkeln spürte er Tränen aufsteigen. Auch das noch! Simon schnaubte vor Wut – das Letzte, was er jetzt wollte, war, hier vor Ira zu heulen.

Stumm setzte sie sich neben ihn. Eine Weile war es still.

Ira brach ihr Schweigen als Erste. »Na ja, so schlimm ist es hier auch nicht. Obwohl …« Sie stockte und ließ ihren Blick über den Platz vor dem Haus schweifen. »Hast schon recht. Ist ganz schön öde hier.«

»Oberöde!« Simon musste grinsen.

Ira grinste zurück. »Aber oben auf den Dächern ist es toll. Oder hast du so was schon mal bei dir zu Hause gemacht?«

Simon schüttelte den Kopf. »Meine Eltern würden ausrasten.«

»Hast du ihnen von unserer Tour erzählt?«

»Spinnst du? Dann wäre ich nicht hier. Meine Mutter kann echt stur sein.« Er sah Ira an. »Und dein Vater? Weiß er davon?«

Ira schüttelte den Kopf, ohne zu antworten.

Eine Krähe flog über die Häuser und landete auf dem Brunnen. Ira zog ihre Zwille hervor, lud sie mit einem kleinen Sandbrocken und vertrieb den pechschwarzen Vogel. Protestierend erhob sich die Krähe in den Himmel und flog davon.

Schweigend sahen sie ihr nach.

»Mann, ist das heiß hier.« Ira blinzelte in die Sonne, die gnadenlos auf sie herabbrannte. Es war die wärmste Zeit des Tages. »Ich geh rein, ich hab Durst. Willst du auch was trinken?« Auf das gesunde Bein gestützt, erhob Ira sich.

Simon brauchte etwas, bis er begriff, dass sie ihn einlud, mit ihr in das Haus zu gehen. Er zögerte. »Und was ist mit deiner Oma?« Er wusste nicht genau, ob er sie treffen wollte oder besser nicht.

Ira zuckte mit den Achseln. »Ich hab sie den ganzen Tag noch nicht gesehen. Schätze, sie ist in ihrem Zimmer. Jetzt um diese Uhrzeit schläft sie.«

Simon wusste, dass sich viele Erwachsene hier im Süden in den Mittagsstunden hinlegten. Auch seine Mutter zog sich zu dieser Zeit ins Schlafzimmer zurück, sie hatte den Tagesrhythmus der Gegend schnell angenommen. Er selber ging lieber baden, wenn es heiß war. Was Kaltes trinken war aber auch nicht schlecht.

Gemeinsam stiegen sie die Stufen hinauf. Quietschend öffnete sich die Haustür, Ira schlüpfte durch den Spalt. Simon folgte ihr.

Im Inneren des Hauses war es dunkel und kühl. Die dicken Mauern speicherten die Kälte der Nacht, die in alle Häuser hereingelassen wurde, sobald es draußen abkühlte. Jetzt waren die Fenster verschlossen und die Fensterläden vorgezogen. Lichtstrahlen drangen durch die verwitterten Holzlamellen und zeichneten Muster auf den Boden.

Staunend sah Simon sich um: Sie befanden sich in einer großen Eingangshalle. Die Wände waren mit Holz getäfelt, an der Decke hing ein verstaubter Kronleuchter. Weiter hinten sah Simon einen Treppenaufgang, dazu mehrere mit Schnitzereien verzierte Türen und an der rechten Seite einen großen, rußgeschwärzten Kamin. Von Rissen durchzogene Steinplatten bedeckten den Boden. Alles sah alt und heruntergekommen aus.

»Hier geht's lang.« Ira ging voran. Sie durchquerten die Halle, liefen ein paar Stufen hinab und gingen in die Küche, ein lichtarmer Kellerraum, dessen Einrichtung so alt wie das ganze Haus zu sein schien. Mit einer Kelle schöpfte Ira Wasser aus einem Holzfass in zwei Gläser und reichte Simon eines davon. Sie tranken. Das Wasser war lauwarm und schmeckte brackig.

Ira beobachtete ihn über den Rand des Glases hinweg.

Simon sagte nichts und trank sein Glas leer. Auch wenn es nicht kalt war, tat das Wasser gut.

»Kann ich mir hier irgendwo die Hände waschen?« Suchend sah Simon sich um.

Wortlos reichte Ira ihm ein Stück Seife und schöpfte Wasser aus dem Fass, um es über dem Ausguss über seine Hände zu gießen. Dabei musterte sie ihn erneut unauffällig, als wolle sie sehen, wie er reagierte. Simon spürte ihren Blick, und plötzlich glaubte er zu verstehen, was in ihr vorging: Es war ihr unangenehm, wie es hier aussah. Deshalb hatte sie ihn auch gestern nicht in das Haus lassen wollen.

Simon fand das Haus tatsächlich ziemlich ungewöhnlich, aber das war nichts, wofür sie etwas konnte oder sich gar schämen musste.

»Wie wäscht du dir denn die Hände, wenn du alleine bist?« Simon wischte seine Handflächen an der Hose trocken und sah Ira neugierig an. Er konnte sich nicht vorstellen, dass hier ständig jemand auf sie wartete, um ihr Wasser über die Finger zu gießen.

Statt einer Antwort schöpfte sie erneut die Kelle voll. »So.« Sie legte den Kopf schräg und biss in den angekauten Griff. Erst jetzt bemerkte Simon, dass der Holzgriff der Kelle aussah, als wäre er von Mäusen angenagt. Dann nahm Ira die Seife und wusch sich die Hände, während sie langsam den Kopf drehte und das Wasser aus der Kelle über ihre Finger goss.

»Cool.« Simon war beeindruckt. »Und warum kommt kein Wasser aus dem Wasserhahn?«

»Hier funktioniert gar nichts. Seit Mama tot ist, zerfällt das Haus. Papa macht nichts mehr.«

»Wie: nichts?«

»So wie ich es sage.« Ira verstummte, als hätte sie schon zu viel verraten. Schweigend gingen sie hinauf in die Halle.

»Ira!« Durch das Treppenhaus hallte eine tiefe Stimme. Sie kam von oben und sie wirkte ungeduldig.

Verlegen sah Ira zu Simon.

»Dein Vater?«

Sie nickte. »Ich muss zu ihm.«

Simon verstand. »Alles klar, ich zisch ab.«

Ira hielt ihn zurück. Simon zuckte zusammen, als er ihre Hand auf seinem Arm spürte, er hatte mit der Berührung nicht gerechnet.

»Die Sachen, die du erzählst hast: das mit den leuchtenden Augen und dem Bild von der verlassenen Stadt: Du solltest den anderen davon berichten.«

»Welchen anderen?«

»Ira!« Die Stimme von oben klang nun ärgerlich.

Eilig drehte Ira sich um und ging zur Treppe. Auf der ersten Stufe sah sie zu ihm zurück. »Geh zum Haus am Hafen. Das, wo wir uns kennengelernt haben. Ich komm nach, sobald ich hier fertig bin.«

Simon nickte und grinste erfreut. Sie erwiderte sein Grinsen.

»Ira, verdammt! Wo steckst du?«

Ihr Lächeln verschwand. »Ich muss hoch. Mach die Tür hinter dir zu.« Sie winkte noch einmal, während sie die Treppe hinaufhuschte.

Simon blickte ihr hinterher. Dann ging er zur Ausgangstür, um das Haus zu verlassen.

Er sah nicht, dass sich eine der Türen in der Halle einen Spalt weit geöffnet hatte. Es war die Alte, die ihn beobachtete. Stumm schaute sie ihm nach.

14

Als Simon den Hafen erreichte, erwachte der Ort gerade aus der Siesta: Fensterläden wurden aufgestoßen, Türen öffneten sich, die ersten Bewohner traten auf die Straße. Das Dorf wirkte jetzt belebter als noch eine halbe Stunde zuvor.

Ein Scheppern dröhnte durch die Gasse, die Verkäuferin in der kleinen Bäckerei an der Ecke schob das Scherengitter vor der Eingangstür zur Seite. Es duftete verlockend nach frischem Brot. Simon lief das Wasser im Mund zusammen, er hatte nichts zum Mittag gegessen. Spontan kaufte er sich einen noch warmen Krapfen.

Kauend verließ er den Laden und bog in die Straße ein, die am Hafenkai entlangführte. Erst jetzt erinnerte er sich an den Dicken, dessen Glasscheibe Ira zerdeppert hatte und der ihnen nachgerannt war. Simon durchfuhr es siedend heiß. Doch zu seiner Erleichterung war die Motorjacht verschwunden, und mit ihr der Dicke und die Bikinischönheit. Nur ein rostiges Fischerboot dümpelte an der Kaimauer.

Das alte Haus am Hafen schien verlassen zu sein. Niemand interessierte sich dafür und niemand interessierte sich für Simon. Er aß das letzte Stück des Krapfens und wischte sich seine klebrigen Finger an der Hose ab, bevor er durch die leere

Fensterhöhle in das Innere der Ruine kletterte. Er wartete ab, bis sich seine Augen an das Halbdunkel gewöhnt hatten, dann sah er sich um.

Der große Raum im Erdgeschoss war verlassen, so wie bei seinem ersten Besuch. Nur eine Ratte huschte davon, als er sich näherte, sie hatte eine Tüte mit Müll durchwühlt. Kurz überlegte Simon, hier auf Ira zu warten. Aber vielleicht hatte sie eine Abkürzung genommen und war schon vor ihm hier angekommen. Er beschloss, nachzusehen. Den leeren Flaschen und den morschen Stufen ausweichend, stieg er nach oben. Er schaute in jedes Stockwerk bis hinauf zum Dachboden und steckte sogar seinen Kopf durch die Lücke zwischen den Pfannen, um auf das Dach zu sehen. Doch er suchte vergeblich, Ira war nirgendwo zu sehen. Offensichtlich war sie noch nicht an dem verabredeten Treffpunkt eingetroffen.

Simon wollte gerade wieder hinuntergehen, um dort zu warten, als hinter ihm ein leises Kichern ertönte. Erstaunt drehte er sich um. Niemand war zu sehen, der Dachboden schien verlassen zu sein.

»Hallo, ist da wer?«

Keine Antwort.

Zögernd ging Simon einen Schritt vorwärts, dann einen zweiten. Der Boden knarrte und die morschen Bretter bogen sich unter seinem Gewicht.

»Stopp! Bleib stehen!«

Die Stimme hatte eindringlich geklungen, Simon folgte der Aufforderung. Noch immer sah er niemanden, da war nur der leere Dachboden und eine bröckelige Mauer aus Ziegelsteinen.

Plötzlich, er traute seinen Augen kaum, bewegte sich ein Teil des Mauerwerks, es kippte nach vorne und fiel zu Boden. Erschrocken wich er zurück. Doch statt des Polterns und Krachens, das er erwartet hatte, hörte er nur ein hohles Klacken: Das herausgefallene Stück Mauer war nicht echt, sondern aus Gips und Pappe angefertigt und kaum einen Finger dick. Ein fröhliches Gesicht grinste ihm aus dem Loch in der Wand entgegen, es war ein Junge mit einer Stupsnase und kurzen dunklen Haaren. Eine Baseballmütze saß schief auf seinem Kopf. Er betrachtete Simon forschend, dann drehte er sich um und sah zu jemandem hinter sich. »Ist er das?«

Ein zweites Gesicht quetschte sich in die Öffnung, es war das von Ira, Simon erkannte sie erleichtert. Sie nickte. »Das ist er.«

Simon wollte auf Ira zugehen, doch sie hob warnend die Hand. »Warte, ich führe dich.«

Ihr verbundenes Bein vorsichtig über die Steinkante hebend, kletterte sie aus dem Loch und ging in rätselhaften Schlangenlinien über den Dachboden auf ihn zu. Wortlos ergriff sie seine Hand, um ihn auf dem gleichen Weg zurückzuführen. Simon sah, dass sie konzentriert auf den Boden blickte. Nun entdeckte auch er die kaum sichtbaren Kerben im Holz, die die Strecke markierten, auf der sie gehen konnten. Die anderen Bodendielen waren zu morsch, begriff er, sie würden nicht halten, wenn man sie betrat.

Ira bestätigte seine Vermutung. »Wenn jemand unser Versteck sucht und den Weg nicht kennt, bricht er ein.« Sie grinste zufrieden.

Endlich erreichten sie die Mauer und Ira kletterte durch das

Loch. Kurz blieb sie mit ihrem Verband an einem Steinvorsprung hängen. Simon half ihr, sich zu befreien, dann folgte er ihr auf die andere Seite. Der Junge mit der Stupsnase, der innen gewartet hatte, zog das künstliche Stück Mauer wieder vor die Öffnung.

»Herzlich willkommen.« Ira lächelte. Auch der Junge mit der Stupsnase lächelte freundlich. Zwei weitere Jugendliche saßen auf einer Kiste im Hintergrund und beobachteten Simon genau.

Neugierig sah sich Simon um. Der Raum war groß und gemütlich eingerichtet, mit Teppichen auf dem Boden und Tüchern an den Dachsparren, mit Obstkisten, auf denen man sitzen konnte oder die als Tisch genutzt wurden. Ein Teller mit einer Reihe halb abgebrannter Kerzenstumpen stand auf einer der Steigen. In einer Ecke sah Simon eine Matratze, darauf lagen Kissen, eine Decke und eine Sporttasche, aus der Kleidung heraushing. In einem Blumentopf unter dem Fenster wuchsen Kräuter.

»Was ist das hier?« Simon schnupperte, während er sich umschaute. Es roch gut, sehr würzig, wie in der Küche seiner Mutter.

»Das war mal unser Hauptquartier. Jetzt wohnt hier Filippo.«

Der Junge neben Ira grinste. »Mein neuer Zweitwohnsitz. Ist doch super, oder?« Er bereitete seine Arme aus, als würde er voller Stolz ein prachtvolles Haus präsentieren. Dabei rutschte seine Mütze, die sein Gesicht halb verdeckt hatte, etwas zur Seite. Simon sah über Filippos Auge einen dunklen blauroten Fleck. Jemand hatte ihn vor nicht allzu langer Zeit geschlagen.

Verlegen zog Filippo seine Mütze wieder in die Stirn.

Ira hatte den Blickwechsel beobachtet. Sie ging zu Simon und griff seinen Arm. »Komm. Ich stell dir Luc und Tomas vor.« Sie zog ihn mit sich zu ihren beiden anderen Freunden.

»Das ist Luciano.« Ira wies auf den Kleineren der beiden, ein schmaler, vielleicht zwölf Jahre alter Junge. »Wir nennen ihn nur Luc. Er ist der Kleinste von uns. Ist aber ganz pfiffig in der Birne.«

Luc grinste verlegen.

»Und das ist Tomas.« Ira zeigte auf den Jungen neben Luc. Er war älter als alle anderen, Simon schätzte ihn auf mindestens fünfzehn.

Tomas musterte Simon wortlos. Er war groß, hatte dunkelbraune, halblange Haare, und seine Augenbrauen waren elegant geschwungen, was ihn interessant aussehen ließ. Eine kleine Narbe leuchtete unter seinem linken Auge. Sein Blick war misstrauisch und seine Stimme klang unfreundlich. »Was willst du hier?«

Ira ging dazwischen, bevor Simon antworten konnte. »Musst du ihn gleich so anmachen?« Ärgerlich funkelte sie Tomas an.

Der ließ sich nicht einschüchtern. »Zum Rumquatschen haben wir keine Zeit. Er soll sagen, was er will, und dann wieder abhauen.«

»Schon vergessen? Ich hab ihn hergebracht.«

»Ja, genau. Weiß ich, ob wir ihm trauen können?«

Filippo trat zwischen die beiden. »Könntet ihr euch streiten, wenn ihr alleine seid?« Er wandte sich Simon zu. »Tomas will mit seinen freundlichen Worten sagen, dass er darauf brennt, endlich zu erfahren, warum Ira dich anschleppt. Du musst wer ganz Besonderes sein, denn so was macht sie nicht so oft. Also?« Er betrachtete ihn neugierig.

Simon zögerte. »Womit soll ich anfangen?«

Filippo grinste, während er sich schwungvoll auf die Matratze warf. »Vielleicht mit deinem Namen?« Er verschränkte die Arme unter seinem Kopf und sah ihn abwartend an.

»Okay. Also, ich bin Simon. Wir sind gerade erst hierhergezogen.« Er berichtete, wo sie wohnten und wo sie herkamen, und erzählte, dass sein Vater hier geboren war. Seine Eltern hatten sich kennengelernt, als seine Mutter hier im Dorf die Ferien verbracht hatte.

»Echt?« Filippo war erstaunt. »Dein Opa ist der verrückte Maler?«

»Mein Opa ist nicht verrückt.«

»Aber schon seltsam, oder?«

Simon dachte nach. Er hatte seinen Großvater nie als seltsam empfunden, eher als jemanden, der etwas Besonderes war.

Ira war immer noch ärgerlich, jetzt traf es Filippo. »Was sollen denn die Sprüche über seinen Opa?«

Filippo zuckte mit den Schultern. »Ich mein, das weiß doch jeder hier im Ort, dass der einen an der Waffel hat.«

»Und was ist normal? Wenn man sich so wie dein Vater jedes Wochenende besäuft und dann grölend durch die Straßen rennt?«

Filippos Blick versteinerte.

Tomas stand ungeduldig auf. »Hört auf!« Er wandte sich Simon zu. »Jetzt sag schon, warum du hier bist.«

Simon zögerte. Ira hatte gemeint, dass er hierherkommen sollte. Erwartungsvoll sah sie ihn an. »Na los, jetzt sag schon. Erzähle ihnen, was du mir erzählt hast!«

15

Nachdem Simon alles berichtet hatte, war es eine Weile still. Er hatte nichts ausgelassen, angefangen bei ihrem überraschenden Umzug bis hin zu den leuchtenden Augen im nächtlichen Garten. Auch von seinem Besuch in der Stadt und der Eishand auf der Fassade des Towers berichtete er.

Filippo sprach als Erster. »Krass. Und das sollen wir dir glauben?«

Simon zuckte mit den Achseln. »Musst du ja nicht. Ich glaub's ja selber kaum.«

Tomas erhob sich genervt. Ein paarmal hatte er während Simons Bericht ungläubig geschnaubt, jetzt sah er so aus, als überlege er, ob er Simon gleich oder erst später rausschmeißen sollte. Gereizt sah er Ira an. »Tickst du noch ganz richtig?«

Ira fuhr hoch. »Was soll denn der Spruch?«

»Seit wann frisst du jeden Scheiß, den man dir erzählt?«

Ira wurde blass vor Wut. Doch bevor sie antworten konnte, legte Simon seine Hand auf ihren Arm. Tomas zog seine Augenbrauen zusammen, als er es sah.

»Vergiss es, Ira«, sagte Simon, »ich verzieh mich. War 'ne blöde Idee, hierherzukommen.« Er nickte Luc und Filippo zu und ging zum Ausgang, um den Raum zu verlassen.

»Warte.« Es war Luc, der Simon zurückhielt.

Alle drehten sich zu ihm um. Es schien etwas Besonderes zu sein, dass er sprach.

Luc öffnete den Mund. Für einen Moment schienen die Worte in ihm festzustecken, doch dann redete er. »Ich hab sie auch gesehen.«

»Was hast du gesehen?«

»Die leuchtenden Augen.«

Filippo setzte sich verblüfft auf. »Echt? Wann?«

»Ist schon länger her. Oben am Hang über dem Dorf.«

»Und warum hast du uns nichts davon gesagt?«

Luc hob hilflos die Schultern. »Hättet ihr mir das geglaubt?«

Keiner seiner Freunde antwortete.

Simon zog sich eine Kiste heran und setzte sich Luc gegenüber. »Erzähl mir, was du gesehen hast.«

Luc nickte. Stockend begann er zu berichten. »Es war letztes Jahr. Ich war in den Hügeln unterwegs, um die Adler zu beobachten. Plötzlich kam dieses Gewitter und ich bin zur großen Eiche gelaufen.«

»Spinnst du?« Ira sah ihn vorwurfsvoll an. »Du stellst dich bei Gewitter unter einen Baum?«

»Ich wollte mich dort gar nicht unterstellen«, verteidigte sich Luc beleidigt, »ich wollte zur Hütte auf der Wiese dahinter.«

Simon wusste, welche Hütte Luc meinte. Eigentlich war es nicht mehr als ein verfallener Unterstand, er befand sich in Sichtweite vom Haus des Großvaters in einer windgeschützten Senke. Früher, als auf dem Hügel noch Schafe weideten, hatten sich dort bei Regen oder Sturm die Schäfer mit ihren Tieren untergestellt. Inzwischen kamen keine Schafe mehr, die Sonne hatte das fruchtbare Grün verbrannt, und auf dem Hügel wuchs nur noch struppiges Unkraut, das kein Tier fressen wollte.

»Ich bin bis zur Hütte gelaufen«, erzählte Luc. »Die Wolken wurden immer dichter. Und dann ging es los. Es war das schlimmste Gewitter, das ich je erlebt habe.«

»Stimmt.« Simon nickte.

Tomas sah ihn mit hochgezogenen Augenbrauen an. »Woher willst du das denn wissen? Bist du jetzt auch noch Hellseher?«

Simon ließ sich nicht reizen. »Ich bin auch da gewesen in dieser Nacht«, antwortete er ruhig und begegnete Tomas' Blick. »Ich habe es gesehen.«

Auch im letzten Sommer hatten sie den Großvater besucht, wie schon in den Jahren zuvor. Doch dieses Mal waren sie die ganzen Ferien über bei ihm geblieben. Sein Opa hatte viel Zeit mit ihm verbracht, er erkundete mit ihm die Gegend, ging mit ihm schwimmen und reiten, zeigte ihm essbare Pflanzen und brachte ihm das Spurenlesen bei. Es war ein toller Sommer, auch wenn sein Opa weniger gelacht hatte als früher.

An jenem Abend, von dem Luc sprach, waren sie spät von einem Ausflug zurückgekehrt: Der Großvater hatte ihm ein altes verlassenes Kloster in den Bergen gezeigt. Plötzlich verdüsterte sich der Himmel, ein Gewitter zog über dem Klosterberg auf. Sie brachen eilig auf, um zurück nach Hause zu fahren. Simon war es vorgekommen, als würden die Wolken sie verfolgen. Gerade noch rechtzeitig hatten sie das Haus des Großvaters erreicht.

»Solche Gewitterwolken hatte ich noch nie vorher gesehen«, erzählte Luc weiter. »Sie zogen von den Bergen herab und sie waren groß und ständig in Bewegung. Sie wechselten die Farbe und es blitzte dauernd in ihrem Inneren. Und dann fing es zu regnen an.«

Der Regen war unglaublich gewesen, Simon erinnerte sich noch gut. Es war, als würde eine Wand aus Wasser auf sie herabstürzen. Blitze zuckten und es donnerte wieder und wieder. Sie waren alle in der Küche zusammengekommen, sein Opa, die Eltern und sogar Tim, den Gewitter sonst kaltließen.

»Ich konnte kaum was sehen, so dicht fiel der Regen«, berichtete Luc. Er sah blass aus, die Erinnerung an die Nacht nahm ihn mit. »Die Blitze waren überall. Und dann, ganz plötzlich, hörte der Regen auf. Ich dachte, jetzt ist es vorbei, und wollte schon raus aus der Hütte, als ich diese Wolke sah: schwarz und groß und irgendwie unheimlich. Sie war fast direkt über mir. Und dann blitzte es.«

Auch Simon hatte die Wolke gesehen. Sie hing über ihrem Haus, und Simon war es so vorgekommen, als würde sie gleich herabstürzen, um sie alle zu erdrücken. Gerade als er die anderen auf die Gewitterwolke aufmerksam machen wollte, hatte sich die Wolkendecke geöffnet, und ein Blitz war hervorgezüngelt.

»Der Blitz schoss aus der Wolke, ich habe es genau beobachtet«, sagte Luc. Seine Stimme zitterte. »Ich dachte, jetzt ist es aus mit mir, doch der Blitz fuhr auf das Haus zu, das Haus von seinem Großvater.« Er wies auf Simon.

Der Blitz war auf ihn zugeschossen, wie ein glühendes Messer. Simon hatte vor Schreck geschrien, und überall war gleißendes Licht gewesen, und ein Donner, der so laut war, dass es in den Ohren wehtat.

»Und dann?« Filippo starrte Luc gespannt an.

»Ich weiß nicht genau, was dann passiert ist. Alles war voller Licht. Er sah aus, als hätte jemand eine Kuppel über das Haus gestülpt.«

»Ein Kuppel?« Tomas runzelte die Stirn.

»Ja. Der Blitz ist um das Haus herumgeglitten.«

»Du meinst, der Blitz wurde abgelenkt?«

Luc hob hilflos die Schultern. »Ich hab keine Ahnung. Es ging alles so schnell.«

Filippo grinste. »Ich wette, du hast dir alles eingebildet.«

Luc presste die Lippen aufeinander und schwieg.

Ira warf Filippo einen ärgerlichen Blick zu, bevor sie sich an Luc wandte. »Und die Augen? Du sagtest, du hättest leuchtende Augen gesehen.«

Zögernd sah Luc auf.

»Na los, erzähl schon«, drängte sie ihn.

»Es war kurz nach dem Blitz. Da kam ein Tier aus dem Garten, aus dem von seinem Opa.« Luc warf Simon einen scheuen Blick zu. »Erst hab ich nur einen Schatten bemerkt. Dann huschte etwas über die Wiese, ein Hund oder so was. Ich hab mir nichts dabei gedacht. Bis es zu mir geschaut hat. Da habe ich seine Augen gesehen.«

»Und die haben geleuchtet? Wie Taschenlampen?« Filippo lachte ungläubig.

Luc schwieg beleidigt.

Ira gab Filippo einen Stoß gegen die Brust, sodass er zurück auf die Matratze fiel. »Wie wär's, wenn du mal still bist?« Sie wandte sich Luc zu. »Wie haben die Augen geleuchtet? Grün, so wie Simon es gesagt hat?«

Luc nickte.

»Und warum hast du uns nichts davon erzählt?«

Luc wies auf Filippo, der spöttisch grinsend auf seiner Matratze lag. »Deshalb. Ihr hättet mich ausgelacht.«

»Zu Recht!« Filippo feixte. »Tolle Geschichte. Toll ausgedacht.«

Einen Moment lang war nur Filippos Kichern zu hören.

Dann ertönte leise Tomas' Stimme. »Ich hab die Lichtkuppel auch gesehen.«

»Echt?« Filippo setzte sich auf. »Wo?«

»Am Hügel. So wie Luc es gesagt hat.« Er stockte kurz und blickte aus dem Fenster. »Ich war hier oben, um die Kräuter zu gießen. Dabei ist das Gewitter gekommen, und ich bin hiergeblieben, um zuzusehen. Dann war da dieser Blitz und dieses helle Licht. Ich dachte, ich hätte mich getäuscht, aber ...« Er verstummte. Sein Blick war nachdenklich geworden.

Simon hatte still zugehört, jetzt wandte er sich an Luc. »Wohin ist das Tier gelaufen, nachdem du es beobachtet hast?«

»Über die Hügelkuppe, und dann die Berge hinauf. Irgendwann hab ich es nicht mehr gesehen.«

Es wurde still im Raum, alle hingen ihren Gedanken nach.

Schließlich nickte Ira nachdenklich, sie hatte eine Entscheidung getroffen. Sie blickte in die Runde. Auch Tomas, Luc und Filippo nickten.

Ira wandte sich Simon zu. »Okay. Wir helfen dir. Wir werden gemeinsam herausfinden, was hier geschieht.«

16

Simon hörte seine Mutter in ihrem Büro arbeiten, als er das Haus des Großvaters betrat. Er schleuderte seine Schuhe in die Ecke, wusch im Bad sein Gesicht und trank in großen Schlucken aus dem Wasserhahn. Dann ging er hinüber in die Küche, um etwas zu essen. Im Kühlschrank fand er Kräuterquark und auf dem Herd ein paar gekochte Kartoffeln, seine Mutter hatte ihm das Essen bereitgestellt. Er aß, bis er satt war, danach fischte er sich ein paar Aprikosen aus dem Obstkorb und dachte darüber nach, wo er am besten anfangen sollte.

Sie hatten sich für den nächsten Tag verabredet: Ira, Tomas, Luc, Filippo und er. Sie wollten in die Stadt fahren, um sich den Tower genauer anzusehen. Erst hatten sie überlegt, gemeinsam das Tier mit den leuchtenden Augen zu suchen. Doch außer dass sie nach Spuren Ausschau halten konnten, war ihnen keine Idee gekommen, wie sie das Wesen finden sollten. Und Simon war der Einzige von ihnen, der Spuren lesen konnte. Also hatten sie beschlossen, dass er alleine die Umgebung der Scheune absuchen würde, während die anderen bis zum nächsten Tag so viel wie möglich über den Tower herausfinden wollten.

Simon spuckte die abgekauten Aprikosenkerne in den Mülleimer und verließ das Haus. Er würde im Garten beginnen, immerhin hatte er dort das erste Mal die leuchtenden Augen gesehen. Außerdem war die Erde dort am ehesten für die Spurensuche geeignet.

Der Wind hatte aufgefrischt, er strich durch die Olivenbäume und ließ die Zweige der Oleanderbüsche zittern. Es roch nach Meer.

Simon begann mit seiner Suche im Gebüsch an der Scheune, danach lief er die Beete ab und schaute entlang der Gartenwege. Doch er fand keinen einzigen Abdruck. Als Nächstes durchkämmte er den Hof und den Platz vor der Garage, selbst neben der Auffahrt hielt er nach Spuren Ausschau. Zuletzt ging er entlang der Mauer um das gesamte Grundstück herum. Doch er entdeckte nichts, was von dem Tier stammte. Simon hatte gehofft, dass vielleicht etwas Fell an einem Stein oder einem Mauervorsprung hängen geblieben war.

Schließlich kletterte er durch ein Loch in der Mauer, die das Grundstück umgab, um die weitere Umgebung des Hauses abzusuchen. Die Sonne brannte heiß, als er den Schatten der Bäume verließ. Eine Schildkröte kroch durch den Staub, über einen Felsen huschten Eidechsen. Simon wischte sich den Schweiß von der Stirn, während er die Wege abging. Er wusste, dass seine Suche hier draußen wenig sinnvoll war. Seit Monaten hatte es nicht mehr geregnet, die einst fruchtbare Erde war zu trockenem Staub zerfallen. Hinzu kam der Wüstensand, der vom Wind über das Meer getragen wurde und der sich mit dem Staub vermischte. Auf diesem feinkörnigen Untergrund hielt sich keine Fährte: Jeder Abdruck, der im Sand zurückblieb, wurde vom Wind nach wenigen Minuten verweht.

Enttäuscht kehrte Simon zum Haus zurück. Jetzt, dachte er, blieb ihm nur noch die Scheune, um eine Spur von dem unbekannten Wesen zu finden. Vielleicht hatte er Glück und die Tür stand offen.

Aber die Scheune war fest verschlossen. Simon versuchte, durch das Fenster in das Innere des Gemäuers zu schauen. Doch er konnte nichts erkennen, auch nicht, als er den Staub vom Glas wischte. Er sah nur eine winzige Spinne, die sich auf der anderen Seite der Scheibe an einem Faden herabfallen ließ. Kurz überlegte er, den Scheunenschlüssel aus dem Versteck im Arbeitszimmer der Eltern zu holen, so wie er es schon einmal getan hatte, doch er verwarf den Gedanken sofort wieder: Seine Mutter war im Büro – er hatte keine Chance, unbemerkt an den Schlüssel zu kommen.

Missmutig ging er zurück zum Haus.

Sein Bruder stand am Küchenfenster und starrte heraus, ohne ihn zu bemerken. Simon warf ihm einen kurzen Blick zu, bevor er die Stufen zum Hintereingang hinaufsprang und die Küche betrat. Die Kühle des Raumes tat gut.

Obwohl er selbst schlechter Laune war, spürte Simon sofort, dass es Tim nicht gut ging. Doch er schwieg lieber und ging leise zum Wasserhahn, um sich ein Glas mit Wasser zu füllen: Simon wusste, sein Bruder reagierte empfindlich, wenn man ihm zu nahe kam.

Ohne ein Wort verließ Tim den Raum. Bald dröhnte laute Musik durch das Haus.

Kurze Zeit später betrat die Mutter die Küche. »Hast du eine Ahnung, was mit deinem Bruder los ist?«

Simon schüttelte den Kopf.

Seine Mutter seufzte und stellte den leeren Teller ab, den sie aus ihrem Büro mitgebracht hatte. Dann schenkte sie sich ein Glas Wasser ein. Dabei warf sie ihm einen gespannten Blick zu. »Und?«

Simon verstand die Frage nicht.

»Na, wie war's? Hast du deine Freundin getroffen?«

Simon verzog genervt das Gesicht. »Sie ist nicht meine Freundin, und: Ja, ich habe sie getroffen.«

»Und weiter?«

»Nichts weiter.« Er bereute es, sich nicht rechtzeitig verzogen zu haben.

»Wie sieht sie aus? Ist sie nett? Was habt ihr gemacht?« Seine Mutter ließ nicht locker. »Jetzt lass dir doch nicht alles aus der Nase ziehen!«

Manchmal, dachte Simon, konnte sie echt anstrengend sein.

Noch während er überlegte, was er antworten sollte, wurde die durch das Haus dröhnende Musik lauter. Ärgerlich stellte die Mutter ihr Wasserglas auf dem Tisch. »Jetzt reicht es.« Mit entschlossenem Gesichtsausdruck eilte sie hinaus. Simon folgte ihr.

Im Treppenhaus war die Musik noch deutlicher zu hören, sie dröhnte aus dem Zimmer, das sich Simon bis zum Vortag mit Tim geteilt hatte. Die Mutter lief die Stufen hinauf und klopfte. »Tim!«

Nichts geschah. Sie klopfte noch einmal, diesmal lauter, und als Tim immer noch nicht antwortete, stieß sie ärgerlich die Tür auf. »Tim!« Simon huschte hinter ihr in das Innere des

Zimmers. Tim lag auf seinem Bett, er starrte an die Decke und hatte noch immer nicht bemerkt, dass seine Mutter und Simon im Raum waren.

»Tim!« Jetzt rief die Mutter laut.

Tim fuhr hoch und starrte überrascht seine Mutter an.

»Mach die Musik aus!«

Simon sah, wie Tim nach der Fernbedienung tastete, die neben ihm lag. Die Musik wurde leiser.

»Hier gibt es noch andere Menschen im Haus, okay? Also nimm Rücksicht!«

Tim verzog genervt das Gesicht. »Mann, bist du spießig.«

Simon spürte, wie die Wut in seiner Mutter aufstieg. »Ach ja? Ich bin spießig? Morgens, wenn du ausschlafen willst, dann müssen alle leise sein! Aber selber nimmst du nicht so ein Stück Rücksicht.« Sie hob ihre Hand und ließ zwischen Daumen und Zeigefinger nur wenig Platz. »So läuft das nicht!«

»Jaja.« Tim warf sich bäuchlings auf sein Bett. »Kannst du mich nicht einfach in Ruhe lassen?« Und er vergrub seinen Kopf im Kissen.

Einen Augenblick war seine Mutter verblüfft. Simon erwartete, dass sie nun komplett in die Luft gehen würde, doch zu seiner Verblüffung huschte so etwas wie Verständnis über ihr Gesicht. So schnell, wie ihre Wut gekommen war, so schnell war sie auch wieder fort. »Sag Bescheid, wenn du wieder normal bist. Und so lange lass mich bitte arbeiten. Okay?«

Tim grunzte irgendetwas in sein Kissen.

Die Mutter warf Simon ein aufmunterndes Lächeln zu, dann schloss sie die Tür hinter sich.

Entnervt warf sich Tim auf den Rücken. Erst jetzt bemerkte er, dass Simon im Zimmer war. Er stöhnte auf. »Was willst du denn hier?«

Simon antwortete nicht. Gebannt starrte er seinen Bruder an. Er fühlte genau, was in Tim vorging: Simon spürte Wut und Leid. Doch wenn er sich konzentrierte, dann spürte er noch mehr: Trauer. Die Trauer um einen Menschen, den Tim vermisste.

»Deine Freundin hat mir dir Schluss gemacht.«

Simon sprach aus, was er spürte, ohne darüber nachzudenken.

Entgeistert starrte ihn sein Bruder an.

»Stimmt doch, oder?« Simon war plötzlich unsicher geworden. Das Gefühl, zu wissen, was Tim empfand, war mit einem Mal wie weggewischt.

»Los, verzieh dich.« Tim war stinksauer. Es war nicht schwer, das zu bemerken. »Du hast jetzt ein eigenes Zimmer! Also verpiss dich und lass mich in Ruhe!« Er packte Simon, schob ihn zur Tür und stieß ihn hinaus auf den Gang. Bevor er die Tür zuknallte, beugte er sich vor und zischte Simon wütend an: »Wehe, du schleichst mir noch einmal nach!«

17

Der Mond war schon aufgegangen, als Simon endlich alle seine Sachen in das Atelier gebracht und dort verstaut hatte. Seine Mutter hatte ihm geholfen, obwohl sie eigentlich am Schreibtisch arbeiten wollte: Sie schien zu spüren, dass es das Beste war, wenn Simon und Tim diese Nacht nicht mehr in einem Zimmer schliefen. Auch Tim hatte mit angefasst, er hatte gemeinsam mit der Mutter Simons Bett in das Atelier getragen und danach die Möbel des Großvaters verrückt. Mit seinem Bruder hatte er kein Wort gewechselt.

Als alles an seinem Platz war, ging die Mutter zu Simon und legte ihm ihren Arm um die Schultern. »Na, zufrieden?«

Simon sah sich in seinem neuen Zimmer um. Der Raum wirkte vollkommen anders als zuvor, gemütlicher und großzügig. Sie hatten das Bett ans Fenster gerückt, beim Aufwachen würde er das Meer sehen können. Der Sessel des Großvaters stand jetzt auf der anderen Seite, gleich neben dem alten Arbeitstisch seines Opas, den Simon als Schreibtisch benutzen wollte. In den Materialschränken befand sich nun seine Kleidung, und auch für die Dinge, die mit dem Möbelwagen kommen würden, hatte er noch Platz. Die Farbe des Vorhangs, den seine Mutter am Morgen genäht hatte, passte perfekt.

Die Mutter stupste ihn an. »Ist schön, oder?«

Simon nickte.

»Kommst du noch mit runter?«

Jetzt schüttelte Simon den Kopf. »Ich bleib hier. Ich bin müde.«

Die Mutter lächelte und küsste ihn auf die Wange. »Dann wünsche ich dir eine schöne Nacht. Du weißt ja: Das, was man nach einem Umzug in der ersten Nacht träumt, das geht in Erfüllung.«

Sie wollte gehen, doch Simon hielt sie zurück. Er umarmte sie fest. »Danke, Mama!«

Seine Mutter war überrascht von Simons Geste und sie genoss den besonderen Moment. Simon spürte, wie groß die Liebe war, die sie für ihn empfand.

Mit einem letzten Gute-Nacht-Gruß verließ seine Mutter den Raum.

Nachdenklich ging Simon ins Bad. Er wusch sich flüchtig und putzte seine Zähne, danach machte er sich in seinem Zimmer für die Nacht fertig. Schließlich setzte er sich in den Sessel des Großvaters. Vielleicht half ihm dieser Platz, seine Gedanken zu ordnen.

Es war nicht das neue Zimmer, das Simon beschäftigte, auch nicht der Streit mit seinem Bruder. Ihn bewegte, was er gefühlt hatte. Am Nachmittag, in Tims Zimmer, war er für einen Moment sicher gewesen, genau zu wissen, was in seinem Bruder vorging. Tims Trauer um seine Freundin war für ihn so greifbar gewesen wie ein Gegenstand, den man in die Hand nehmen und betrachten konnte.

Simon dachte an die letzten Tage zurück. Als er die Hände von Iras Großmutter gehalten hatte, war es das erste Mal geschehen. Danach waren es Iras Gefühle gewesen, die er gespürt hatte. Und jetzt die Gefühle von Tim. Und Tim hatte er noch nicht einmal angefasst!

Draußen vor dem Fenster glitzerte das Meer im Mondlicht. Simon stieß die Fensterflügel auf und atmete tief die kühle Nachtluft ein. Das Geräusch der Brandung vermischte sich mit dem scharfen Zirpen der Grillen, die im Gras neben der Garagenauffahrt hockten. Der Platz vor der Garage war leer, ihr Wagen war fort, der Vater würde erst am übernächsten Tag zurückkehren, gemeinsam mit dem Umzugswagen, der ihre Möbel brachte. Gerne hätte Simon jetzt seinem Vater tausend Fragen gestellt.

An jenem Abend, als er seine Eltern in der Küche belauscht hatte, da hatte sein Vater der Mutter gesagt, dass seine Kraft nachlassen würde. Nachdenklich betrachtete Simon seine Hände. Wuchs stattdessen in ihm jene Kraft heran, von der der Vater gesprochen hatte? Es hing mit dem Ring zusammen, vermutete Simon, jenem Ring, den sein Großvater dem Vater gegeben hatte. Seine Mutter wollte anscheinend nicht, dass er ihn bekam, dass er überhaupt nur irgendetwas erfuhr. Simon merkte, wie er ärgerlich wurde. Er spürte doch, dass etwas anders war! Etwas geschah hier und es geschah mit ihm!

Ein Käuzchen flatterte auf und flog davon. Simons Augen folgten ihm, bis sein Blick an den Lichtern der Stadt hängen blieb. Jetzt, in der Nacht, schien die Stadt näher als bei Tag zu sein. Der goldene Tower leuchtete vor einem Meer aus weißen

Sternen. Es war ein schöner Anblick, doch Simon musste an die Eishand denken, die an der Fassade des Turmes entstanden war.

Ein lautes Summen ertönte, dann ein Klacken, ein Käfer war gegen einen der offen stehenden Fensterflügel geflogen. Jetzt kroch er über das Glas. Simon stutzte: Das Hinterteil des Käfers unter den dunklen Flügeln glühte, so als würde in dem Tier ein goldenes Licht brennen. Simon beugte sich vor, um es genauer zu betrachten. Doch der Käfer krabbelte weiter hinaus.

Ohne nachzudenken, lehnte sich Simon aus dem Fenster und streckte seine Hände aus, um den Käfer zu fangen. In dem Moment geschah es: Der Teppich unter seinen Füßen rutschte weg und Simon kippte nach vorne. Erschrocken packte er den Fenstergriff, um sich festzuhalten, doch das Fenster gab nach, es drehte sich im Scharnier und zog ihn hinaus. Vergeblich suchte Simon nach Halt, während sein Oberkörper wie in Zeitlupe über das Fensterbrett kippte. Ein Schrei stieg in ihm auf.

Plötzlich stoppte der Fensterflügel, als hätte etwas die Scharniere blockiert. Ein Ruck ging durch Simons Körper. Verzweifelt klammerte er sich am Fenstergriff fest, den Oberkörper weit hinausgelehnt. Langsam, mit letzter Kraft, drückte Simon sich zurück, bis er wieder mit beiden Füßen auf dem Boden stand. Sein Herz klopfte bis zum Hals, außer Atem rang er nach Luft.

Es dauerte eine Weile, bis er bemerkte, dass etwas anders war: Draußen war es totenstill. Nichts rührte sich. Der Wind schwieg, die Blätter hingen starr an den Bäumen. Selbst das Rauschen des Meeres und das Zirpen der Grillen waren verstummt. Dann, nur einen Lidschlag später, war alles wie zuvor: der Wind, die ferne Meeresbrandung, die leise raschelnden Blätter. Der Fensterflügel, der ihn eben noch gehalten hatte, schwang auf und schlug hart gegen die Wand.

Mit klopfendem Herzen sah Simon hinaus in die Nacht. Er konnte sich nicht erklären, was gerade eben geschehen war. Eigentlich hätte er aus dem Fenster stürzen müssen, hinab auf den Hof. Doch er lag nicht dort unten, er stand hier oben.

Der Käfer, der ihn angelockt hatte, öffnete seine Flügel und flog fort. Das Gold seines Hinterteils verglomm in der Dunkelheit, es verschmolz mit dem Schimmer des Towers am Horizont.

Zitternd kletterte Simon in sein Bett. Die Nachtvögel, die beim Aufprall des Fensterflügels gegen die Wand verstummt waren, setzten ihr Abendkonzert fort. Bald klang alles wieder vertraut.

Simon fiel in einen unruhigen Schlaf. Er träumte von einem weißen Wesen, das langsam näher kam, ein Tier, geschmeidig und elegant wie eine Katze. Sein Fell glänzte und seine scharfen Zähne blitzten im Mondlicht. Beschützte es ihn oder war es eine Gefahr? Das Tier umschlich ihn, es nahm Witterung auf. Seine grünen Augen leuchteten.

Plötzlich zerbarst alles um ihn herum und explodierte in einem Feuerball. Die Welt verglühte, um im nächsten Augenblick zu Eis zu erstarren.

Das ist ein Traum, dachte Simon und blickte zu dem weißen Wesen, das neben ihm saß und in aller Seelenruhe seine Pfoten leckte. Das ist ein Traum!

Doch er wachte nicht auf.

18

Mit einem ersticken Schrei fuhr Simon hoch. Sein Herz hämmerte bis zum Hals. Er brauchte einen Moment, bis er ganz zu sich kam und begriff, wo er sich befand. Simon trat die Bettdecke zur Seite. Ihm war heiß, er hatte geschwitzt, und er fühlte sich erschöpft von seinem Traum. Die kühle Luft, die durch das Fenster hereinkam und über seinen Körper strich, tat gut.

Ein Klacken ließ ihn zusammenfahren. Das Geräusch war vom Fenster gekommen. Klack! Da war es noch einmal. Jemand schleuderte kleine Steine gegen die Scheibe.

Simon stand auf und sah hinaus. Ira stand unten vor dem Haus, die Zwille in der Hand, und schaute zu ihm herauf. Sie grinste, als sie ihn sah. »Komm, steh auf! Wir müssen los!«

»Jetzt?« Er blickte auf die Uhr. »Es ist erst halb fünf!«

»Filippos Onkel kann uns mit in die Stadt nehmen. Er fährt zum Großmarkt. Beeil dich!«

Simon starrte sie verblüfft an, doch dann nickte er. Hastig zog er sich an. Erst wollte er an der Schlafzimmertür seiner Eltern vorbeischleichen, um sich unbemerkt zu verdrücken, doch dann lief er noch einmal zurück in sein Zimmer, schrieb auf einen Zettel eine Nachricht und legte sie der Mutter auf den Nachttisch. Er sei mit Ira und ihren Freunden verabredet, hatte er geschrieben, sie wollten einen Ausflug machen. Das entsprach ja der Wahrheit, zumindest im weitesten Sinne. Seine Mutter seufzte im Halbschlaf und drehte sich auf die Seite.

Der Himmel war blassrot, als Simon aus dem Haus trat, die Sonne war noch nicht aufgegangen. Ira sah ihm entgegen, die Hände in den Taschen vergraben. Sie grinste. »Na, das hat ja gedauert.« Simon hatte keine fünf Minuten gebraucht.

Er grinste zurück.

Gemeinsam gingen sie die Auffahrt hinunter. Simon sah Ira von der Seite an. »Woher hast du eigentlich gewusst, wo mein Zimmer ist?«

»Hab ich nicht. Ich hab geraten. Drei Fenster standen offen. Eines sah nach Eltern aus, mit flatternden Vorhängen und so, in dem anderen hat jemand fürchterlich geschnarcht. Blieb das dritte Fenster.«

»Und wenn es das falsche gewesen wäre?«

»Hätte ich deine Mutter mitgenommen.«

Simon musste lachen, die Vorstellung war witzig.

Sie erreichten die Straße. Ira holte ein Tri-Board unter einem Busch hervor, sie hatte es bei ihrer Ankunft dort versteckt. Mit einer schnellen Bewegung warf sie es auf den Asphalt. Das Board war groß und leicht, und es federte, als Ira draufsprang.

»Und was ist mit deinem Bein?« Simon war skeptisch.

Ira winkte lässig ab. »Ist wieder in Ordnung. Es ziept nur noch ein bisschen.« Langsam glitt sie davon, die Rollen ihres Tri-Boards hatten sich zu drehen begonnen. Die Straße neigte sich an diesem Punkt und führte den Hügel hinab. Das Brett wurde schneller.

»Los, komm.« Ira wies auf den Platz hinter sich. »Spring auf.«

Simon zögerte, doch dann nahm er sich ein Herz. Er rannte ihr nach und sprang hinter ihr auf das Rollbrett.

»Halt dich fest!«

Simon schlang seine Arme um sie. Ira beugte sich vor, und er mir ihr. Er spürte ihren Körper an dem seinen. Für einen Augenblick kam ihm das komisch vor, hier hinter ihr zu stehen und sie zu halten. Doch je schneller das Board wurde, je lauter der Fahrtwind in seinen Ohren pfiff, desto mehr verdrängte das Gefühl der Geschwindigkeit seine Unsicherheit, und er schmiegte sich an sie und genoss die rasende Fahrt.

Bald hatten sie das Dorf erreicht. Nach den letzten Kurven, die sie in halsbrecherischem Tempo durchfuhren, schossen sie an den ersten Häusern vorbei. Ira drosselte das Tempo und steuerte das Board durch die Gassen. Simon kannte die Strecke, es war der Weg, den er zum Einkaufen nahm. Als sie in die Straße einbogen, in der sich der kleine Supermarkt befand, begriff Simon, dass der Laden tatsächlich ihr Ziel war. Ein Lieferwagen stand vor dem Eingang.

Simon zuckte zusammen. »Ach du Scheiße!« Eilig versteckte er sich hinter Iras Rücken.

»Was ist denn los?«

»Die Frau da vor dem Laden, kennst du die?« Simon spähte vorsichtig über Iras Schultern.

»Klar kenn ich die. Das ist Filippos Tante.«

Simon ächzte: Es war die Kassiererin! Bei jedem seiner Besuche in dem Laden war es ihr eine Freude gewesen, ihm die

Haare zu verwuscheln und furchtbar unangenehme Dinge zu sagen. Und es wäre höchst peinlich, wenn sie das jetzt vor Ira und den anderen tun würde.

»Halt an! Bitte.«

»Wieso? Die beißt schon nicht.«

»Hast du eine Ahnung!«

Ira warf ihm einen erstaunten Blick zu. Doch es war zu spät für weitere Erklärungen: Sie hatten den Laden erreicht. Noch während das Brett ausrollte, sprang Simon ab und verbarg sich hinter dem Lieferwagen. Ira gelang es gerade noch, das Gleichgewicht zu halten. Dabei verzog sie ihr Gesicht, ihr Bein schmerzte offenbar immer noch.

Simon hatte Glück: Abgelenkt von der Einkaufsliste in ihrer Hand, hatte Filippos Tante ihn nicht bemerkt. Sie begrüßte Ira und schickte sie in den Laden, in dem sie eine Kanne mit heißem Kakao bereitgestellt hatte. Filippo, Tomas und Luc waren schon da und wärmten ihre Finger an den dampfenden Bechern.

Simon kämpfte mit sich. Der Kakao duftete verführerisch. Aber die Vorstellung, sich für alle Zeiten vor seinen neuen Freunden zu blamieren, war nicht wirklich prickelnd. Besser, er verzichtete.

»Sind alle da?« Suchend schaute sich die Kassiererin um.

Filippo wollte antworten, doch Ira war schneller. »Ja, wir sind komplett.«

Erstaunt sah Filippo zu Ira. »Aber …«

Ira schüttelte unmerklich den Kopf. Filippo schloss seinen Mund wieder.

Seine Tante jedoch widersprach ungehalten. »Von wegen komplett! Einer fehlt.«

Simon zuckte zusammen, als er das hörte.

Doch Filippos Tante kam nicht zu ihm heraus, sondern ging stattdessen zu einer Tür im hinteren Teil des Ladens, um sie aufzureißen und in das Haus hineinzurufen: »Marcel!«

Kurze Zeit später wankte ein verschlafener Mann in den Supermarkt. Er war klein und dick, und seine Augen sahen so aus, als wäre er lieber im Bett geblieben. Filippos Onkel bekam von seiner Frau einen Kaffee, ein Butterbrot und die Einkaufsliste in die Hand gedrückt. »Auf, du musst los. Sonst bist du nicht zurück, wenn ich den Laden aufmache.«

Filippos Onkel grunzte eine unverständliche Antwort, dann ging er hinaus zum Lieferwagen.

»Danke für den Kakao.« Luc lächelte schüchtern.

Auch die Kassiererin lächelte und wuschelte ein wenig in seinen Haaren. Luc schien das nichts auszumachen.

Filippos Onkel hatte inzwischen seinen Kaffeebecher in eine Halterung am Armaturenbrett geklemmt und war hinter das Lenkrad gerutscht. Nun stiegen auch Ira, Tomas, Luc und Filippo ein; Filippo setzte sich neben seinen Onkel auf die Beifahrerseite, die anderen kletterten durch die Seitentür auf die Ladefläche.

Simon stand immer noch draußen hinter dem Lieferwagen: Wie sollte er jetzt bloß unbemerkt in das Innere des Wagens kommen?

Filippos Tante wollte gerade die Seitentür zuwerfen, als Ira sich ihr zuwandte und tat, als sei ihr gerade etwas eingefallen. Sie zauberte ein scheues Lächeln auf ihr Gesicht. »Darf ich einen Kakao mitnehmen?«

Filippos Tante lächelte zurück. »Aber sicher, mein Kind.« Und sie ging in den Laden, um einen Becher zu füllen.

Kaum hatte die Tante sich umgedreht, sprang Ira auf und entriegelte die hintere Wagentür. Es quietschte leise, als sie einen der Türflügel aufstieß. »Los, komm!«

Eilig huschte Simon durch den Spalt in das Innere des Autos. Ira verriegelte die Tür wieder.

Keine Sekunde zu spät: Filippos Tante kam zurück, einen Becher Kakao in der Hand. Sie gab ihn Ira. »Dann gute Fahrt.« Die letzten Worte waren an ihren Mann gerichtet, der hinter dem Steuer des Lieferwagens zusammengesunken war und leise schnarchte. Jetzt schreckte er auf und sah sich erschrocken um, bis er begriff, wo er war.

Filippos Tante verzog ungehalten das Gesicht und stieß ihrem Neffen den Zeigefinger gegen die Brust. »Du bist dafür verantwortlich, dass dein Onkel nicht einschläft. Klar?«

Filippo nickte stumm.

Krachend fiel die Tür ins Schloss. Der Motor dröhnte auf und der Wagen setzte sich in Bewegung.

Nach einer Weile kam Simon hinter der Kiste hervor, hinter der er sich verborgen hatte. Er war erleichtert. Die anderen hatten erstaunt Simons heimlichen Einstieg beobachtet. Doch niemand hatte etwas gesagt, um ihn nicht zu verraten. Jetzt wollten sie wissen, warum er so heimlich getan hatte.

Simon wies auf Filippo. »Seine Tante steht auf blonde Locken.«

Alle nickten, jeder schien zu wissen, was Simon meinte.

»Hier.« Ira streckte ihm den Becher mit Kakao entgegen. »Für dich.«

Simon freute sich, und er nahm dankbar den Becher und trank die süße Flüssigkeit. Tomas beobachtete die Situation argwöhnisch.

Filippos Onkel tankte an der Tankstelle am Ortsrand, dann ließen sie die Häuser hinter sich und glitten auf der neu gebauten Straße den Hügel hinauf. Das Dorf blieb hinter ihnen zurück und mit ihm die Lichter und das Gefühl, unter Menschen zu sein. Stumm fuhren sie durch die Dämmerung.

Simon musste an seinen Traum denken. Erst das Feuer, dann das Eis … Es war unheimlich gewesen, aber er hatte keine Angst gehabt. Die weiße Katze neben ihm war ruhig geblieben, und ihr Gleichmut hatte auch Simon beruhigt: Er hatte gewusst, ihm würde nichts passieren.

Bald hatten sie die Autobahn erreicht. Filippos Onkel beschleunigte den Wagen und sie kamen zügig voran. Zu Simons Erleichterung nahm Filippo seine Aufgabe ernst, er erzählte Witze, die fade waren und deren Pointen sein Onkel stets mit einem Grunzen quittierte. Doch sie erfüllten ihren Zweck, Filippos Onkel schlief nicht ein.

Der Verkehr nahm zu, je näher sie der Stadtgrenze kamen. Interessiert sah Simon aus dem Fenster. Die Dörfer und Vororte, an denen sie vorbeifuhren, erwachten gerade zum Leben, die Bewohner standen früh auf, wenn es noch kühl war und die Hitze noch nicht alles lähmte. Betten wurden gelüftet und Terrassen gereinigt, die ersten Läden öffneten, in einer Autowerkstatt flackerte das Licht auf. Sogar in den Salzgärten unten an der Küste sah Simon schon Menschen bei der Arbeit, sie schöpften mit Holzschaufeln die dünne Salzschicht ab, die sich am Tag zuvor in den flachen Wasserbecken gebildet hatte.

Plötzlich stutzte Simon. Ihm kam es so vor, als ob ihre Fahrt kurz stoppte; nicht nur der Wagen, sondern alles um ihn herum, nur einen Lidschlag lang. Es war, als hätte jemand in das Rad der Zeit gegriffen und alles angehalten. Die Vorstellung war eigenartig. Vielleicht, dachte Simon, bin ich einfach nur müde, so wie Filippos Onkel, und bin kurz eingenickt.

Noch ein zweites Mal hatte er den Eindruck, dass die Welt einen Augenblick stehen blieb, und wieder war es so, als würde der Zeitenlauf rucken. Im gleichen Moment sah Simon einen Schatten, der draußen auf der Straße vorbeihuschte, als wollte er sie überholen. Irritiert blickte Simon zu den anderen: Niemand schien etwas zu bemerken. Als er wieder aus dem Fenster schaute, war der Schatten verschwunden. Auch das Rucken war nicht mehr zu spüren.

Am Stadtrand verließen sie die Autobahn, kurz danach stoppte der Lieferwagen an dem leuchtenden Schild einer U-Bahn-Station. Filippos Onkel drehte sich zu ihnen um. »Ich bin gleich an meinem Ziel, der Großmarkt ist dahinten. Weiter kann ich euch nicht mitnehmen.« Erstaunt entdeckte er Simon zwischen den anderen. »Wer bist du denn? Ach, ist auch egal. Viel Spaß in der Stadt.« Er wartete, bis alle ausgestiegen waren, dann winkte er ihnen noch einmal zu, bevor er mit dem Lieferwagen davonfuhr.

»Seid ihr so weit?« Ira blickte in die Runde.

Die anderen nickten wortlos und warteten, ob sie noch etwas sagen würde, selbst Tomas. Obwohl er älter war als alle anderen, schien er Ira als Wortführerin zu akzeptieren.

»Dann los, gehen wir.« Sie wandte sich der Treppe zu, die zur U-Bahn führte.

Noch einmal sah Simon zurück. Alles war normal, kein Rucken, kein weißer Schatten. Nichts war ungewöhnlich.

Ira drehte sich zu ihm um. »Kommst du?«

Simon nickte.

Gemeinsam stiegen sie hinab in die Unterwelt der Stadt.

19

Die Treppe hinunter in die Tiefe war lang und steil. Müll lag auf den Stufen und der Wind wehte Plastiktüten die Schräge hinab. Trotz der frühen Uhrzeit waren schon viele Menschen unterwegs, zumeist müde aussehende Männer und Frauen in grober Kleidung und mit Händen, denen man die geleistete Arbeit ansah. Ihr Ziel war das Stadtzentrum mit seinen Hochhaustürmen. Tomas erzählte, dass alle, die so früh mit der U-Bahn in die City fuhren, hinter den Kulissen der Stadt arbeiteten. Sie sorgten dafür, dass in den Bürohochhäusern und den Einkaufspassagen, auf den Straßen und den Plätzen alles funktionierte. Die Büromenschen in ihren Anzügen oder Business-Kostümen kamen erst später: wenn die Gehwege, die Grünanlagen, die Mülleimer sauber glänzten, wenn die Fahrstühle fuhren und die Klimaanlagen kühlten, wenn die Häuser gereinigt und die Schreibtische abgewischt worden waren und helfende Hände die Post sortiert, die Zeitungen gebracht, den Kaffee gekocht hatten.

Sie erreichten das Ende der Treppe und folgten einem Gang. Eine zweite Treppe mündete in den Tunnel, dann eine dritte, der Gang wurde breiter. Immer mehr Menschen strömten ihrem Ziel entgegen. Simon war erstaunt, er hatte nicht gewusst, wie viele Menschen im Verborgenen der Stadt arbeiteten. Schließlich erreichten sie den U-Bahnhof. Er war laut und voll und er kam Simon riesig vor. Die anderen lachten, er solle erst mal den Bahnhof im Stadtzentrum sehen, dann wisse er, was wirklich riesig sei.

Sie brauchten nicht lange zu warten. Kurz nachdem sie den Bahnsteig betreten hatten, fuhr eine U-Bahn ein, die Züge kamen alle paar Minuten. Filippo quetschte sich durch den Spalt, kaum dass sich eine der Türen vor ihnen geöffnet hatte, und verteidigte einige Sitzplätze gegen die hereinströmenden Pendler. Sie setzten sich, wenig später fuhr der Zug an.

»Also«, ergriff Ira das Wort, »was habt ihr herausgefunden?« Sie blickte fragend in die Runde.

Luc fing an. Er berichtete, dass der Tower erst vor einigen Jahren gebaut worden war. Ursprünglich hatten in der Mitte der Stadt mehrere kleinere Hochhäuser gestanden, doch ein geheimnisvoller Investor hatte die Grundstücke gekauft und die Häuser abreißen lassen, um Platz für den goldenen Turm zu schaffen.

Ira nickte bestätigend, sie hatte das Gleiche erfahren.

Luc ergänzte, dass niemand wusste, wer in dem Tower arbeitete. »Ich hab meinen Vater gefragt. Er ist bei der Stadtverwaltung. Selbst da weiß es keiner. Die zahlen keine Steuern, brauchen kein Wasser, keinen Strom …«

»Das stimmt nicht«, unterbrach Filippo ihn.

»Woher willst du das denn wissen?«

»Von meinem Onkel!« Filippo war sichtlich stolz, auch etwas beitragen zu können. »Während die den Turm gebaut haben, ist im Großmarkt andauernd der Strom ausgefallen. Wegen der Baumaschinen. Und als der Turm fertig war, ist es noch viel schlimmer geworden. Immer wieder ist das Stromnetz zusammengebrochen.« Irgendwann, ergänzte er, sei wieder alles normal gewesen. Sein Onkel habe gemeint, dass der Turm ein eigenes Kraftwerk bekommen hätte.

»Krass.« Simon hatte gespannt zugehört. »Und weiter?«

»Nichts weiter.« Filippo hatte berichtet, was er wusste.

Ira zog bedauernd die Schultern hoch. »Mehr hab ich auch nicht rausgekriegt.«

»Aber ich weiß noch was.« Tomas meldete sich zu Wort. »Sie bekommen Zucker.«

Alle drehten ihren Kopf zu ihm. »Zucker?«

»Ja. Hat mein Vater beobachtet, in der Lieferzone unter dem Hauptplatz. Mein Vater arbeitet gleich nebenan in der Großküche«, ergänzte er für Simon.

»Oh ja, das tut er«, warf Filippo ein und verdrehte genießerisch die Augen. Die anderen grinsten.

Tomas ließ sich nicht ablenken. »Der Tankwagen kommt einmal in der Woche. Ein Riesending. Mindestens fünfundzwanzigtausend Liter. Erst dachte mein Vater, der bringt Öl oder so was, aber einmal war ein Schlauch undicht, da hat er es gesehen: Die pumpen flüssige Zuckerlösung in ihren Keller.«

»Und wofür soll die sein?« Simon konnte sich nicht vorstellen, wofür jemand jede Woche eine solche Menge Zuckerwasser brauchte.

Auch Tomas wusste keine Antwort.

Einen Moment war es still, bis auf das Rattern der Räder, die über die Gleise rumpelten.

»Könnte das irgendwas damit zu tun haben, dass die Fassade so kalt ist?« Simon sah auf.

Ira schüttelte den Kopf. »Hab noch nie gehört, dass man mit Zucker kühlt. Zucker isst man.«

»Aber die kalte Fassade könnte etwas mit dem hohen Stromverbrauch zu tun haben«, warf Luc ein. »Und das eigene Kraftwerk.«

Simon schwieg nachdenklich. Er musste an das Bild denken, das sein Großvater gemalt hatte: der goldene Turm, umgeben von Ruinen. Alles war zerstört, nur der Turm nicht.

Sie sprachen wenig während der restlichen Fahrt. Die Tunnel, durch die sie fuhren, wurden größer und heller, bis nach einer letzten Kurve Leben in die ruhig dasitzenden Fahrgäste kam. Alle standen auf, nahmen ihre Sachen und drängten zu den Türen. Der Zug verlangsamte die Fahrt und fuhr in den zentralen U-Bahnhof ein. Zischend öffneten sich die Türen. Geschoben von den Mitreisenden, stieg Simon aus.

»Herzlich willkommen im Palast der Unterwelt!« Filippo grinste und sah Simon gespannt an.

Sie standen in einer riesigen Halle, gewölbt wie eine Kirche und fast ebenso groß. Von der Decke hingen glitzernde Lüster herab, ihr Licht spiegelte sich in dem glänzend polierten Boden. Großflächige Mosaike schmückten die Wände, sie funkelten, als seien sie aus Edelsteinen zusammengesetzt. Doch der Blickfang war eine meterhohe schneeweiße Skulptur, sie stand in der Mitte der Bahnhofshalle, eine Frau in einem fließenden

Gewand. Sie hatte ihre Hände gehoben und streckte eine Uhr der Decke entgegen.

Simon war sprachlos.

»Mund zu, es zieht!« Auch Ira grinste.

Simon schloss seinen Mund, der ihm tatsächlich offen stehen geblieben war. »Ist ja irre.« Mehr gab es nicht zu sagen.

Die anderen nickten zustimmend.

»Und wo geht es zum Tower?« Simons Magen kribbelte, seit sie den Bahnhof betreten hatten.

»Dort entlang.« Ira wies auf eine Rolltreppe. »Es ist nicht weit.«

Filippo protestierte. »Können wir nicht erst was essen?«

»Du hast doch gerade bei deiner Tante gefrühstückt!«

»Das ist über eine Stunde her! Bitte, Ira, wir haben den ganzen Tag Zeit, uns den Tower anzusehen.« Filippo drehte sich um. »Jetzt sag doch auch mal was, Tomas!«

Der nickte. »Mein Vater sagt, wir können jederzeit zu ihm kommen.«

Ira seufzte. »Na gut.«

»Heißt das, wir besuchen jetzt erst seinen Vater?« Simon runzelte die Stirn.

Filippo nickte grinsend. »Glaub mir, es lohnt sich!« Mehr sagte er nicht, der Abstecher war beschlossene Sache.

Widerwillig fügte Simon sich seinem Schicksal. Lieber wäre er sofort zum Tower aufgebrochen, doch alleine wollte er nicht gehen. Eilig lief er den anderen nach.

Filippo ging voran, zügig durchschritten sie die Halle. Simon hatte Mühe, die anderen zwischen all den Menschen nicht zu verlieren. Sie passierten die Skulptur, Simon fiel auf, dass er der Einzige war, der hinaufschaute. Von Nahem wirkte sie noch imposanter.

Schließlich bogen sie in einen der zahlreichen Nebengänge ein. Es wurde etwas ruhiger, in diesem Teil des Bahnhofs waren weniger Menschen unterwegs. Sie stoppten vor einer Tür ohne Türklinke. Tomas klopfte.

»Das ist der Notausgang der Zentralküche«, erklärte Luc, als er Simons fragenden Blick sah. »Eigentlich darf man hier nur raus und nicht rein.«

Schritte waren auf der anderen Seite zu hören, dann streckte ein Mann seinen Kopf zur Tür heraus. Er grinste breit, als er sie sah. »Da seid ihr ja endlich. Ich dachte schon, ich müsste alleine frühstücken! Kommt rein!« Er hielt ihnen die Tür auf und schob sie über die Schwelle. »Beeilt euch, der Chef macht gerade Pause. Euer Zeitplan ist perfekt!«

In der Küche, durch die Tomas' Vater sie führte, roch es gut: nach frischem Brot und nach gebratenem Ei, nach geröstetem Schinken und auch ein bisschen nach Schokolade. Zahlreiche Köche arbeiteten mit ihren Gehilfen an den Kochstraßen. Aus Töpfen und Pfannen dampfte es und in den Öfen glänzten noch helle Brotlaibe.

Simon spürte, dass sein Magenkribbeln stärker wurde. Sie schienen sich ihrem Ziel zu nähern, wenn auch nicht über, sondern unter der Erde.

Das Brot war tatsächlich lecker, es war warm und duftete herrlich. Tomas' Vater hatte eine Bank hinter einen der Öfen geschoben, sie konnten dort essen, ohne groß aufzufallen. Zum

Brot gab es frische Marmelade und süßen Honig. Simon hatte schon lange nicht mehr so etwas Feines gegessen.

Trotzdem saß er wie auf Kohlen. Sein Magen kribbelte immer noch, und er wäre gerne sofort aufgebrochen, um hinauf auf den Hauptplatz zu gehen. Der Tower war nahe, Simon spürte es genau.

Schließlich hielt er es nicht mehr aus. Er stand auf. »Ich geh jetzt los.«

Filippo sah ihn entgeistert an. »Aber es gibt noch Kuchen. Oder?« Er schielte zu Tomas' Vater rüber, der lächelnd nickte.

Doch Simon wollte nicht. »Ihr könnt ja nachkommen. Wir treffen uns oben auf dem Platz.«

»Aber der Platz ist riesig! Wie sollen wir uns da finden?«

Ira erhob sich ebenfalls. »Ich gehe mit ihm. Wir schauen uns oben kurz um und danach kommen wir wieder zurück. Okay?« Sie warf Simon einen fragenden Blick zu.

Tomas zögerte, und für einen Moment schien es, als wolle auch er aufstehen. Aber nach einem Blick zu seinem Vater, der gerade den Kuchen holte, setzte er sich wieder.

Ira hatte nichts bemerkt. Sie sah Simon an. »Bist du so weit?«

Simon nickte.

»Dann los!«

20

Sie gingen den Weg zurück zur Bahnhofshalle, den sie gekommen waren. Simon blickte Ira von der Seite an. »Danke.«

Ira grinste schief. »Der Kuchen von Tomas' Vater ist echt lecker. Du weißt nicht, was wir verpassen!« Doch sie schien nicht wirklich sauer zu sein, eher gespannt, was sie erwartete.

Gemeinsam durchquerten sie die Halle, vorbei an einem Blumenladen, direkt dahinter sah Simon eine Rolltreppe, sie war lang, er konnte kaum das obere Ende erkennen. Die Stufen glitten an, als sie die Treppe betraten. Langsam fuhren sie hinauf.

Simons Magenkribbeln nahm zu.

Im gleichen Augenblick zuckte er zusammen: Wie schon einmal auf der Fahrt hierher, hatte er das Gefühl, als ob die Zeit einen Wimpernschlag lang stoppte. Er musste sich festhalten, um nicht das Gleichgewicht zu verlieren. »Hast du das gespürt?«

»Was denn?«

Simon suchte nach Worten. »So ein … ein Rucken. So als ob alles ganz kurz anhält.«

Ira schüttelte den Kopf. »Vielleicht hat die Stufe, auf der du stehst, gewackelt.«

Simon wusste, dass das nicht der Fall gewesen war. Aber er entgegnete nichts – wie sollte er auch etwas erklären, das er selber nicht verstand?

Ein Glitzern ließ ihn aufmerken. Auch Ira war es aufgefallen, denn sie hatte sich so wie Simon umgedreht und blickte die Treppe hinauf. Ein goldenes Glänzen spiegelte sich in der Wand des Treppenschachts. Es wurde stärker und greller, bis sie das Ende der Rolltreppe erreichten. Geblendet kniffen sie die Augen zusammen: Direkt vor ihnen ragte der Tower in die Höhe. Die Sonne war gerade aufgegangen, sie ließ das gewaltige Hochhaus leuchten. Simon blinzelte in das Licht. Wie ein glühender Feuerdorn ragte der Turm in den Himmel.

Ira war beeindruckt. »Wow!« Sie legte den Kopf in den Nacken. »Wenn ich nicht wüsste, dass das nicht geht, würde ich sagen, dass er größer geworden ist.« Sie erzählte, dass sie zuletzt vor einigen Monaten hier gewesen sei, mit Tomas und seinem Vater, er hatte ihnen die Stadt gezeigt.

Simon hörte kaum zu. Fasziniert starrte er den funkelnden Turm an. Er fühlte sich zu ihm hingezogen, aber zugleich auch abgestoßen. Jede Faser seines Körpers sagte ihm, es sei besser, von hier zu verschwinden, doch ein anderer Teil von ihm war fest entschlossen, dem goldglänzenden Gebäude sein Geheimnis zu entreißen. Er würde jetzt nicht umkehren, nicht nach dem langen Weg, den er hierher zurückgelegt hatte. Nicht nach allem, was geschehen war.

Die ersten Anzugträger hatten die City erreicht, sie kamen aus den U-Bahn-Stationen oder strömten aus den Ausgängen der Parkgaragen auf den Platz. Auch Frauen in strengen

Business-Kostümen waren unter den Neuankömmlingen. Ihre Schritte waren schnell und entschlossen und das Klacken ihrer Absätze schallte von den Fassaden zurück. Langsam füllte sich die Fläche zwischen den Hochhäusern. Ira und Simon kletterten auf einen der künstlichen Felsen, die den gepflasterten Teil des Platzes von jenem Teil abgrenzten, der als Park angelegt war. Stumm sahen sie auf die dichter werdende Menschenmenge hinab.

»Siehst du das?« Simon zeigte Ira, was man von hier oben besonders gut beobachten konnte: Obwohl es für viele eine Abkürzung gewesen wäre, direkt am Tower entlangzugehen, mieden alle die Fläche direkt vor dem Haus. Es war, als hätte ein Riese mit einem Zirkel einen Kreis rund um den goldenen Hochhausturm gezogen und jedem Winzling verboten, einen Fuß über die Linie zu setzen. Jeder hielt sich an das Verbot.

Ira stutzte erstaunt und nickte.

»Komm.« Diesmal gab Simon den Ton an, und Ira folgte ihm. Sie durchquerten die Menge und näherten sich der freien Fläche vor dem Tower. An ihrem Rand blieben sie stehen. Keiner der vorbeihastenden Männer und Frauen beachtete sie, so wie auch niemand die kreisrunde freie Fläche rund um das Hochhaus zu bemerken schien. Auch Ira war sie nicht aufgefallen, bis Simon sie darauf hingewiesen hatte.

Ira sah auf. »Was passiert, wenn wir weitergehen?«

»Nichts.«

»Sicher?«

Simon schüttelte den Kopf.

Ira tastete nach seiner Hand, dann schob sie vorsichtig einen

Fuß auf die freie Fläche. Nichts geschah. Auch Simon überschritt die unsichtbare Linie, ohne dass etwas passierte.

Gemeinsam, Hand in Hand, gingen sie weiter, bis sie dicht vor dem Gebäude standen. Niemand beachtete sie, es war, als gäbe es sie gar nicht.

»Und jetzt?«

Wortlos hob Simon seine Hand und berührte mit den Fingerspitzen die Fassade. Sie war kalt, so wie am Vortag. Ein Schauer durchlief ihn. Dann legte er die gesamte Handfläche auf die Wand, einen kurzen Augenblick nur, bevor er seine Hand wieder zurückzog.

Gespannt warteten sie, was geschah.

Wie aus dem Nichts perlten plötzlich kleine Tröpfchen aus der Fassade, glitzernde Kügelchen, die größer wurden und weiterwuchsen, bis eine Hand aus Eiskristallen auf der glatten Fläche enstanden war.

Ira warf Simon einen erstaunten Blick zu. Vorsichtig berührte sie mit ihrem Zeigefinger die Eishand. »Die ist ja kalt!« Sie war verblüfft. »Wie hast du das gemacht?«

»Keine Ahnung. Es passiert einfach.«

Nun legte auch Ira für einen Moment ihre Hand auf die Fassade, direkt neben die glitzernden Eiskristalle. Ihr Handabdruck blieb auf der glatten Fläche zurück wie ein Fingerabdruck auf einem Spiegel.

Gespannt starrten sie auf die Stelle.

Nichts geschah.

Die Eishand schmolz derweil, das Wasser tropfte zu Boden und verdampfte in der Wärme.

»Jetzt versteh ich gar nichts mehr.« Ira war ratlos.

Obwohl er ebenso ratlos war, musste Simon grinsen. »Hast du denn vorher irgendwas verstanden?«

Ira lachte. Dann verstummte sie und warf ihm einen scheuen Blick zu. Irgendwie war das alles unheimlich.

Simon hob seine Hand, um sie noch einmal auf die Fassade zu legen.

»Was passiert eigentlich«, fragte Ira unvermittelt, »wenn du mit beiden Händen die Wand berührst?« Ihre Stimme klang nachdenklich.

Simon stutzte. Dann verstand er, woran sie dachte: an den Moment, als er sie mit beiden Händen angefasst hatte. Er hatte gefühlt, was sie gefühlt hatte.

Aber das war ein Haus, kein Mensch.

Dann erinnerte sich Simon daran, was geschehen war, als er das Bild der verlassenen Stadt in seinen Händen gehalten hatte.

Langsam hob er die Arme und legte beide Handflächen auf die Fassade.

Er fühlte nichts.

Enttäuscht zog er seine Hände zurück.

Plötzlich, als wäre im Inneren des Gebäudes etwas erwacht, hörten sie ein Dröhnen, und die Fassade begann zu vibrieren.

Im gleichen Moment glitt die glänzende Haut des Gebäudes vor ihnen zur Seite.

21

Simon war erschrocken zurückgewichen, und auch Ira starrte überrascht auf das, was geschehen war: Die Fassade des goldenen Hochhauses hatte sich vor ihnen geteilt, in der eben noch spiegelglatten Fläche war ein weit geöffnetes Tor zu sehen, groß genug, dass ein Lastwagen hätte hindurchfahren können.

Vorsichtig gingen sie durch den Eingang. Sie fanden sich in einer riesigen Halle wieder, die mehrere Stockwerke hoch war und fast die gesamte Breite des Gebäudes einnahm. Die Halle war leer bis auf einen Tresen in der Mitte, hinter dem ein uniformierter Mann saß. Die Front des Tresens leuchtete, genau wie der Boden davor, er sah aus wie die Landebahn eines Flughafens bei Nacht. Die restliche Halle lag im Dunkeln, bis auf die Wand im Rücken des Mannes. Dort hingen mehr als zwanzig leuchtende Uhren, die langsam ihre Farbe wechselten. Unter jeder Uhr sah Simon eine geschlossene Aufzugtür. Lichter blinkten auf den Anzeigetafeln zwischen den Türen.

Der Wachmann war aufgestanden, er starrte zu ihnen herüber und wirkte genauso überrascht wie Simon und Ira. »Wie habt ihr das gemacht?«, fragte er, während er um den Tresen herumging und auf sie zu kam.

Simon beobachtete den näher kommenden Mann genau.

Dann erkannte er ihn: Es war der gleiche Wachmann, der ihn am Tag zuvor weggeschickt hatte. Kurz überlegte er, ob es vielleicht besser war, wegzurennen. Doch der Wachmann schien nicht ärgerlich zu sein, nur vollkommen verblüfft. Offenbar geschah es nicht oft, dass sich die Wand vor ihm öffnete.

Er wiederholte seine Frage. »Wie habt ihr das hingekriegt, dass sich das Tor öffnet?«

Simon zuckte mit den Schultern. »Keine Ahnung. Ich habe nur meine Hände auf die Fassade gelegt.«

»Unglaublich.« Der Wachmann betrachtete Simon wie ein seltenes Tier. »Und was wollt ihr hier?«

»Was ist das für ein Gebäude? Können wir uns mal umschauen?«

Der Mann schüttelte den Kopf. »Das geht nicht. Besser, ihr verschwindet. Bevor ihr noch Ärger bekommt.«

Ira zupfte an Simons Ärmel. »Komm, lass uns abhauen.« Sie sah ängstlich aus.

Im gleichen Augenblick summte das Funkgerät des Wachmannes, es ragte aus der Brusttasche seiner Uniform heraus. Simon war es vorher nicht aufgefallen. Der Wachmann holte es hervor und hielt es sich an sein Ohr. »Ja?«

Eine leise Stimme war zu hören, Simon konnte nicht verstehen, was sie sagte.

»Es sind zwei Jugendliche, ein Junge und ein Mädchen«, antwortete der Wachmann. »Der Junge sagt, er hat das Tor geöffnet.«

Die Stimme aus dem Funkgerät zischelte, während der Wachmann zuhörte. Sein Gesicht verzog sich überrascht. »Aber …«

Er verstummte und horchte wieder, warf Simon einen erstaunten Blick zu. Schließlich nickte er. »Ja, ich habe verstanden.« Und er steckte das Funkgerät zurück in seine Tasche.

Simon musterte ihn misstrauisch. Ihm gefiel der Gesichtsausdruck gar nicht, mit dem der Wachmann ihn ansah.

»Ihr könnt euch gerne umsehen und euch alles anschauen.« Der Wachmann trat einen Schritt zur Seite und wies einladend in die Halle. Seine Stimme klang freundlich. Doch etwas in seinem Blick ließ Simon zögern. Und dann sah er es: Unmerklich schüttelte der Wachmann den Kopf, und sein Mund formte drei lautlose Worte, Simon musste sie von den Lippen ablesen. »Haut ab! Schnell!«

Er stutzte. Hatte er richtig gelesen?

Der Wachmann wiederholte seine freundliche Einladung, aber sein Blick blieb angespannt.

Simon tastete nach Iras Hand. Langsam wichen sie zurück.

Im gleichen Moment wechselten die Uhren an der Wand ihre Farbe, sie wurden rot, so wie auch die Lichter im Boden rot aufglühten. Die Aufzugtüren öffneten sich, Männer stürzten heraus, es waren Soldaten in silbergrauen Kampfanzügen, sie trugen Helme mit verspiegelten Visieren. Auch in den Seitenwänden der Halle hatten sich Türen geöffnet, von dort kamen ebenfalls Soldaten auf sie zugerannt.

Ira reagierte als Erste, sie drehte sich um und rannte los. Simon folgte ihr. Er stolperte, spürte eine Hand, Ira half ihm hoch. Gemeinsam hasteten sie durch das Tor aus der Halle hinaus, um den Soldaten zu entkommen. Aber die uniformierten Männer waren überall. Sie kamen aus Türen, die sich im

Turm geöffnet hatten, und verteilten sich auf der freien Fläche vor dem Gebäude, um ihnen den Fluchtweg abzuschneiden. Panisch sah Simon sich um. Es gab keine Möglichkeit, zu entkommen, die Soldaten hatten sie eingekreist. Schnell kamen die Männer näher.

»Hilfe!« Simon schrie in seiner Verzweiflung. »Hilfe!« Auch Ira schrie. Irgendjemand musste sie doch bemerken, irgendwer musste doch sehen, was hier geschah. Doch die Menschen auf dem Platz beachteten sie nicht. Es war, als würde das, was gerade passierte, keinen interessieren.

»Es tut mir leid.« Der Wachmann war ihnen nachgekommen, er sah Simon und Ira mitleidig an. Dann legte er sich auf den Boden, schloss die Augen und bedeckte schützend seinen Kopf mit den Armen.

Simon starrte ihn entsetzt an. Noch einmal schrie er um Hilfe, vergeblich, niemand hörte ihn. Er spürte Iras Hand, sie klammerte sich an die seine. Die Soldaten kamen immer näher. Simon spürte eine eisige Kälte, sie kam von allen Seiten auf sie zu, eine Welle, die heranrollte und über ihnen zusammenschlug. Nur noch wenige Schritte, und die Soldaten würden bei ihnen sein.

Plötzlich huschte etwas quer über den Platz, wie ein heller Blitz, Simon konnte nicht erkennen, was es war, so schnell bewegte es sich. Dann geschah etwas Unglaubliches: Die Soldaten blieben stehen. Nicht, weil sie stehen bleiben wollten. Sie stoppten mitten in der Bewegung, im Laufen, im Sprung, als hätte die Kälte, die sie mit sich brachten, sie eingefroren. Direkt vor Simon hing ein breitschultriger Soldat in der Luft, er hatte die Hände ausgestreckt, um Simon zu packen und zu Boden zu werfen. Jetzt war er ohne Regung, so wie alles um Simon herum. Seine silberne Uniform blinkte matt im Licht der Sonne.

Simon richtete sich auf. Verblüfft sah er sich um. Nichts und niemand bewegte sich. Nicht nur die Soldaten, auch Ira neben ihm stand wie versteinert. Ihr Gesicht war verzerrt, ihr Mund zu einem stummen Schrei geöffnet. Auch auf dem Platz zwischen den Hochhäusern war alles wie eingefroren, die Menschen standen regungslos, als wären sie Teil eines Fotos, das jemand von ihnen gemacht hatte. Selbst das Wasser der Brunnen und Wasserfälle war erstarrt.

Doch das hier war kein Foto. Simon konnte sich bewegen, er konnte aufstehen, sich zwischen den Soldaten hindurchschlängeln und fortgehen, als Einziger auf dem ganzen Platz. Fassungslos drehte er sich zu den Soldaten um. Sie sahen aus wie Statuen eines gigantischen Standbildes.

Da bemerkte er etwas Seltsames: Die silbergrauen Uniformen der Soldaten waren rissig, und die Fäden schillerten. Neugierig betrachtete er die Uniform von einem der Männer genauer. Die Fäden waren nicht gewebt, sondern miteinander verklebt, von winzigen Spinnen, die in den Ritzen und Falten des Stoffes saßen. Erstaunt starrte Simon auf das Spinnengewebe, in das der Soldat eingekleidet war.

Langsam wich er zurück. Das, was hier geschah, konnte auf keinen Fall wirklich sein! Er würde gleich aufwachen und in seinem Bett liegen. Oder er würde davonfliegen und in einen anderen Traum eintauchen, und morgen früh wäre alles vorbei.

Doch er flog nicht davon. Und er würde auch nicht in seinem Bett aufwachen. Das hier war die Wirklichkeit.

Panik stieg in ihm auf. Er musste weg hier! Simon begann zu rennen, weg von den Spinnen, weg von den Soldaten, weg von dem goldenen Hochhausturm. Dann fiel ihm Ira ein. Sie war immer noch dort, alleine zwischen den heranstürmenden Soldaten, regungslos wie sie. Er lief zurück zu ihr und versuchte, sie mit sich zu ziehen, doch es war vergeblich, er hätte genauso gut versuchen können, einen Felsbrocken zu bewegen. Hilflos ließ er die Arme sinken.

Da bemerkte er aus den Augenwinkeln eine Bewegung. Er fuhr herum. Nichts rührte sich. Angestrengt spähte Simon durch die erstarrten Soldaten hindurch. Und dann sah er es: Ein Raubtier schlängelte sich zwischen den Beinen der Männer durch, es war ein Leopard, er sprang auf Simon zu.

Die Augen des Tiers leuchteten.

22

Der Leopard näherte sich ihm bis auf wenige Meter. Simon hielt den Atem an. Dann blieb das Tier stehen. Es musterte ihn forschend. Aus der Nähe sahen seine Augen klug aus und ihr Leuchten wirkte warm anstatt unheimlich. Simons Furcht wich gespannter Aufmerksamkeit.

»Wer bist du?« Simon sprach, ohne darüber nachzudenken, ob ein Leopard ihm antworten könnte. Alles war möglich in diesem Augenblick, und so verblüffte es ihn keinen Moment, als das Tier antwortete.

»Ich bin Ashakida.«

Simon stutzte, als er die Stimme hörte: Sie klang weich und sanft, wie die eines Mädchens, und schien nichts mit dem Raubtier zu tun zu haben, das vor ihm stand. Erst als die Leopardin sich umdrehte und paar Schritte davonlief, sah Simon, dass die eleganten Bewegungen des Tiers und seine Stimme zueinander passten.

Die Leopardin blickte zurück zu ihm. »Worauf wartest du? Komm!«

Simon zögerte, der Aufforderung zu folgen. »Was ist hier passiert?«

»Ich erklär es dir später.«

»Hast du alles angehalten?« Simon wies auf den Platz, auf dem alles erstarrt war.

Die Leopardin nickte ungeduldig. »Komm jetzt. Wir haben keine Zeit, hier zu reden.«

Simon stutzte. »Die Zeit, natürlich! Du hältst die Zeit an!« Beeindruckt betrachtete er die Leopardin. »Das Rucken, auf dem Weg hierher, das warst auch du, richtig? Und heute Nacht, als ich fast aus dem Fenster gefallen bin, da hast du auch die Zeit gestoppt.«

Die Leopardin fauchte nervös.

»Aber wenn die Zeit stillsteht«, fuhr Simon fort, »warum kann ich mich bewegen? Und Ira nicht?«

Unruhig sah Ashakida sich um. »Hier ist nicht der richtige Ort, um zu reden! Lass uns gehen!«

Simon spürte die Anspannung der Leopardin, die Gefahr war noch nicht gebannt. Dennoch schüttelte er den Kopf. »Ich kann hier nicht weg. Nicht ohne Ira.«

»Aber du musst!« Nervös peitschte Ashakidas Schwanz hin und her. »Ich weiß nicht, wie lange ich die Zeit noch halten kann.«

Simon sah zurück zu Ira, die regungslos zwischen den angreifenden Soldaten stand. Die Soldaten würden sich auf sie stürzen, sobald die Zeit weiterlief. Sie würde keine Chance haben.

»Du musst ihr helfen!«

Die Leopardin bleckte ungeduldig die Zähne. »Dir muss ich helfen. Sie ist unwichtig.«

Simon spürte bei den Worten der Leopardin einen Stich in

seinem Herzen. Obwohl er Ira gerade erst kennengelernt hatte, war der Gedanke, sie hier zurückzulassen, für ihn unvorstellbar. Entschieden schüttelte er den Kopf. »Nein, das ist sie nicht! Sie ist nicht unwichtig.«

Ashakida seufzte. »Dein Großvater hatte mich gewarnt, dass du ein Dickkopf wärst.«

»Mein Großvater? Was ist mit ihm? Weißt du, wo er ist?«

Plötzlich ging ein Rucken durch die Soldaten um sie herum, so als hätte ein unsichtbarer Dirigent ihnen ein Zeichen gegeben. Es war nur ein winziger Augenblick, dann standen sie wieder still.

»Was war das?« Simon war erschrocken zurückgewichen.

Statt einer Antwort fletschte die Leopardin ihre Zähne, sie kämpfte mit etwas und sie brauchte ihre ganze Kraft. Ein Stöhnen entwich ihr. Erneut ging ein Ruck durch die Soldaten. Auch die Menschen auf dem Platz bewegten sich ein Stück, bevor sie wieder wie eingefroren dastanden.

Mit drei Sprüngen war Ashakida bei Simon. »Wir müssen uns beeilen!« Sie schnappte nach seiner Hose, um ihn mit sich zu ziehen.

Simon wehrte sich. Die Zähne der Leopardin zerfetzten sein Hosenbein.

»Ira muss mit uns kommen!«, sagte er entschlossen. »Ohne sie gehe ich nicht.«

Ashakida knurrte ärgerlich. Für einen Moment befürchtete Simon, dass sie ihn angreifen würde, doch sie fauchte nur laut und starrte ihn an. Simon sah, wie ihre Augen aufglühten, so als ob sie ihn mit ihren Blicken durchbohren wollte. Dann spürte er Ashakidas Geist. Es war, als würden ihre Gedanken in ihn eindringen. Obwohl er so etwas zum ersten Mal erlebte, wusste er sofort, was sie vorhatte: Sie wollte ihm ihren Willen aufzwingen. Doch das ließ er nicht zu. Er wollte Ira retten, das war das Einzige, was jetzt zählte.

Sie kämpften eine Weile, dann wich Ashakida zurück. Sie schloss ihre Augen. Erschöpft sah sie ihn an, ihr Blick war nachdenklich geworden. »Dein Großvater hat recht: Wenn uns einer helfen kann, dann du.«

Erneut ging ein Ruck durch die Zeit, dann ein zweiter. Simon sah erschrocken, dass der Erste der Soldaten Ira gepackt hatte. Jetzt war ihr Gesicht vor Schmerz verzerrt.

»Hilf ihr! Bitte!«

Ashakida seufzte, dann lief sie zu Ira und biss zu. Krachend bohrten sich die Zähne der Leopardin in Iras steinhartes Bein. Ein Zittern durchlief Ashakida, doch sie ließ nicht locker. Simon sah, wie sich erst Iras Bein zu bewegen begann, dann der Rumpf, die Arme, ihr Kopf. Er sprang der Leopardin zu Hilfe: Gemeinsam zogen sie Iras Arm aus dem Griff des Soldaten, dann packte Simon ihre Hand, um sie aus dem Kreis der Angreifer fortzuführen. Sie stöhnte auf und stolperte mit ihm. Ihre Augen blieben geschlossen. Simon griff ihren Arm, spürte ihren Herzschlag unter seinem Griff, er war unendlich langsam, so als wäre sie betäubt. Wie in Trance stolperte Ira ihm nach. Sie strauchelte, fiel auf die Knie. Mühsam zog Simon sie hoch. »Ashakida, hilf mir.«

Als die Leopardin nicht antwortete, sah Simon zurück zu ihr. Ashakida war dort stehen geblieben, wo er sie zurückgelassen hatte: zwischen den angreifenden Soldaten. Sie wirkte schmaler als zuvor, als habe sie das, was sie getan hatte, unendlich viel Kraft gekostet.

»Geh jetzt«, sagte sie, »schnell! Verlass die Stadt!«

»Aber …«

»Geh, verdammt noch mal!« Ashakida fauchte auf, Simon wusste nicht, ob aus Wut oder aus Verzweiflung.

Ohne ein weiteres Wort packte Simon Iras Arm und zog sie mit sich, an den Soldaten vorbei und weiter über die freie Fläche vor dem Tower. Bevor sie in die Menge der regungslos dastehenden Menschen eintauchten, drehte Simon sich noch einmal um.

Ashakida hatte den Ring der angreifenden Soldaten verlassen, sie stand jetzt am Rand der freien Fläche und sah ihnen nach. Obwohl die Entfernung zwischen ihnen groß war, konnte er verstehen, was sie ihm sagte. »Wir sehen uns wieder. Sehr bald.«

Ihr Körper spannte sich an und mit einigen schnellen, eleganten Sprüngen war sie verschwunden.

23

Der Weg zurück war mühsam. Waren sie auf dem Hinweg einfach quer durch die Menge gegangen, musste Simon jetzt jedem Menschen ausweichen, der ihnen regungslos im Weg stand, gefangen in der Zeit. Jeder und alles stellte ein unverrückbares Hindernis dar. Selbst der Nebel aus feinsten Wassertröpfchen, der am Brunnen in der Luft stand, war für sie undurchdringbar. Es war wie in einem gigantischen Labyrinth: Manche Wege, die sie einschlugen, waren plötzlich versperrt, dann taten sich Lücken zwischen zwei oder drei erstarrten Menschen auf. Gassen, die breit schienen, wurden plötzlich schmal, sodass sie nicht hindurchkamen und umkehren mussten. Ira, die Simon willenlos folgte, machte die Sache nicht leichter.

Schließlich erreichten sie den Eingang zum U-Bahnhof. Die Rolltreppen standen still, so wie sich auch sonst nichts regte. Simon zog Ira die Stufen hinab, sie stolperte ihm nach, die Augen geschlossen. Auf der Hälfte des langen Abstieges versperrte eine Gruppe von Frauen die Treppe. Die drei lachten mit erstarrten Gesichtern, eine von ihnen musste gerade einen Witz gemacht haben, als Ashakida die Zeit angehalten hatte. Simon versuchte sich an den Frauen vorbeizuquetschen, doch auf beiden Seiten war der Spalt zu schmal. Auch zwischen ihren Beinen konnten sie nicht hindurchkriechen.

Simon blickte hinüber zur anderen Rolltreppe. Dort war der Weg frei. Sie würden hinüberklettern müssen, es war die einzige Möglichkeit, die ihnen blieb, wollten sie nicht umkehren. Aber es würde nicht so einfach sein, auf die andere Seite zu kommen. Die beiden Rolltreppen waren nicht direkt nebeneinander gebaut, eine glatte, schräge Fläche, vielleicht zwei Meter breit, trennte die beiden Treppen voneinander.

Simon kletterte über das Geländer hinauf auf die Schräge. Behutsam zog er Ira mit sich. Die Augen geschlossen, stieß sie gegen die Seitenwand der Rolltreppe, und ihr Oberkörper klappte vornüber. Erst als er sich über sie beugte und eines ihrer Beine anhob, begann sie, über den Rand zu klettern.

Simon wartete, bis auch Ira auf der Schräge saß. Dann stemmte er die Gummisohlen seiner Turnschuhe auf die glatte Fläche und begann damit, sich vorsichtig auf die andere Seite zu schieben. Ira folgte ihm. Doch anders als er hielt sie sich nicht fest, und ehe Simon es verhindern konnte, glitt sie ab und geriet ins Rutschen. Verzweifelt versuchte er, sie zu packen, aber auch er verlor seinen Halt. Gemeinsam rutschten sie die Schräge hinab.

Schnell nahm ihr Tempo zu. Simon griff nach dem Geländer der Rolltreppe, doch es glitt unter seinen Hände hindurch, bis seine Handflächen heiß wurden. Hastig ließ er es los. Sie wurden immer schneller, stürzten in einem rasenden Tempo dem U-Bahnhof entgegen. Simon zog Ira an sich, er beugte sich schützend über sie und zog seinen Kopf ein. Wie eine Kugel schossen sie auf das Ende der Treppe zu. Dann die letzten Meter, die Schräge machte einen Knick, und sie flogen, wie von einem Katapult abgeschossen, in die Bahnhofshalle.

Der Aufprall war schmerzhaft. Er landete auf der Seite, Ira schlug zuerst mit ihren Beinen auf. Doch während er aufschrie, schien sie nichts zu spüren, ihr Gesicht blieb ausdruckslos. Hilflos schlitterten sie über den glänzenden Boden. Simon versuchte, sie zu bremsen, doch es war vergeblich, der Boden war wie poliert. Erschrocken sah er, worauf sie zuschossen: Vor ihnen befand sich ein Blumenstand, der Boden vor dem Verkaufspavillon stand voller Vasen und blumengefüllter Eimer. Simon wusste, jede Vase, jeder dieser Eimer war jetzt wie ein Felsbrocken, unverrückbar und hart. Er kniff die Augen zusammen, zog Ira an sich und wartete auf den Schmerz.

Plötzlich war Lärm um sie herum, Bewegung, dann erschrockene Schreie. In der gleichen Sekunde schossen sie in den Blumenstand hinein. Wie Kegel flogen die Eimer zur Seite und Blumen segelten durch die Luft. Ira schrie neben ihm, sie klammerte sich an ihm fest, voller Panik. Dann wurden sie langsamer, blieben schließlich in einem Durcheinander von Blumen, Scherben und umgestürzten Eimern liegen.

Simon sah auf. Die Menschen um sie herum bewegten sich, als wäre nie etwas geschehen. Die meisten gingen ungerührt durch die Bahnhofshalle, manche waren stehen geblieben und schauten zu ihnen.

Ira richtete sich verblüfft auf. Sie zuckte zusammen, als sie ihr Bein betastete, doch sie achtete nicht auf die Schmerzen. »Wo bin ich? Was ist passiert?«

Simon hatte sich aufgerappelt, jetzt zerrte er sie hoch. »Komm! Schnell!« Er humpelte los, zog Ira mit sich. Fassungslos stolperte sie ihm nach.

Ein Schrei ertönte, der Blumenhändler kam aus seinem Pavillon hervor. Geschockt starrte er auf das Durcheinander.

Simon wartete nicht ab, bis der Händler auf die Idee kam, sie für den Schaden verantwortlich zu machen. Er griff nach Iras Hand, und so schnell sie konnten, rannten sie weiter in die Halle hinein und verschwanden in der Menschenmenge. Das Zetern des Blumenhändlers hinter ihnen wurde leiser.

Endlich erreichten sie einen Nebengang, der weit genug entfernt war, um anzuhalten. Außer Atem lehnten sie sich an die Wand.

Ira sah ihn an. »Kannst du mir das hier mal erklären?«

»Ja. Aber nicht jetzt.«

»Toll.« Ärgerlich stieß sie sich von der Wand ab. »Eben noch war ich mit dir vor dem Tower und eine Horde von Soldaten stürzt auf uns zu. Und in der nächsten Sekunde rutschen wir dahinten durch die Halle und landen in einem Blumenladen.« Sie sah an sich herab. »Gott, wie seh ich aus …« Sie verstummte erschrocken, als sie ihr von Ashakidas Zähnen zerfetztes Hosenbein entdeckte. Langsam schob sie einen der Stofffetzen zur Seite. Das Bein darunter war blutunterlaufen, der Abdruck von Zähnen war zu sehen, das Gebiss eines Raubtiers. Blut sickerte aus einer der Wunden.

»Ich erklär dir alles später, Ira.« Simon legte seine Hand auf ihren Arm, bevor sie etwas sagen konnte. »Ashakida sagt, wir müssen raus aus der Stadt.«

»Ashakida?«

Simon ignorierte ihre Frage. Er sah ihr in die Augen. »Vertraust du mir, Ira?«

Sie zögerte, nickte schließlich.

»Dann komm. Wir holen die anderen.«

24

Tomas wartete schon auf sie, als Simon und Ira den Notausgang der unterirdischen Küche erreichten. »Mann, wo wart ihr denn? Wir suchen euch schon überall!« Er war wütend. Sein Ärger verschwand, als sie ins Licht traten und er ihre zerrissene Kleidung sah. »Himmel! Was ist denn euch passiert?«

Simon winkte ab. »Nichts Schlimmes. Wir sind die Rolltreppe hinuntergefallen. Ein kleiner Unfall, nichts weiter.« Das war die Wahrheit, und mehr wollte Simon nicht erzählen, nicht hier und nicht jetzt.

Ira warf ihm einen erstaunten Blick zu. Aber als er schwieg, sagte auch sie nichts.

Tomas hatte Iras Blick bemerkt. Sein Gesichtsausdruck wurde misstrauisch. »Was ist geschehen?«

Bevor Simon antworten konnte, öffnete sich der Notausgang, es war Tomas' Vater, offenbar hatte er sie gehört. Auch er war erschrocken, als er Ira und Simon erblickte. Doch er sagte kein Wort, hielt nur die Tür auf und bedeutete ihnen, hereinzukommen.

Während sie in die Küche gingen, betrachtete Simon ihr Spiegelbild in den Glasflächen, an denen sie vorbeigingen: Er und Ira sahen nach ihrem Sturz die Rolltreppe hinab furchtbar aus.

»Setzt euch.« Tomas' Vater wies auf die Bank hinter dem Ofen. »Ich seh mir erst mal Iras Bein an.« Er holte frisches Wasser und ein sauberes Tuch, während sie sich auf der Bank niederließ. Vorsichtig wusch er die Wunde aus. Dann desinfizierte er die Bissstellen und wickelte eine Mullbinde, die er aus einem Erste-Hilfe-Kasten holte, um das Bein. Er war nachdenklich geworden. »Komisch«, sagte er und klebte mit einem Pflasterstreifen das Ende der Mullbinde fest. »Das sieht wie eine Bisswunde aus.« Forschend sah er Ira an.

Ira zuckte nur mit den Schultern.

»Das muss sich ein Arzt ansehen! Hörst du?«

»Ich geh zu meiner Oma. Versprochen! Danke für den Verband.«

Tomas' Vater nickte.

»Dann lass uns aufbrechen.« Ira erhob sich mühsam.

Bevor Simon reagieren konnte, war Tomas bei ihr und reichte ihr seine Hand, um sie zu stützen.

Sie verabschiedeten sich von Tomas' Vater. Er gab Simon und Ira jeweils ein kleines Päckchen mit Kuchen, das er für sie vorbereitet hatte, dann brachte er sie aus der Küche hinaus.

Die anderen warteten im Gang vor der Ausgangstür, Tomas hatte ihnen in der Zwischenzeit Bescheid gesagt. Gemeinsam gingen sie zur U-Bahn und stiegen in den nächsten Zug, um zurück an den Stadtrand zu fahren. Simon schwieg beharrlich, auch als die anderen ihn fragten, er wollte nicht erzählen, was geschehen war. Er wusste nicht genau, warum er das tat. Hier seien zu viele Menschen, die mithörten, sagte er sich, während er aus dem Fenster starrte. Doch er ahnte, dass er einen Anlass suchte, den anderen nichts sagen zu müssen.

Ira blickte Simon nachdenklich an, und als er sich zu ihr umdrehte, schaute sie nicht weg. Einen Moment lang trafen sich ihre Blicke. Dann schlug Simon die Augen nieder.

Tomas beobachtete sie aufmerksam.

An der Endhaltestelle verließen sie den Zug und gingen gemeinsam den langen Gang zurück, den sie am Morgen gekommen waren. Es war voll, viele Menschen waren unterwegs. Simon war froh, dass sie nicht alleine waren, denn so hatte er einen Grund, weiterhin über die zurückliegenden Ereignisse zu schweigen.

»Und wie kommen wir wieder zum Dorf?« Erst jetzt wurde Simon klar, dass er keine Ahnung hatte, wie sie nach Hause zurückkehren sollten.

Filippo sah auf die Uhr. »Wenn wir Glück haben, vielleicht mit dem Wagen. So müde, wie mein Onkel war …«

Sie hatten Glück: Als sie den Ausgang der U-Bahn verließen, entdeckten sie tatsächlich an einer Laderampe des Großmarktes den Lieferwagen des Supermarktes. Filippos Onkel saß hinter dem Steuer und schlief. Erschrocken fuhr er hoch, als Filippo an die Windschutzscheibe klopfte. Er blickte auf die Uhr und stöhnte entsetzt auf.

Kurz darauf waren sie unterwegs. Filippos Onkel bestritt fast alleine die Unterhaltung, während er über die Autobahn bretterte. Er war nervös, weil er eingeschlafen war, und zugleich erleichtert, dass er seine unerwarteten Passagiere bei sich hatte. »Euch schickt der Himmel!«, sagte er immer wieder, während er laut überlegte, was für eine Geschichte er seiner Frau erzählen sollte. Ira und ihre Freunde schenkten ihm einen Grund für seine Verspätung, zumindest wollte er das gegenüber seiner Frau behaupten. Er drehte sich zu ihnen um. »Ihr verratet mich doch nicht, oder?«

Sie schüttelten den Kopf.

Simon hatte kaum zugehört. Immer wieder musste er daran denken, was in der Stadt geschehen war. Der Angriff der Soldaten, die Zeit, die plötzlich anhielt, eine Leopardin, die ihn beschützte … Alles kam ihm wie ein Traum vor, wären da nicht Iras verletztes Bein und seine zerfetzte Hose gewesen.

Nachdenklich starrte Simon aus dem Fenster. Wie sollte ihm jemand das alles glauben? Er konnte ja selbst kaum begreifen, was passiert war. Allein der Gedanke, dass eine Leopardin auf ihn aufpasste, kam Simon absurd vor. Doch sie hatte eingegriffen, als die Soldaten ihn packen wollten, sie hatte die Zeit gestoppt, als er fast aus dem Fenster gestürzt war. Schon im letzten Sommer musste sie ihn beschützt haben, immerhin hatte Luc die Leopardin gesehen, nachdem der Blitz fast das Haus des Großvaters getroffen hatte. Ob Ashakida den Blitz abgelenkt hatte?

Simon lachte auf. Was für ein Blödsinn! Er war ein dreizehn Jahre alter Junge und nichts weiter. Warum sollte es wichtig sein, was er tat? Warum sollte er beschützt werden müssen? Dass alles musste ein Irrtum sein!

Ira sah ihn forschend an, sie hatte ihn lachen gehört. »Alles klar mit dir?«

Er nickte stumm.

Etwas in ihm weigerte sich, weiter nachzudenken.

Morgen, dachte Simon, würde sein Vater zurück sein, morgen würden alle seine Fragen beantwortet werden.

Endlich bogen sie in die Straße ein, die von der Autobahn zum Dorf führte.

»Wo wohnst du?« Filippos Onkel drehte sich zu Simon um. »Ich bring dich nach Hause.«

Simon erklärte ihm den Weg.

Bald darauf fuhren sie die staubige Straße den Hügel hinauf. Das Haus des Großvaters leuchtete in der Sonne. Niemand sagte ein Wort, bis der Lieferwagen vor der Einfahrt stoppte.

Ira warf Simon einen fragenden Blick zu, und auch die anderen schienen auf etwas zu warten. Simon wusste, worauf: dass er ihnen endlich erzählte, was in der Stadt geschehen war.

Simon zögerte. »Kommt ihr noch mit?«

Bevor sie antworten konnten, mischte sich Filippos Onkel ein. »Nichts da. Euer Ausflug ist vorbei, so wie ihr ausseht. Ich werde jetzt jeden Einzelnen von euch nach Hause bringen.« Seine Stimme klang entschieden. Er beugte sich zur Seitentür und stieß sie auf.

Simon fügte sich und verließ den Wagen. Sein Blick begegnete Iras, stumm sahen sie sich an, bis Tomas aufstand und wortlos die Seitentür zuwarf.

In eine Staubwolke gehüllt, fuhr der Lieferwagen davon.

Als er die Auffahrt hinaufging, merkte Simon, wie erschöpft er war. Sein Kopf schmerzte, und die Seite, auf die er bei ihrem Sturz die Rolltreppe hinab gefallen war, tat bei jedem Schritt weh. Langsam näherte er sich dem Haus. Er hatte es noch nicht ganz erreicht, als die Tür aufgerissen wurde und seine Mutter herausstürzte.

»Simon!« Erschrocken starrte sie ihn an. Dann lief sie zu ihm und nahm ihn in die Arme. »Was ist denn passiert?«

Simon wand sich aus ihrer Umarmung. »Nichts.«

»So siehst du aber nicht aus!« Sie betrachtete ihn besorgt und entdeckte sein zerfetztes Hosenbein.

Simon folgte ihrem Blick und winkte ab. »Ein Fahrradunfall. Ich hab mich flachgelegt. Nichts Schlimmes.« Er hatte ein schlechtes Gewissen, sie anzulügen. Doch zum einen würde sie ihm kein Wort glauben, und zum anderen würde sie ihm garantiert verbieten, auch nur einen einzigen Schritt aus dem Haus zu tun, wenn sie von dem Besuch in der Stadt erfuhr. Doch das durfte nicht sein, er wollte zu Ira und mit ihr reden, alleine, ohne die anderen: ohne Tomas und seine misstrauischen Blicke, ohne Filippo und seine Kommentare, auch ohne Luc.

Seine Mutter nahm ihn mit ins Haus. »Komm, das seh ich mir mal an.« Kopfschüttelnd betrachte sie seine ramponierte Kleidung. »Geh hoch und zieh schon mal deine Sachen aus.« Sie hatte erst vor einer Stunde gemerkt, dass Simon nicht mehr in seinem Bett war, und sich Sorgen gemacht. Daran hatte auch der Zettel, den sie bald danach auf ihrem Nachttisch entdeckt hatte, nichts geändert. »Das nächste Mal weckst du mich, wenn du das Haus verlässt, ja?«

Simon versprach es und ging hinauf in sein Zimmer.

Langsam zog er sich aus. Jede Bewegung schmerzte, und

als er sein Unterhemd über den Kopf gestreift hatte und im Spiegel seinen Körper betrachtete, wusste er, warum: Ein riesiger Bluterguss bedeckte seine rechte Seite, vom Knie bis zur Taille, und auch an seiner Schulter war die Haut rot unterlaufen. Der Aufprall nach ihrer Schussfahrt die Rolltreppe hinab war heftig gewesen. Schnell holte er frische Kleidung aus dem Schrank: Wenn das seine Mutter sah, steckte sie ihn ins Bett oder brachte ihn zum Arzt. Und das konnte er jetzt nicht gebrauchen.

Als sie wenig später sein Zimmer betrat, war er fertig angezogen.

»Was soll das?« Sie war erstaunt.

Simon tat lässig. »Alles in Ordnung. Nur ein paar kleine Kratzer.« Er hoffte, sie würde nicht merken, dass er nicht die Wahrheit sagte.

Sie betrachtete ihn forschend, und als er die Augen niederschlug, legte sie den Kopf schief. Ein Grinsen huschte über ihr Gesicht. »Willst dich wohl vor mir nicht ausziehen …«

»Ehrlich, mir geht's gut.« Er bemühte sich, sie anzulächeln. Doch sie grinste nur noch breiter. »Na gut. Bring deine schmutzigen Sachen in den Wäschekorb.«

Simon nickte eilig und sammelte seine Kleidung auf. Dabei beobachtete er seine Mutter aus den Augenwinkeln. »Ich wollte übrigens gleich wieder los.« Er hoffte, seine Stimme klang harmlos. »Ich möchte noch mal Ira besuchen.«

»Ira, aha.« Seine Mutter schmunzelte. »Deshalb also das Hemd …«

»Quatsch!«

Er hatte tatsächlich ein Hemd angezogen, sich dabei aber nichts gedacht. »Ich kann mir auch ein T-Shirt anziehen, wenn du willst …«

»Schon in Ordnung.« Lächelnd nahm sie ihm die schmutzige Wäsche aus dem Arm. »Kämm deine Haare. Und wasch dein Gesicht. Ist nicht verkehrt, glaub mir.«

Er nickte und lief aus dem Raum.

Seine Mutter rief ihm nach. »Und sei zum Abendessen zurück! Ohne Fahrradunfall!«

Simon versprach es. Kein Fahrradunfall, das war leicht. Doch er ahnte: Alles andere würde schwer werden.

25

Wie seine Mutter es ihm geraten hatte, wusch er sich sein Gesicht, und er hielt auch seinen Kopf unter den Wasserhahn und schäumte mit Shampoo den Staub aus den Haaren. Seine rechte Seite schmerzte, als er sich über das Waschbecken beugte.

Mit noch nassen Haaren ging er die Treppe hinunter. Ein Motorengeräusch war zu hören. Simon stutzte. Das kam von draußen! War sein Vater schon zurück? Eilig nahm er die letzten Stufen und lief über den Hof. Doch vor der Garage stand nur Tim und drehte zufrieden am Gashebel seines Motorrollers.

»Klingt gut, was?« Tim war sichtlich stolz, den Motor zum Laufen gebracht zu haben. Blaue Abgaswolken füllten den Platz vor dem offenen Garagentor.

Simon hustete.

Tim schaltete den Motor aus und beugte sich über den Motorraum.

Eine Weile sah Simon ihm stumm zu.

Tim schaute auf. »Ist noch was?«

Simon zögerte. »Ich hab dich nicht belauscht. Ich bin dir auch nicht hinterhergeschlichen.«

Tim verzog sein Gesicht, während er schweigend weiterarbeitete, offensichtlich glaubte er Simon kein Wort.

»Ehrlich! Ich sag die Wahrheit!«

»Und woher wusstest du von mir und Maria?«

Maria musste der Name seiner Ex sein, begriff Simon. »Dass du eine Freundin hattest, hab ich zufällig gesehen.«

»Zufällig!«

»Wenn du auch so blöd bist, sie draußen zu küssen!« Simon machte Tims spöttischer Ton ärgerlich. »Ich stand da oben am Fenster! Ihr wart hier unten nicht zu übersehen! Mann, ich hätte es ja auch Mama sagen können!«

Tim schwieg einen Augenblick, er dachte über Simons Worte nach. »Okay, du hast uns gesehen. Aber dann bist du mir doch nachgeschlichen. Woher solltest du sonst wissen, dass Maria mit mir Schluss gemacht hat?«

Simon zögerte, bevor er antwortete. »Ich habe es gefühlt.«

Tim lachte ungläubig. »Gefühlt? Wie soll das denn gehen?«

»Wie ich es dir sage. Einfach so, ich fühl das eben.«

»Das kannst du Mama erzählen, aber nicht mir. Du bist echt ein Spinner.«

»Und du bist bescheuert.« Simon wandte sich beleidigt ab.

Tim verschränkte seine Arme vor der Brust und sah ihn herausfordernd an. »Na gut, dann beweise es mir. Was fühl ich jetzt?«

»So einfach geht das nicht.« Hilflos starrte Simon seinen Bruder an.

Verächtlich drehte Tim sich um und beugte sich über seinen Roller, um die Abdeckung über dem Motorblock zu schließen.

Simon schloss die Augen. Was einmal funktioniert hatte, musste doch auch ein zweites Mal klappen! Eine Weile spürte er gar nichts, doch als er ruhiger wurde und seine Anspannung vergaß, merkte er, wie er sich Tims Gefühlen öffnete. Simon ging einen Schritt auf seinen Bruder zu. Jetzt ging es leichter.

»Du bist sauer …«, sagte Simon mit geschlossenen Augen.

Tim schaute auf. »Wow, super, das war ja schwer zu merken.« Seine Stimme triefte vor Spott.

Simon ließ sich nicht ablenken. »Aber nicht auf mich. Du bist sauer auf deine Freundin. Aber eigentlich bist du traurig, dass sie weg ist.« Ohne die Augen zu öffnen, tastete Simon nach Tims Hand: Da war noch etwas, ein weiteres Gefühl, tief versteckt in Tims Inneren.

Tim lachte unsicher, doch er zog seine Hand nicht weg.

Langsam ging Simon tiefer. Es war tatsächlich so, als würde er in Tims Innerstes hineingehen, wie in einen Raum, den er betrat und in dem er sich umschaute.

Dann sah er es.

Erschrocken schlug Simon die Augen auf. »Du willst hier weg!«

Tim runzelte die Stirn. »Blödsinn.«

Doch Simon war sich sicher. »Du willst abhauen und nach Hause fahren, wenn der Motorroller läuft!«

Entgeistert starrte Tim ihn an. »Scheiße.« Ohne ein weiteres Wort wandte er sich ab und setzte sich auf eine Kiste.

Nach einer Weile schaute er auf. »Davon hab ich niemandem etwas erzählt …«

Simon schwieg, er wusste nicht, was er sagen sollte.

Tim sah ihn an wie ein Wesen aus einer fremden Welt. »Wie machst du das?«

»Keine Ahnung. Ich kann's einfach.«

»Ist ja irre.« Tim verstummte.

Simon spürte einen Kloß im Hals. Er brauchte einen Moment, um herauszufinden, warum – seine eigenen Gefühle zu erfassen, war schwer. »Ich will nicht, dass du wegfährst!« Simon gefiel die Vorstellung, hier alleine ohne Tim zu sein, ganz und gar nicht. Er war selbst verblüfft, dass er so reagierte, so oft wie er sich mit seinem Bruder stritt.

Tim zuckte nur mit den Schultern. »Was würdest du denn machen, wenn du hier abhauen und zurück nach Hause könntest?«

»Wahrscheinlich das Gleiche. Obwohl …« Simon musste an Ira denken und an die anderen. Ganz so sicher war er sich nicht mehr, was er an Tims Stelle tun würde.

Eine Weile schwiegen beide. Dann sah Simon auf. »Ist sie nett?«

»Wer?«

»Maria. Deine Freundin.«

Tim seufzte. »Sie ist toll.«

Simon spürte, wie Tim an sie dachte, und das Gefühl war so intensiv, dass er Marias Gesicht vor sich sah.

»Sie hat so zwei kleine Grübchen, wenn sie lächelt«, fuhr Tim fort, »und überhaupt, wie sie aussieht … und ihr Mund ist so weich, wenn sie mich küsst … geküsst hat …« Er verstummte traurig.

Simon hatte gespannt zugehört. So etwas hatte sein Bruder ihm noch nie erzählt. »Und warum ist sie nicht mehr bei dir?«

»Ich weiß nicht. Ihre Mutter sagt, sie will mich nicht mehr sehen.«

»Du kennst ihre Mutter?« Simon war überrascht, er dachte, Tim hätte sich heimlich mit seiner Freundin getroffen.

»Marias Mutter arbeitet in der Bäckerei am Hafen. Da hab ich Maria auch kennengelernt.« Er schaute auf. »Sag mal, warum erzähl ich dir das eigentlich alles?«

Simon grinste. »Weil du mein Bruder bist?«

Tim grinste zurück. »Gerade deshalb sollte ich dir das alles nicht verraten.«

Für einen Augenblick waren sie einander so nahe, wie sie es früher immer gewesen waren.

Simon wies auf den Motorroller. »Nimmst du mich mal mit?«

»Wohin? Nach Hause?« Tim war überrascht.

»Nee, hier 'ne Runde drehen. Der springt doch wieder an, oder?«

»Klar. Was denkst du denn?« Tim beugte sich über den Motorroller und trat den Anlasser herab, während er am Gashebel drehte. Blaue Qualmwolken ausspuckend, erwachte der Motor zum Leben.

»Geht's auch jetzt?«

Tim runzelte die Stirn. »Die Zündung ist noch nicht eingestellt.«

»Aber er läuft doch. Bitte, ich muss runter ins Dorf.«

»Dann geh doch zu Fuß.«

»Ich kann nicht gehen. Nicht richtig.«

»Wieso das denn?«

Statt einer Antwort zog Simon sein T-Shirt hoch. Der riesige Bluterguss an seiner rechten Seite leuchtete rot.

Erschrocken pfiff Tim durch die Zähne. »Wie hast du das denn geschafft?«

Simon überlegte kurz, aber dann erzählte er ihm von der Sturzfahrt auf der U-Bahn-Rolltreppe. Alles andere ließ er weg. »Ich will zu Ira. Ich will sehen, wie es ihr geht.«

Tim grinste. Doch er stellte keine Fragen. Stattdessen ging er in die Werkstatt, kam mit einem Helm wieder heraus und warf ihn Simon zu.

»Komm.«

26

Tim brachte Simon bis zum Anfang der Straße, in der Ira wohnte. Weiter konnte er nicht fahren, es lag zu viel Sand auf dem Pflaster, der Wind hatte ihn am Anfang der Gasse zu einem Haufen zusammengeblasen.

Simon gab Tim den Helm zurück. »Danke.«

Tim nickte nur.

»Und was machst du jetzt?«

»Ich fahr zum Hafen. Ich glaub, ich hab Lust auf ein Stück Kuchen.« Tim lächelte traurig.

Simon verstand ihn. »Dann viel Glück!«

»Dir auch.«

Tim drehte am Gashebel des Rollers und knatterte davon. Das Motorengeräusch verhallte zwischen den Häusern. Simon schaute seinem Bruder kurz nach, dann stapfte er durch den Sandhaufen in die Gasse hinein. Seine Seite schmerzte, und er ging gebeugt, um die Schmerzen aushalten zu können. Es wurde stiller, bis nur noch das Geräusch seiner Schritte von den Häuserwänden zurückhallte. Kein Mensch war außer ihm unterwegs, die Gasse lag wie ausgestorben da. Auch auf dem kleinen Platz, an dem Iras Haus lag, sah er niemanden. Und doch hatte er das Gefühl, beobachtet zu werden.

Langsam ging Simon die Stufen zur Eingangstür hinauf. Die Fensterläden waren vorgeklappt, das Haus sah abweisend aus. Er klopfte an der Tür. Nichts rührte sich im Inneren. Nach einer Weile klopfte er noch einmal und versuchte, durch einen der Fensterläden in das Innere des Gebäudes zu spähen.

Ein Quietschen ließ ihn aufmerken, die Eingangstür hatte sich einen Spalt weit geöffnet.

»Salvatore!« Es war nur ein Flüstern, doch Simon zuckte erschrocken zusammen. Im Türspalt sah er ein Augenpaar, das ihn fixierte, umrahmt von einem Kranz schneeweißer Haaren. Es war Iras Großmutter.

Simon schüttelte den Kopf. »Ich bin nicht Salvatore. Mein Name ist Simon.«

Die Alte schien ihn nicht gehört zu haben. Sie stieß die Tür auf. »Komm.« Ihre dürre Hand ausgestreckt, winkte sie ihn zu sich. Fleckige Haut überspannte ihre Knochen. Simon musste an das Skelett denken, das er vor vielen Jahren als Kind im Schaufenster eines Trödelladens gesehen hatte, ein verstaubtes Knochengerüst, über dessen Hände der Besitzer des Ladens Gummihandschuhe gezogen hatte. Er hatte den Anblick nicht gemocht und einen Bogen um das Schaufenster gemacht. Auch jetzt hätte er sich am liebsten verdrückt. Doch die Gelegenheit, mit Iras Großmutter zu reden, wollte er sich nicht entgehen lassen. Er folgte ihrer Aufforderung.

So wie bei seinem ersten Besuch, war die Halle dunkel und kühl. Krachend fiel die Tür hinter ihm ins Schloss. Simon wartete, bis sich seine Augen an das Dämmerlicht gewöhnt hatten, dann schaute er sich um. Die getäfelten Wände, der Kronleuchter, die dunklen Türen und der große Kamin: alles war wie am Vortag. Doch diesmal stand eine der Türen offen, Iras Großmutter ging auf die Öffnung zu. Sie winkte ihm noch einmal, ihr zu folgen, und betrat den Raum. Die Tür ließ sie hinter sich offen stehen.

Simon durchquerte die Halle und folgte ihr in das Zimmer. Fasziniert von dem Anblick, der sich ihm bot, blieb er stehen.

Das Reich der Alten war eine bis in den letzten Winkel vollgestellte Wohnhöhle, mit Sesseln und Fellhockern, Tischen und Polsterstühlen, mit niedrigen Kommoden und hoch aufragenden Schränken. Vor den Fenstern hingen schwere Vorhänge, und auf dem Boden lagen Teppiche, in denen Simon fast bis zum Knöchel versank. Ein plüschiges Schlafsofa, auf dem noch das Bettzeug lag, prangte in der Mitte des Raumes, umstellt von Bücherstapeln sowie von unzähligen Lampen und Blumenvasen. Fotos und kitschige Gemälde füllten jede freie Stelle an der Wand, und wo für ein Bild kein Platz mehr war, hatte sie Figürchen, Schmuckteller und venezianische Masken aufgehängt. Als sei das nicht genug, blinzelten ihn aus allen Ecken Katzenfiguren an, aus Metall und Holz, aus Plastik und aus Bast, aus Ton und aus Glas, sogar gehäkelte und aus Stoff genähte Katzen entdeckte er.

Ein ungehaltenes Schnauben ließ Simon aufmerken. Überrascht drehte er sich um: Ira hockte in einer Ecke des Raumes auf einem niedrigen Schemel, das verletzte Bein ausgestreckt. Ärgerlich sah sie ihre Oma an. »Du solltest ihn doch hier nicht hereinbringen.«

Iras Großmutter stand an einem Medizinschrank, aus dem sie eine Arbeitsplatte herausgeklappt hatte. Sie war dabei, eine Salbe anzurühren, und ließ den Vorwurf an sich abperlen. »Er braucht meine Hilfe. Also bekommt er meine Hilfe. Sieh doch, wie er läuft.«

Simon spürte die Blicke der beiden auf sich. Verlegen wandte er sich ab, darum bemüht, sich nichts anmerken zu lassen. Doch der Schritt, den er machte, schmerzte wie alle anderen, und er beugte seinen Körper, damit es weniger wehtat.

»Na bitte.« Die Alte sah sich bestätigt. »Sobald ich mit dir fertig bin, sehe ich ihn mir an.« Ihre Stimme ließ keinen Widerspruch zu.

Ira seufzte, doch sie entgegnete nichts, während ihre Großmutter vor ihr niederkniete und ihr Bein verband.

Simon war hin- und hergerissen: Die Vorstellung, sich in die Hände der Alten zu begeben, gefiel ihm ganz und gar nicht. Doch er wollte mit ihr sprechen, auch wenn er spürte, dass Ira deshalb ärgerlich war. Er hätte gerne gewusst, warum; so wie er auch gerne gewusst hätte, warum Ira behauptet hatte, dass ihre Großmutter seltsam sei. Bei seiner ersten Begegnung mit ihr hatte sie tatsächlich eigenartig gewirkt. Doch jetzt, als Simon ihr zusah, wirkte sie überhaupt nicht wirr oder verrückt. Nur einfach alt und grauhaarig.

Die Alte befestigte das Ende der Mullbinde und richtete sich auf. »So, fertig. Gleich bist du dran, Salvatore.« Sie verzog den Mund zu einer Grimasse, die man als Lächeln deuten konnte, und griff sich ein Stück Seife. Sorgfältig begann sie damit, sich über einer Waschschüssel ihre Hände zu reinigen.

Er nahm sich ein Herz. »Wieso nennen Sie mich Salvatore?«

Die Alte schien die Frage zu erstaunen. »Wieso? Du heißt doch so.«

»Nein, heiß ich nicht. Mein Name ist Simon.«

»Unmöglich! Das kann nicht sein!«

»Doch. Ganz sicher.« Simon war verwirrt. »Ich mein, ich muss das doch wissen, oder?«

Die Alte lachte keckernd. »Das stimmt, das solltest du wissen.« Sie blickte zu Ira, die auf ihrem Schemel hockte und das Gespräch stumm verfolgte. »Hast du ihm nichts gesagt?«

Ira machte eine unbestimmte Bewegung, die alles Mögliche bedeuten konnte. Offensichtlich wollte sie nicht reden.

Simon runzelte die Stirn. »Was sollte Ira mir denn erzählt haben?«

»Dass wir wussten, dass du kommst.«

»Sie meinen, dass ich Sie heute besuchen würde?«

»Nein.« Die Alte grinste. »Dass du überhaupt kommst. Das wissen wir schon seit ein paar Monaten.«

Simon warf Ira einen erstaunten Blick zu.

Sie wich seinem Blick aus.

»Aber woher?« Er war ratlos. »Das kann doch gar nicht sein! Ich wusste es doch selber nicht!«

»Der Verrückte hat es uns gesagt. Er hat gesagt, dass Salvatore kommt. Also du.«

»Aber ich bin nicht Salvatore!« Vielleicht war die Alte doch ein bisschen abgedreht, dachte Simon.

Statt einer Antwort wandte sich Iras Großmutter um und verschwand in der Tiefe des Raumes. Als sie zurückkam, hielt sie ein kleines Bild in der Hand, ein schlichter Bilderrahmen, darin ein Gemälde.

»Das hat er uns gegeben. Damit wir dich erkennen.«

Sie reichte Simon das Bild.

Simon betrachtete es verblüfft.

Auf dem Bild sah er sich.

27

Sprachlos blickte Simon auf das Gemälde in seiner Hand. Es zeigte tatsächlich ihn, es war ein Porträt, gemalt in Ölfarben.

»Woher haben Sie das?«

»Das hab ich doch schon gesagt.« Die Alte griff sich den Salbentopf und schloss den Deckel. »Ich hab es von dem Verrückten.«

Simon fragte nicht weiter, wen sie damit meinte, er wusste es auch so, er hatte den Strich des Malers sofort erkannt. Er wusste auch, woher das Bild stammte: Es war das fehlende Porträt aus dem Atelier des Großvaters – sein Opa hatte dieses Bild gemalt. Er war es, der es der Alten gegeben hatte. Sein Großvater, der verrückte Maler. Hatte nicht auch Filippo ihn so genannt?

Simon drehte sich zu Ira um. »Und du kanntest das Bild?«

Ira nickte betreten.

Simon wusste nicht, was er sagen sollte.

Die Alte hatte den Salbentopf zurück in den Medizinschrank gestellt, jetzt wandte sie sich ihm zu. »So, nun bist du dran. Zieh dich aus!«

»Muss das sein?« Simon war von ihrer Aufforderung überrumpelt.

»Durch deine Kleider kann ich nicht schauen.« Die Alte grinste und entblößte eine Reihe schiefer Zähne.

Simon merkte, wie er rot wurde. Sich vor Ira auszuziehen, war das Letzte, was er jetzt tun wollte.

Ira nutzte die Gelegenheit und erhob sich von ihrem Schemel. Noch immer verlegen, blickte sie zu Simon. »Wir treffen uns im Haus am Hafen. Dann können wir reden. Ich warte dort auf dich.«

Simon nickte nur.

Leise huschte sie aus dem Raum.

Die Alte wiederholte ihre Aufforderung. Eilig zog er sein Hemd über den Kopf und öffnete den Gürtel seiner Hose. Es war ihm unangenehm, doch er wollte, dass sie ihm half, also überwand er seine Scham. Der Bluterguss hatte inzwischen die Farbe gewechselt, er war dunkler geworden, einige blaue Schatten durchzogen die rote Fläche. Vor allem seine Hüfte sah schlimm aus. Iras Großmutter verzog keine Miene. Vorsichtig tastete sie Simons rechte Seite ab. Er zog die Luft durch die Zähne, es tat sehr weh, als sie den Erguss berührte. Sie nickte nur, ging ohne ein Wort zu ihrem Medizinschrank und ließ ihren Blick suchend über die aufgereihten Töpfe und Dosen wandern. Endlich hatte sie den richtigen Tiegel gefunden, öffnete ihn und schaufelte mit einem Spatel einen dicken Klecks Creme heraus. Vorsichtig verteilte sie die Paste auf Simons Haut. Ein stechender Geruch breitete sich im Raum aus. Der Schmerz ließ sofort nach.

»Was ist das?« Simon war beeindruckt.

Die Alte antwortete nicht. Sie rieb die Creme ein, bis nur

noch ein leichter Glanz auf Simons Haut zu sehen war. Der Bluterguss wurde heiß, jetzt schmerzte er mehr als vorher.

»Halte das aus. Es dauert nicht lange.« Sie klopfte ihm aufmunternd auf die Schulter und ging zur Waschschüssel, um ihre Hände zu reinigen.

Simon nickte und biss die Zähne zusammen. Vorsichtig zog er sich das Hemd wieder über den Oberkörper. Der Bluterguss pulsierte, mit jedem Herzschlag schoss der Schmerz in die Verletzung.

Eine Weile sagte Simon nichts. Wenn er die Augen schloss, war es leichter auszuhalten. Langsam ließen die Schmerzen wieder nach.

»Jetzt wird es besser, richtig?« Die Alte hatte ihn genau beobachtet.

Simon nickte.

Iras Großmutter trocknete ihre Hände ab und stellte den Tiegel zurück an seinen Platz. Simon sah schweigend zu und überlegte dabei, wie er am besten das Gespräch mit ihr beginnen sollte. Die Alte schloss den Medizinschrank und drehte sich grinsend zu ihm um. »Jetzt frag doch einfach. Du willst doch was wissen, oder?«

Simon nickte überrascht und stellte spontan die erste Frage, die ihm in den Sinn kam. »Warum sagen Sie, dass mein Opa verrückt ist?«

»Der Maler ist dein Opa?«

Simon nickte.

Sie zuckte mit den Schultern. »Alle im Dorf sagen, er ist verrückt.«

»Aber warum?«

»Findest du es normal, wenn jemand wochenlang durch die Straßen wandert und dabei ständig auf seine Hand starrt?«

Simon war überrascht. Er fragte nach, und sie erzählte ihm, dass sein Großvater Tag für Tag durch das Dorf gegangen sei, manchmal auch nachts, ohne auch nur einmal aufzuschauen. Er habe immer nur auf den Ring geblickt, den er an seinem kleinen Finger getragen hatte. Irgendwann habe er bei ihr geklopft und um Einlass gebeten.

»Und sie haben ihn reingelassen, obwohl alle sagen, dass er nicht ganz klar im Kopf ist?«

Sie grinste ihr schiefes Grinsen. »Glaubst du, die Leute finden mich normal, wenn sie mich das erste Mal sehen? Ich weiß, wie das ist, wenn dich alle für verrückt halten.«

Verlegen schlug Simon die Augen nieder.

»Aber warum«, fragte er weiter, »war mein Großvater hier?«

»Er hat etwas gesucht. Und hier bei mir im Zimmer hat er es gefunden.«

»Und was?«

»Wenn ich das wüsste … Ich hab nicht ganz verstanden, was er meinte. Irgendetwas mit einem Tor. Ein bisschen wirr war er ja doch.« Die Alte lachte keckernd. »Er sagte, du würdest es schon wissen, wenn du erst mal hier wärst.«

»Ich?«

»Ja, du. Er nannte dich Salvatore.« Sie wies auf das Bild. »Das hier bist du doch, oder?«

Simon nickte.

»Das«, fuhr die Alte fort, »hat er für dich angebracht.« Sie ging zur Tür und wies auf ein kreisrundes Stück Metall, das am Türrahmen silbern glänzte. Es war ein Dorn, der im Holz versenkt worden war wie ein Nagel in einem Holzbalken. Das Ende war abgeflacht und kreisrund und hatte die Größe einer Münze. Simon trat näher und betrachtete das Metall genauer. Einen solchen Dorn hatte er schon einmal gesehen, bei seinen heimlichen Besuchen in der alten Scheune des Großvaters. Er steckte in dem Türrahmen, der dort an der Wand lehnte. Auch in den Metalldorn, den Simon nun vor sich hatte, war etwas eingraviert. Simon kannte das Bild, es war das gleiche wie auf dem Dorn in der Scheune: ein Rosenbusch, der mit seinen Blättern, Blüten und Dornen einen Tordurchgang versperrte. Die Rose blühte prachtvoll.

»Kennst du das?« Die Alte hatte ihn aufmerksam beobachtet.

Simon nickte.

»Und was bedeutet es?«

»Keine Ahnung.« Behutsam strich er mit seinen Fingern über die Gravur. »Hat mein Opa sonst noch was gesagt?«

»Nein. Aber er hat mir etwas gegeben.« Sie ging zu einer der Kommoden, um eine Schublade aufzuziehen. Als sie sich wieder umdrehte, hielt sie ein Buch in der Hand, klein wie ein Notizblock und mit einem verschlissen wirkenden Ledereinband. »Das ist für dich.« Sie reichte ihm das Buch.

Erstaunt nahm Simon es entgegen. Es war schwerer als vermutet. Auf dem Einband war ein Bild zu sehen, ein Relief, das der Buchbinder mit einem Eisen in das Leder gepresst hatte. Es bestand aus einem Kreis, in dessen Zentrum eine blühende

Kletterrose rankte – es war dasselbe Bild wie auf dem Metalldorn im Türrahmen.

Neugierig blätterte Simon das Buch auf. Das Papier war grob, er spürte Reste von Holzspänen, während seine Finger über die Seiten strichen. Es war ein Skizzenbuch, Simon erkannte viele der Bilder darin wieder. Sein Opa hatte in diesem Buch die Gemälde entworfen, die in seinem Atelier standen und die er nach seinen Zeichnungen angefertigt hatte.

Die Alte betrachtete ihn neugierig.

Fragend sah er sie an.

Sie zuckte mit den Achseln. »Er hat gesagt, er lässt es hier für dich. Falls du die Bilder nicht findest.« Sie wusste genauso wenig wie er, was das bedeutete.

Welche Bilder meinte sein Großvater? Die im Atelier? Die ganze Sache, dachte Simon, wird immer verrückter.

»Warum«, sagte er nachdenklich, »hat er mich Salvatore genannt? Er weiß doch, wie ich richtig heiße.«

»Das solltest du ihn selber fragen. Wenn du ihn findest. Er ist fort, nicht wahr?«

Simon nickte. »Woher wissen Sie das?«

Sie stockte und dachte über seine Frage nach. Hilflos hob sie die Schultern. Für einen Augenblick sah sie verwirrt aus. »Er … er ist durch das Tor gegangen.« Sie verstummte, blickte ins Leere. Sie schien Simons Fragen nicht mehr zu hören.

Nachdenklich klappte Simon das Buch zu und steckte es in den Bund seiner Hose. Zwar hatte er keine Ahnung, wo sein Großvater war, doch sein Vater würde morgen zurückkommen. Er würde viel von ihm wissen wollen.

Simon fiel noch etwas ein: »Als Sie mich das erste Mal gesehen haben, sagten Sie, ich wäre zu spät gekommen. Warum?«

Die Alte antwortete nicht. Sie war ein paar Schritte zur Seite gegangen, jetzt stand sie hinter einem Stuhl, die Hände in die Rückenlehne gekrallt. Sie blickte ins Leere. Simon fühlte, als er näher kam, dass sie Angst hatte. Er wiederholte seine Frage.

Für einen Augenblick dachte er, sie hätte ihn nicht gehört. Doch dann sah sie auf. »Spürst du es denn nicht?«

»Was soll ich spüren?«

»Die Kälte. Sie ist da.«

Simon sah die Alte erstaunt an: Wenn es hier etwas nicht gab, dann war es Kälte, vor allem jetzt in den Mittagsstunden, wenn die Hitze zwischen die Häuser kroch und alles niederdrückte, was sich zu regen versuchte.

Die Alte ergriff seine Hände. Er spürte, wie seine Hände warm wurden, doch diesmal wehrte er sich gegen ihre Angst, die in ihn einzudringen begann.

»Du musst ihn finden!« Der Blick der Alten flackerte unruhig. »Du musst deinen Großvater finden!« Jetzt wirkte sie wirklich verrückt – es war, als stünde ein anderer Mensch vor ihm.

Simon riss sich los. Er nahm das Skizzenbuch und ging eilig zur Tür. Der Metalldorn im Türrahmen blitzte auf, als er über die Schwelle trat.

Noch einmal sah Simon zurück.

Die Alte stand im Raum, sie zitterte. Langsam schaute sie auf, ihr Blick traf den seinen. Ihr Flüstern war eindringlich. »Finde ihn!«

28

Simon war froh, als er das Haus verlassen hatte und durch die Gassen hinunter zum Hafen rannte. Er spürte nichts von irgendeiner Kälte, im Gegenteil, es war heißer als sonst, zumindest kam ihm das so vor. Diesmal fand er einen kürzeren Weg zum Hafen, und bald schon hatte er das leer stehende Haus erreicht. Simon prüfte kurz, ob die Luft rein war, dann kletterte er durch eine der Fensterhöhlen in das Innere des Hauses und stieg, so schnell es die morschen Stufen zuließen, die Treppe hinauf. Zu seiner Enttäuschung war Ira nicht in Filippos Versteck. Vorsichtig befestigte er die Mauerattrappe wieder vor der Öffnung. Blieb nur noch das Dach. Als er seinen Kopf durch die Lücke zwischen den Dachziegeln schob, sah er sie.

Ira saß auf dem First des Daches, ihr Gesicht war der Sonne zugewandt. Der Wind zerrte an ihren Haaren. Simon schob seinen Körper durch die Öffnung und kletterte zu ihr hinauf. Seine Seite schmerzte, aber das Klettern ging besser, als er erwartet hatte, die Salbe schien schon zu wirken. Es war heiß hier oben, doch erträglich, der stetige Wind, der vom Meer kam, war kühl. Vorsichtig setzte sich Simon neben Ira. Er fühlte sich unwohl ohne Halt an der höchsten Stelle des Hauses.

Krampfhaft hielt er sich an einem Dachziegel fest. Als er sich mit dem Rücken gegen einen Schornstein lehnte, ging es besser.

Eine Weile schwiegen sie und blinzelten in die Sonne.

Schließlich brach Simon das Schweigen. »Das war gar kein Zufall, dass wir uns getroffen haben.« Es war keine Frage, mehr eine Feststellung.

Ira nickte verlegen. »Ich hab dich gesehen, als du im Laden von Filippos Tante warst. Ich wusste, wer du bist, wegen dem Bild, das dein Opa uns gegeben hat. Also dass du Salvatore sein solltest. Deshalb bin dir nachgegangen.«

»Und warum hast du dann die Scheibe auf der Jacht von dem Dicken zerschossen?«

Sie zuckte mit den Achseln. »Keine Ahnung. War bescheuert. Aber immerhin hast du mich bemerkt.«

»Wir hätten richtig Ärger kriegen können, wenn der uns erwischt hätte!«

»Hat er aber nicht.« Ira grinste kurz bei der Erinnerung an ihre Flucht. »Was hättest du denn an meiner Stelle gemacht? Ich war neugierig, wer du bist. Hätte ich dich da gehen lassen sollen?«

»Du hättest einfach ›Hallo‹ sagen und mir von dem Bild erzählen können!« Simon war ärgerlich.

»Und wenn du ein Spinner gewesen wärst? Dann hätte ich dich an der Backe gehabt!«

»Aber später hättest du was davon sagen können!«

»Das wollte ich ja. Aber als ich vom Dach gestürzt bin, hab ich's vergessen. Und später … Mann, mir war das peinlich, irgendwie. Nachher hättest du noch gedacht, dass alles Absicht war.«

»Es war doch Absicht.«

»Quatsch! Ich renn doch keinen Jungs hinterher!« Ira schien ehrlich empört zu sein.

Simon grinste. »Aber du bist mir doch nachgerannt. Na ja, nachgeschlichen.«

Sie blieb ernst. »Stimmt. Aber das war doch was ganz anderes. Du weißt schon, wie ich das meine.«

Simon schwieg. Sosehr es ihn auch ärgerte, dass Ira nicht die ganze Wahrheit gesagt hatte, so schön war es, dass sie einander begegnet waren. Eines stand fest: Hätte sein Großvater ihrer Oma nicht sein Bild gegeben, dann hätten sie sich nicht kennengelernt. Er fragte sich, ob Ira ihn sonst überhaupt beachtet hätte.

»Was hat dir meine Oma alles erzählt?« Jetzt war es Ira, die das Schweigen brach.

Noch immer schlecht gelaunt, konnte Simon es sich nicht verkneifen, zu sticheln. »Ich dachte, deine Oma redet nicht mit mir. Das hast du mir gesagt.«

Ira verzog genervt das Gesicht. »Herrje, tut mir leid. Ich wollte nicht, dass sie dir von dem Bild erzählt. Was willst du hören? Eine Entschuldigung?«

»Warum nicht?«

»Ich sag doch, dass es mir leidtut!«

Kurz war es still. Dann wandte sich Ira ihm zu. Versöhnlich sah sie ihn an. »Was soll dieser Streit?« Sie legte ihre Hand auf seinen Arm. »Es tut mir wirklich leid, Simon. Okay?«

Simon nickte. Die plötzliche Berührung verwirrte ihn.

Nun berichtete er ihr von seinem Gespräch mit ihrer Großmutter. Ira war erstaunt: Von dem Skizzenbuch hatte sie nichts gewusst. Gespannt blätterte sie durch die Seiten des Buches, das Simon ihr reichte. Bei einer Skizze hielt sie inne, die Zeichnung zeigte den Tower inmitten von Ruinen. »Ist dies das Bild, von dem du erzählt hast?«

Simon warf einen flüchtigen Blick in das Buch. Er nickte. »Das ist der Entwurf. Das richtige Bild steht im Atelier meines Großvaters. Es ist das letzte, das er gemalt hat.«

Ira warf einen nachdenklichen Blick auf die Zeichnung und verglich sie mit der Silhouette der Stadt, die sie von hier aus gut sehen konnten. Der Tower glänzte golden im Licht der Sonne. »Heute Morgen in der Stadt, was ist da mit uns passiert?« Sie blickte ihn an. »Erst waren da diese Soldaten, sie rennen wie die Irren auf uns zu. Und gerade als sie uns packen wollen, sind wir plötzlich in der U-Bahn-Station und knallen voll in diesen Blumenstand. Kannst du mir das erklären?«

»Das war Ashakida.«

»Bitte?« Ira verstand kein Wort.

»Ashakida. Eine Leopardin. Sie hat die Zeit angehalten.«

»Aber sonst ist alles klar bei dir?«

Simon überging ihren ungläubigen Ton und erzählte, wie plötzlich alles um ihn herum erstarrt war.

Spöttisch grinste sie ihn an. »Und wer soll das glauben?«

»Es war aber so!«

»Quatsch! Wie soll denn das gehen, die Zeit anzuhalten? Das ist doch verrückt!«

»Im Mittelalter haben die Menschen geglaubt, dass die Erde eine Scheibe ist.«

»Was hat denn das damit zu tun?«

»Die hätten dich damals für verrückt erklärt, wenn du denen gesagt hättest, dass die Erde eine Kugel ist. So wie du mich jetzt für verrückt erklärst, wenn ich dir sage, dass man die Zeit anhalten kann.«

Ira schwieg einen Moment und dachte nach. »Okay, nehmen wir mal kurz an, dass das geht. Aber wieso konntest du dich dann bewegen, und niemand sonst? Und wie hast du mich da rausgekriegt?«

Simon zuckte mit den Achseln. »Ich sag doch, das war Ashakida.« Er berichtete Ira, wie die Leopardin sie aus der Zeitstarre befreit hatte.

Ira zupfte nachdenklich an dem Verband, der die Stelle bedeckte, an der Ashakida sie gebissen hatte. »Das ist alles vollkommen abgefahren.«

»Aber die Wahrheit!«

»Ich weiß nicht … Wenn ich nicht die Bisswunde hätte, ich würde dir kein Wort glauben.«

Er nickte. »Ich finde es auch vollkommen verrückt.«

»Aber warum hat diese Leopardin das getan? Ashakida … komischer Name.«

Simon hob hilflos die Hände. »Ich glaube, sie beschützt mich. Und wenn es gefährlich wird, hält sie die Zeit an.«

»Und dann stehen alle starr herum?«

Simon nickte. »Alles steht still, wie auf einem Foto, nur dass ich hineingehen kann.«

Ira fiel es immer noch schwer, zu glauben, was Simon ihr erzählte. »Und wer bist du, dass sie dich beschützt? Warum taucht eine Eishand auf, wenn du dieses Hochhaus anfasst? Warum wollen die Soldaten dich fangen? Und warum bringt uns dein Opa ein Bild von dir? Warum nennt er dich Salvatore? Und gibt dir dieses Skizzenbuch?«

»Noch mehr Fragen?«

»Reichen die noch nicht?« Ira grinste.

Simon grinste zurück. Doch er hatte keine einzige Antwort.

Ira warf einen letzten Blick auf die Zeichnung vom Tower, dann schloss sie das Skizzenbuch in ihrer Hand. Ihre Fingerspitzen strichen über das Relief im Ledereinband. Die Blüten des Rosenstrauches wirkten voll und üppig, so als würden sie tatsächlich wachsen. »Das Bild hab ich irgendwo schon mal gesehen.«

Simon sagte ihr, wo: auf dem Metalldorn, der im Türrahmen im Zimmer ihrer Großmutter steckte.

»Stimmt!« Ira nickte überrascht. »Und was bedeutet das?«

»Keine Ahnung. Mein Großvater hat ihn angebracht. So einen Metalldorn gibt es auch bei uns oben in der Scheune.«

»Dort, wo du die Spuren gefunden hast?«

Simon nickte. »Die Spuren von Ashakida.«

Ira richtete sich auf. Sie wirkte plötzlich entschlossen. »Los, gehen wir!« Trotz ihres Verbandes kletterte sie erstaunlich behände die Dachschräge hinab.

Simon war überrascht. »Wohin?«

»Zur Scheune von deinem Großvater.«

»Aber warum?«

Ira hatte das Loch im Dach erreicht, jetzt drehte sie sich zu ihm um. »Was willst du tun? Hier rumsitzen und warten? Lass uns in der Scheune nachsehen, vielleicht ist diese Leopardin dort. Irgendwo muss sie ja sein.«

Simon nickte nachdenklich. Allerdings missfiel ihm der Gedanke, ein drittes Mal das Verbot der Eltern zu übergehen. Denn freiwillig würde seine Mutter ihm den Schlüssel garantiert nicht geben. Überhaupt: Den Ärger mochte er sich nicht vorstellen, wenn sie rauskriegen würde, was er alles die letzten Tage gemacht hatte.

»Worauf wartest du? Oder hast du eine bessere Idee?« Ira war schon dabei, durch das Loch im Dach in das Innere des Hauses zu klettern. »Los, komm!«

Er zögerte einen Augenblick. Dann kletterte er ihr nach.

29

Es war brütend heiß, als sie die Straße zum Haus des Großvaters hinaufgingen. Simon schwitzte am ganzen Körper. Seine Seite, auf die er bei ihrer Sturzfahrt die Rolltreppe hinab geprallt war, schmerzte immer noch. Trotzdem fiel ihm das Gehen deutlich leichter als noch vor ein paar Stunden. Die Salbe, die Iras Großmutter auf den Bluterguss aufgetragen hatte, wirkte rasend schnell.

Ira ging neben ihm. Sie trug ihr Tri-Board unter dem Arm. So wie ihm fiel ihr das Gehen leichter als noch am Morgen. Nur wer genau hinschaute, konnte sehen, dass sie das verbundene Bein mit der Bisswunde etwas weniger belastete als das andere.

»Auch ein Stück?« Ira wischte sich den Schweiß von den Schläfen, bevor sie ihm eine Papiertüte unter die Nase hielt. Sie hatte in der Bäckerei am Hafen etwas Kuchenbruch gekauft, eine Mischung aus zerbrochenen Keksen, Baiser-Brocken und krümeligen Mürbeteig. Simon schüttelte den Kopf. Sie linste in die Tüte und griff sich etwas Schaumgebäck. Ein paar Kuchenkrümel klebten an ihrem Mundwinkel.

Der Besuch der Bäckerei hatte sich zufällig ergeben. Gerade als sie das Haus am Hafen verlassen hatten, war die Verkäuferin aus dem Laden gekommen, um das Geschäft für die Zeit der Siesta zu schließen. Simon hatte sie erkannt, und ohne lange darüber nachzudenken, war er in die Bäckerei gehuscht und hatte nach Maria gefragt. Ira war ihm notgedrungen gefolgt. Maria war tatsächlich da gewesen, und sie sah wirklich gut aus, Simon verstand seinen Bruder, als er sie sah. Während sich Ira bei der Verkäuferin Kuchenbruch kaufte, hatte er unter einem Vorwand mit Maria gesprochen. Es war leicht gewesen, ihre Gefühle zu lesen. Sein Bruder würde überrascht sein.

Grinsend wischte sich Simon den Schweiß von der Stirn.

Endlich erreichten sie das Haus des Großvaters. Ira versteckte ihr Rollbrett hinter einem Stein, dann gingen sie die Auffahrt hinauf. Niemand war zu sehen oder zu hören, auch die Garagentür war verschlossen, sein Bruder war fort.

»Warte hier.« Simon huschte durch die Eingangstür und schlich in die Küche. Im Haus war es still. Die Mutter hatte die Fensterläden zugezogen, vermutlich lag sie in ihrem Bett und schlief. Leise füllte Simon zwei große Gläser mit Wasser und trug sie nach draußen. Ira trank dankbar und auch er genoss die kalte Flüssigkeit.

»Und wo ist die Scheune?« Ira gab Simon das Glas zurück.

»Hinter dem Haus. Komm.« Er stellte die beiden Gläser auf den Stufen vor dem Eingang ab und ging um das Haus herum. Ira folgte ihm.

Im Schatten unter den Olivenbäumen war es angenehm kühl, und die Sommerhitze wich, je näher sie der Scheune kamen. Simon hatte gehofft, dass die Scheunentür offen stehen würde, doch so wie am Tag zuvor war sie fest verschlossen. Auch durch das Fenster war nichts zu sehen. Es schien, als wäre es von innen mit einer milchigen Schicht bedeckt.

Ira rüttelte an der Türklinke. »Hast du einen Schlüssel?«

Simon verneinte. »Den haben nur meine Eltern.«

»Aber du warst doch schon dort drinnen, hast du gesagt. Wie denn, ohne Schlüssel?«

Simon erzählte ihr, dass er ihn heimlich aus seinem Versteck geholt hatte.

»Dann mach's noch einmal. Oder gibt es einen anderen Weg, um hier reinzukommen?«

Zögernd schüttelte er den Kopf. »Und wenn Ashakida gar nicht da drin ist?«

»Das kriegen wir nur heraus, wenn wir nachschauen.« Abschätzend sah sie ihn an. »Oder traust du dich nicht, den Schlüssel noch einmal zu holen?«

Simon tat cool. »Klar trau ich mich.« Sollte sie bloß nicht denken, dass er ein Feigling wäre. »Warte hier.«

Im Haus schlich er leise die Treppe hinauf und spähte in das Schlafzimmer der Eltern. Wie er es erwartet hatte, lag seine Mutter in ihrem Bett und schlief, ein dünnes Betttuch über den Körper gezogen. Behutsam schloss er die Tür wieder.

Das Arbeitszimmer, in dem sein Vater den Schlüssel versteckt hatte, lag direkt neben dem Schlafzimmer der Eltern. Als Simon den Raum betrat, sah er, dass die Verbindungstür zwischen dem Schlaf- und dem Arbeitszimmer nur angelehnt war. Leise drang das Atmen seiner Mutter durch den Türspalt, es klang ruhig und gleichmäßig, sie schien fest zu schlafen. Aber

Simon wusste, seine Mutter schreckte hoch, sobald sie ein Geräusch hörte, das sie nicht kannte.

Eine Weile lauschte er und überlegte, ob er nicht besser umkehren sollte. Das Donnerwetter mochte er sich nicht vorstellen, wenn sie ihn dabei erwischen würde, wie er sich den Schlüssel nahm. Doch dann holte er tief Luft und schlich sich auf Zehenspitzen durch den Raum. Sein Ziel war der Schrank, der an der Längswand des Zimmers thronte, ein wuchtiges, grob gezimmertes Teil aus Eichenholz. Sein Großvater hatte den Schrank vor vielen Jahren selbst gebaut, in der Werkstatt hinter dem Haus. Simon wusste, dass sich auf der Rückseite des Möbels ein Hebel befand, mit dem ein verborgenes Fach im Inneren geöffnet werden konnte.

Er hatte von dem Geheimfach ein paar Tage nach dem Verschwinden seines Großvaters erfahren, als er im Zimmer der Eltern übernachten musste; sein Vater hatte Gäste gehabt, die von der Mutter in Tims und Simons Betten einquartiert worden waren. In dieser Nacht war Simon Zeuge geworden, wie sein Vater den Schlüssel zur Scheune aus dem Versteck im Schrank geholt hatte. Der Vater hatte nicht bemerkt, dass Simon wach gewesen war und ihn durch den Türspalt beobachtet hatte. Am nächsten Tag war Simon heimlich in das Arbeitszimmer geschlichen und hatte das geheime Fach im Schrank entdeckt.

Vorsichtig schob Simon seine Hand in die Lücke zwischen der Wand und der Rückseite des Schranks. Mit seinen Fingerspitzen ertastete er die Vertiefung im Holz, und behutsam schob er den Hebel, der darin eingelassen war, zur Seite. Ein

Klacken war aus dem Inneren des Schranks zu hören. Das Atmen der Mutter im Nebenraum stockte kurz, dann raschelte das Bettlaken. Simon hielt die Luft an. Doch die Mutter seufzte nur und zog die Nase hoch, wenig später atmete sie wieder ruhig und gleichmäßig.

Er wartete eine Weile, bis er sicher war, dass sie schlief. Endlich öffnete er die Schranktür, schob ein paar Bücher zur Seite und zog die verborgene Tür auf, die aus der Rückwand des Schranks hervorgesprungen war. Das Fach dahinter war hoch und recht breit. Im Inneren hing an einem Haken ein prall gefüllter Rucksack, Simon hatte ihn nur flüchtig angesehen, als er zum ersten Mal das Fach geöffnet hatte. Denn vom ersten Moment an hatte ihn der Gegenstand gefesselt, der an einem weiteren Haken hing: ein großer silberner Schlüssel. Simon biss sich vor Aufregung in die Unterlippe, als er ihn abnahm. Hastig drückte er das Fach wieder zu, verteilte die Bücher gleichmäßig vor der Klappe und schloss den Schrank. Er lauschte kurz, doch seine Mutter hatte nichts bemerkt. Auf Zehenspitzen ging Simon aus dem Zimmer.

Er war nachdenklich, als er die Treppe hinabging. Der Schlüssel lag schwer in seiner Hand und das Metall war glatt und kalt.

Hatte Iras Großmutter ihn nicht vor Kälte gewarnt?

Er musste lachen. Einen Schlüssel hatte sie damit sicher nicht gemeint.

Doch er war sich nicht sicher.

30

Ira saß im Schatten eines Baumes und wartete auf ihn. Sie sprang auf, als er um das Haus herumkam, und blickte ihm aufgeregt entgegen. »Hast du ihn?«

Simon nickte.

Gemeinsam gingen sie zur Scheunentür. Simon sah sich kurz um, dann schob er den Schlüssel in das Schloss und drehte ihn. Metallteile glitten ineinander, Simon spürte die Spannung im Inneren der Mechanik. Klickend sprang die Tür einen Spalt weit auf. Noch einmal schaute er sich um. Niemand beobachtete sie. Ira nickte ihm zu, sie war so gespannt wie er.

Simon holte tief Luft und drückte gegen die Tür. Doch zu seiner Überraschung konnte er sie kaum bewegen. Irgendetwas versperrte von innen den Weg.

»Los, fass mal mit an.«

Ira sprang hinzu und drückte ebenfalls, und gemeinsam gelang es ihnen, den Türflügel aufzuschieben. Ein knirschendes Geräusch war zu hören, so als ob alter Stoff zerriss, und es staubte fürchterlich. Hustend traten Simon und Ira ein paar Schritte zurück und warteten, bis sich die Staubwolke gelegt hatte. Dann gingen sie in die Scheune.

Verblüfft sahen sie sich um.

Das Innere des alten Gemäuers sah aus, als wäre alles in schmutzige Watte verpackt worden. Jeder Balken, jeder Ziegel, jeder Gegenstand war mit einer silbergrauen Schicht überzogen. Auch der Dachstuhl und die Wand waren verhüllt, sogar das Fenster war bedeckt. Es war fast so, als beträten sie das Innere einer Wolke. Einer kalten Wolke, wie Simon erstaunt bemerkte. Er fröstelte.

»Was ist denn hier passiert?« Erstaunt sah Ira sich um.

Simon antwortete nicht, ihm war etwas aufgefallen: Die Schicht funkelte matt, genau wie die Uniformen der Soldaten aus dem Tower. Ein unheimlicher Verdacht kam ihm. Vorsichtig ging er näher heran, bis er es sah: Die Watte bestand aus Millionen miteinander verklebten Fäden, winzige Spinnen krochen in dem Gewebe umher. Sie waren überall, es mussten viele Tausende sein – sie hatten das gesamte Innere der Scheune eingesponnen. Selbst der Boden, auf dem sie standen, war von dem Spinnengewebe bedeckt.

Ira war ihm nachgekommen, jetzt entdeckte auch sie die krabbelnden Tiere. Ihr Gesicht verzog sich angewidert. »Puh, ist das ekelig.«

Simon nickte. Auch er ekelte sich.

Die Ersten der Tiere begannen, über ihre Schuhe zu krabbeln. Simon ahnte, wenn sie hier regungslos stehen bleiben würden, wären sie bald genauso eingesponnen wie alles in der Scheune. Angewidert schüttelte er die Spinnen von seinem Schuh. Am liebsten wäre er sofort rausgerannt. Doch er überwand sein Ekelgefühl. Er wollte Antworten auf seine Fragen finden.

Langsam ging er tiefer in die Scheune hinein.

»Wo willst du hin? Bist du bescheuert?« Ira war stehen geblieben. »Ich geh keinen Schritt weiter!«

»Dann warte draußen. Pass auf, dass keiner kommt. Und lass keine von diesen Spinnen raus.«

Ira blieb zurück. Vorsichtig, Schritt für Schritt, ging Simon in die Scheune hinein. Überall sah es gleich aus, wo er auch hinsah, krabbelten Spinnen. Ihre Fäden bedeckten alles. Manche der Gegenstände erkannte Simon an ihren Umrissen, andere waren nur noch unförmige Gebilde. Auch der Türrahmen, der leer an der Wand lehnte und in dem der Metalldorn steckte, war von einer dichten Schicht aus Spinnenfäden umhüllt.

Nirgendwo entdeckte Simon eine Spur von Ashakida.

Ein Geräusch ließ ihn zusammenfahren: Ira war ihm nachgekommen, jetzt trat sie neben ihn. »Mann, ist das widerlich!« Sie starrte auf die krabbelnden Spinnen. »Kannst du mir sagen, wo die alle herkommen?«

Simon schüttelte den Kopf. »Aber ich hab so was schon mal gesehen.« Und er berichtete ihr von den Uniformen der Soldaten im Tower.

Sie starrte ihn an, als hätte er ihr eine Gruselgeschichte erzählt. »Du verarscht mich doch, oder?«

»Seh ich so aus?«

»Aber wie soll das denn gehen? Kleidung aus Spinnenweben …«

Simon zuckte mit den Achseln. »Ich schätze, du brauchst hier nur stehen zu bleiben, dann wirst auch du neu eingekleidet.« Gespielt lässig streifte er ihr eine winzige Spinne vom Ärmel. Ira schrie kurz auf.

Simon grinste. Irgendwie fühlte es sich gut an, stärker als sie zu sein. Aber es fiel ihm nicht leicht, denn er fand die Spinnen genauso scheußlich wie sie. Die Vorstellung, die Krabbeltiere könnten sie einspinnen, war einfach ekelhaft. Ira sah gerade weg, hastig schüttelte er eine Spinne von seinem Arm.

Plötzlich bemerkte er es: Dort, wo der Metalldorn mit der Rosen-Gravur in dem leeren Türrahmen steckte, war die graue Schicht unterbrochen. Die Spinnen hatten das münzgroße Metallstück nicht eingesponnen.

Simon trat näher, um sich die Sache genauer anzusehen. Eine kreisrunde freie Fläche umgab das Metall, als habe jemand mit einem Zirkel einen unsichtbaren Kreis geschlagen – so wie die Passanten in der Stadt den Tower gemieden hatten, so mieden die Spinnen den Metalldorn. Simon strich behutsam mit dem Finger über die Gravur. Der Dorn wackelte etwas unter seiner Berührung, er hing nur noch locker im Holz. Das Metall glänzte matt.

Simon stutzte. Er betrachtete die Gravur genauer: Die Blätter der Rose waren verdorrt, nur noch eine Blüte war geöffnet. Diesmal war er sich sicher: Das letzte Mal, als er die Gravur betrachtet hatte, hatten noch alle Blüten geblüht!

Er winkte Ira zu sich. »Hier, schau dir das mal an.«

Sie beugte sich über die Gravur. »Die sieht aber anders aus als die im Zimmer von meiner Oma.«

Simon erzählte ihr von seiner Beobachtung.

»Aber das ist ein eingeritztes Bild! Das kann sich doch nicht verändern.«

Simon wusste keine Antwort.

Vorsichtig umfasste er mit den Fingern das spröde Metall, um es aus dem Türrahmen zu ziehen. Es ließ sich bewegen, doch die Spitze des Dorns hing fest. Simon zog stärker, bis der Widerstand nachließ. Mit einem leisen Ratschen glitt der Dorn aus dem Holz.

In der gleichen Sekunde begann der Türrahmen unter dem Spinnengewebe zu zittern. Überrascht sahen sie sich an. Ein Knarren ertönte, so als ob sich irgendwo eine schwere Tür öffnet. Dann war von weither ein Rauschen zu hören, ein leises Säuseln, das schnell näher kam, es wurde lauter und lauter, bis plötzlich ein eiskalter Windstoß sie erfasste. Erschrocken zuckten Simon und Ira zusammen. Das Spinnengewebe am Türrahmen zerriss, der Wind fuhr in die Scheune hinein und zerrte an ihren Haaren, mit einer Kraft, die sie zurücktaumeln ließ. Staub wirbelte auf. Der Wind wurde stärker und kälter, er fegte den Dreck aus den Ritzen, er wurde zu einem Orkan, der durch jeden Winkel der Scheune toste und die Spinnen von ihren Fäden riss. Hustend versuchten Simon und Ira zu fliehen. Immer mehr Spinnen lösten sich aus dem Gewebe. Die Lippen und Augen zusammengekniffen, stolperten Simon und Ira weiter, auf der Suche nach der Tür. Doch in dem Sturm aus Staub und Spinnen fanden sie den Weg nicht. Simon merkte, wie die winzigen Tiere auf ihn prallten und sich an ihm festkrallten, wie sie in den Falten seiner Kleidung Schutz suchten. Er spürte, wie sie zwischen seine Haare krochen, er fühlte, wie sie in seine Ohren, seine Nasenlöcher, seinen Mund krabbeln wollten. Entsetzt schrie er auf. Auch Ira neben ihm schlug verzweifelt um sich. Ihre Stimme war voller Panik. »Wir müssen hier raus!«

Mit der Kraft der Verzweiflung kämpfte Simon seine Furcht nieder. Er musste nachdenken! Der Türrahmen, aus dem der Sturm kam, stand direkt gegenüber der Tür auf der anderen Seite der Scheune. Sie mussten dem Wind folgen, überlegte er, sie mussten sich von ihm treiben lassen, vielleicht würden sie so den Ausgang finden.

Simon tastete nach Iras Hand und zog sie mit sich. Immer wieder stießen sie an Gegenstände, doch es tat nicht weh, das Spinnengewebe nahm jeder Kante die Schärfe. Endlich spürte er vor sich die Wand. Jetzt konnte es nicht mehr weit sein! Neben ihm schrie Ira auf, sie riss sich los und schlug gegen ihr Ohr, um die krabbelnden Spinnen abzuschütteln. Er packte ihren Arm und zog sie mit sich, bis er die Klinke der Tür unter seine Hand spürte. »Hier geht es hinaus! Komm!« Er drückte die Klinke herab, zog die Tür auf und taumelte nach draußen. Ira folgte ihm. Geistesgegenwärtig zog Simon die Tür hinter sich zu und drehte den Schlüssel im Schloss, bevor er sich so wie Ira auf die Erde fallen ließ und sich wälzte, um die auf ihm krabbelnden Spinnen loszuwerden.

Schließlich blieb er auf dem Boden liegen, grau vom Staub und den Körpern Hunderter toter Spinnen. Ira lag erschöpft neben ihm.

Das Kreischen, der Staubsturm, der eiskalte Wind – es war vorbei. Vögel zwitscherten, als wäre nichts passiert.

Simon jedoch spürte, dass etwas passiert war, etwas, was nie hätte geschehen dürfen. Er wusste nicht, was. Doch er hatte das Gefühl, einen großen Fehler gemacht zu haben.

Er hatte Angst.

31

Das Wasser der Dusche war heiß und sauber, und Simon genoss die klare Flüssigkeit, die an seinem Körper herabfloss. Er schloss die Augen, ließ das Wasser noch eine Weile über seinen Kopf fließen, dann drehte er den Hahn ab und tastete nach dem Handtuch, um sich abzutrocknen.

Sie hatten kaum geredet, als sie aufgestanden und zum Haus gegangen waren, Ira und er. Ihr Anblick war furchtbar gewesen: die Haut vom Staub grau, die Kleidung verdreckt, die Haare voller Spinnenweben, in denen immer noch das eine oder andere Tier zuckte. Ira hatte am ganzen Körper gezittert. Er hatte sie in das Haus gebracht und aus der Küche einen Müllsack geholt, um ihn mit in das Bad zu nehmen. Sie hatte sich zuerst geduscht, mit großer Ausdauer, um alle Spinnen vom Körper und aus den Haaren zu spülen. Danach war er unter die Dusche gegangen.

Als er den Duschvorhang zurückschob, stand Ira, in ihr Handtuch gewickelt, vor dem Waschbecken und kämmte sich die nassen Haare. Auch er hatte sich sein Handtuch umgebunden. Verlegen sahen sie sich an.

Ira sprach zuerst. »Was soll ich denn jetzt anziehen?«

»Du kannst was von mir haben.« Simon tat selbstsicher,

doch er war durcheinander. Er schlug die Augen nieder, als sie ihn ansah.

Sein Blick fiel auf den Müllsack, in die er ihre Kleidung gestopft hatte. Durch den matten Kunststoff konnten sie die Spinnen sehen, die aus den Falten der Kleidungsstücke gekrochen waren und die sich nun an die Innenseite der Tüte setzten. Sie erschraken beide, als sie sahen, wie viele es waren.

»Mein Zimmer ist ganz oben. Du kannst dir was aus dem Schrank nehmen.«

Ira nickte und verließ das Badezimmer. Simon nahm den Metalldorn, den er in der Scheune aus dem Türrahmen gezogen und den er am Waschbecken abgelegt hatte, und griff sich den Müllsack mit ihrer Kleidung. Zu spät hörte er die Schritte auf der Treppe: Sein Bruder kam nach Hause! Simon ließ den Plastiksack fallen und eilte Ira hinterher, um sie aufzuhalten. Doch Tim hatte sie schon gesehen.

Ira blieb cool. »Hallo.« Sie lächelte und ging an seinem Bruder vorbei die Treppe hinauf. Sprachlos starrte Tim ihr nach. Dann sah er Simon, barfuß so wie Ira, mit nassen Haaren und ebenfalls nur mit einem Handtuch umwickelt. Überrascht öffnete Tim den Mund. Simon grinste nur schief und drückte sich an ihm vorbei, um hinter Ira in seinem Zimmer zu verschwinden.

Sie mussten beide lachen, als Simon die Tür geschlossen hatte.

»Möchte wissen, was der jetzt denkt«, sagte Ira grinsend.

Simon konnte sich vorstellen, was Tim glaubte. Der Gedanke

daran ließ ihn rot werden. Eilig wies er auf den Schrank. »Du kannst dir was aussuchen.«

Neugierig öffnete Ira die Schranktüren und wühlte ein wenig in seiner Wäsche herum. Simon hätte gedacht, dass sie sich einfach die obersten Sachen nehmen würde, doch sie suchte sich einige Stücke aus. Als sie sich wieder umdrehte und ihn fragend ansah, zeigte er auf den Vorhang. »Dahinter bist du ungestört.«

Sie nickte und ging wortlos auf die andere Seite des Ateliers.

Simon lief zum Schrank, kaum dass sich der Vorhang hinter ihr geschlossen hatte, und zog sich hastig an. Dann kämmte er sich mit seinen Fingern durch die nassen Haare.

»Simon, bist du fertig?«

»Ja.« Er wartete, doch als sie nicht kam, schlug er den Vorhang zur Seite und ging zu ihr auf die andere Seite des Ateliers.

Ira stand unter einem Dachfenster und betrachtete ein Gemälde, das an der Wand lehnte. Sie hatte sich eines seiner Lieblings-Shirts herausgesucht, dazu eine Jeans, die ihr recht gut passte. In seinen Sachen sah sie eigenartig vertraut aus. Und zugleich fremd.

Er trat neben sie, um zu sehen, was sie sich anschaute. Das Bild, das sie betrachtete, zeigte ein Haus in einem Dorf oder einer kleinen Stadt. Auf den ersten Blick sah es so aus, als ob schmutziger Schnee das Dach und die Hauswand bedeckte. Doch als er genauer hinsah, entdeckte er in der grauen Schicht winzige Tiere: Es waren Spinnen. Sie waren dabei, das Haus einzuspinnen, so wie sie die Scheune eingesponnen hatten.

Ira schluckte. »Hat das dein Großvater gemalt?«

Simon nickte. Wortlos rannte er zurück auf seine Seite des Raumes und holte das Skizzenbuch, das er unter dem Kopfkissen versteckt hatte, bevor sie in die Scheune gegangen waren. Hastig blätterte er das Buch durch, bis er die Seite fand, die er gesucht hatte: Es war die Zeichnung des eingesponnenen Hauses, auch dieses Gemälde hatte sein Großvater vorher in seinem Buch skizziert. Doch da war noch mehr. Neben der Skizze entdeckte Simon die genaue Zeichnung einer Spinne. Es gab keinen Zweifel: Es war eines der Krabbeltiere, die sie in der Scheune gesehen hatten.

Er zeigte Ira die Zeichnung. Sie zog erschrocken die Luft durch die Zähne, als sie das Bild sah. Aus der Nähe betrachtet, sah die Spinne einfach eklig aus. Winzige Zähne blitzten unter zwei Stielaugen. Ira schüttelte sich. »Steht da sonst noch was?«

Simon war schon dabei, die Seiten durchzublättern. »In dem Buch sind nur Bilder.«

»Kein Hinweis, was man gegen die Spinnen tun kann?«

Genau einen solchen Hinweis hatte Simon gesucht. Wenn sein Großvater so viele Dinge kannte, warum hatte er nichts dazu aufgeschrieben?

Er stutzte, als er ein anderes Bild sah, es erinnerte ihn an das, was sie gerade erlebt hatten. Die Skizze zeigte einen Mann, der in einem Zimmer vor einer offenen Tür stand, aus der Wind herausschoss. Der Wind war stark, er zerrte an der Kleidung des Mannes.

Was zum Teufel, fragte Simon sich, war gerade eben in der Scheune passiert? Der Wind schien direkt aus der Wand gekommen zu sein, so als ob sich eine Tür geöffnet hätte. Doch da war keine Tür gewesen. Simon hatte keine Erklärung für all das.

»Wovon leben diese Spinnen eigentlich?« Ira betrachtete immer noch das Gemälde seines Großvaters. »So viele Fliegen können sich doch gar nicht in dem Netz verfangen, dass alle Spinnen davon leben können.«

Sie fanden die Antwort, als sie wenig später die Platiktüte betrachteten, in die Simon ihre schmutzigen Klamotten gestopft hatte. Ihm war siedend heiß eingefallen, dass er noch den Schlüssel zur Scheune bei sich hatte und dass sie die verdreckte Kleidung loswerden mussten. Die Tüte lag noch da, wo er sie fallen gelassen hatte. Die Spinnen in ihrem Inneren schienen sich vermehrt zu haben, sie saßen dicht an dicht, und sie hatten damit begonnen, die Kleidung mit einer grauen Schicht aus Fäden zu bedecken. Unter der Schicht sah man sie fressen. Sie aßen, was sie eingesponnen hatten. Das T-Shirt, das Simon getragen hatte, war schon löcherig.

Simon durchschoss ein furchtbarer Gedanke: Was würde geschehen, wenn die Spinnen ein Loch in die Tüte fressen und sich hier draußen vermehren würden? Schnell rannte er in die Küche und holte mehrere der Müllbeutel, in die er die Kleidertüte steckte, bis sie wie eine Zwiebel von mehreren Häuten geschützt war. Für den Augenblick waren die Tiere gefangen. Doch sie mussten etwas tun.

»Wir müssen sie verbrennen.« Ira war blass. »Feuer. Das ist das Sicherste. Stell dir vor, eine der Spinnen entkommt.«

Simon wollte sich das lieber nicht vorstellen. »Und wo sollen wir das machen?« Sie hatten keinen Ofen und keinen Kamin im Haus, und außerdem würde seine Mutter sicher unangenehme Fragen stellen, wenn sie im Hochsommer ein Feuer anzündeten.

Ira hatte eine Idee. »Ein Stück weiter ist eine Baustelle. Da ist jetzt niemand. Vielleicht finden wir da einen Platz.«

Simon holte Streichhölzer und Spiritus, den er in der Vorratskammer fand, und gab beides Ira. Er selbst nahm vorsichtig die Tüte und trug sie hinaus.

Sie hatten Glück: Als sie die verlassene Baustelle absuchten, entdeckten sie zwischen einem Haufen Gerümpel ein altes Metallfass. Sie rollten es in die Mitte einer freien Fläche, stellten es auf und warfen Holz und Reisig, das sie gesammelt hatten, hinein. Vorsichtig platzierte Simon die Plastiktüte mit den Spinnen auf dem Holz, dann legten sie weitere trockene Zweige obenauf. Zuletzt kippte Simon den Spiritus über den Stapel.

»Bist du bereit?« Er sah Ira fragend an.

Sie nickte und ging ein paar Schritte zurück.

Simon zündete ein Streichholz an. Er wartete, bis es gut brannte, dann warf er es in einem hohen Bogen in die Tonne. So schnell er konnte, rannte er fort. In der gleichen Sekunde schoss eine Stichflamme in die Höhe, das Holz begann zu brennen, und mit ihm verbrannten die Tüte und alles, was darin war.

Stumm sahen sie den Flammen zu. Das Holz, die Kleidung, die Spinnen, alles zerfiel zu Asche.

Als die letzte Flamme erloschen war, gossen sie Wasser auf

die Glut. Qualm wälzte sich aus dem Fass, man würde ihn kilometerweit sehen können. Simon hoffte, dass seine Mutter noch schlief.

Gemeinsam gingen sie zurück zur Straße. Vor der Auffahrt zu Simons Haus blieb Ira stehen. »Ich fahr besser nach Hause. Ich …« Sie stockte hilflos, sie wusste nicht, was sie noch sagen sollte.

Simon verstand sie. So viel war an diesem Tag geschehen, dass es unmöglich schien, alles in Worte zu fassen. »Wir reden morgen weiter, okay?«

Ira nickte. »Dann geb ich dir auch deine Sachen wieder.« Sie strich über den Stoff seines Shirts, das sie trug, und lächelte.

Er lächelte zurück.

Ira holte ihr Tri-Board hinter dem Stein hervor und sprang darauf. Langsam begann es, den Hügel hinabzurollen. Noch einmal wandte sie sich zu Simon um und winkte, bevor sie sich vorbeugte und den Hügel hinabglitt.

Simon sah ihr lange nach.

Beschwingt drehte er sich um und ging zum Haus hinauf. Er war auf eine eigentümliche Weise glücklich.

Dann fiel ihm wieder ein, was geschehen war.

Kurz überlegte er, der Mutter alles zu erzählen. Sie war aufgestanden, er hörte sie in der Küche singen, als er das Haus betrat. Doch er entschied sich, auf den Vater zu warten. Die Scheune war abgeschlossen, bis zum nächsten Tag würde schon nichts passieren. Jetzt würde er erst einmal den Schlüssel zurück in sein Versteck bringen. Zwei Stufen auf einmal nehmend, sprang Simon die Treppe hinauf.

Er ahnte nicht, was zur gleichen Zeit im Badezimmer geschah: Eine winzige Spinne kroch aus dem Abfluss der Dusche, sie krabbelte über den Rand des Duschbeckens und ließ sich an einem dünnen Faden herabfallen. Behände huschte sie über den Boden. Dann verschwand sie in einer Ritze.

32

Die Nasenflügel weit geöffnet, stand Simon am Fenster und sog den Duft ein, der vom Garten zu ihm aufstieg. Es roch nach Thymian, Oleander und trockenem Gras. Ein leiser Wind strich durch die Bäume. Simon schloss die Augen. Fast war es wie vor einem Jahr, als sie in den Ferien den Großvater besucht hatten. Der Sommer war unglaublich schön gewesen, und der Geruch dieser Zeit hatte sich tief in sein Gedächtnis eingegraben. Simon seufzte. Der letzte Sommer schien unendlich lange her zu sein.

Es war kühler geworden, seit die Sonne über dem Meer untergegangen war. Alle Fenster im Haus waren geöffnet, die Abendluft zog durch die Räume und vertrieb die Hitze des Tages. Simon war in Tims Zimmer, wo er sein Taschenmesser gesucht hatte. Seit seinem Umzug in das Atelier war es verschwunden gewesen, und nun hatte er es in seinem alten Zimmer unter dem Kleiderschrank wiedergefunden.

Simon sah zur Scheune hinab. Der Duft des Abends und seine Gedanken an den letzten Sommer passten nicht zu den Bildern, die ihm beim Anblick des alten Gemäuers im Schatten der Olivenbäume in den Sinn kamen. Simon wusste, wie es dort drinnen aussah und was dort geschehen war, und das machte die Scheune unheimlich. Die Erinnerung an den Staubsturm und an die Spinnen ließen ihn erschauern.

»Was machst du denn hier?« Tim stand in der Tür und sah ihn überrascht an.

Simon drehte sich um. »Ich hab mein Taschenmesser gesucht.« Er hob das Messer, das er in der Hand hielt, es war ein Geschenk seines Großvaters aus dem letzten Sommer.

Tim warf den Schlüssel seines Rollers auf den Schreibtisch und ließ sich auf sein Bett fallen. Er verschränkte die Arme unter dem Kopf und betrachtete Simon neugierig. »Scheint so, ich hab dich unterschätzt, kleiner Bruder. Wie heißt denn die Kleine, mit der du im Bad warst?«

»Ira.«

»Süß. Hätte ich dir gar nicht zugetraut.«

Simon überlegte, ob er Tim über seinen Irrtum aufklären sollte, doch er entschied sich, es bleiben zu lassen.

»Und wo hast du sie kennengelernt?«

»Unten, am Hafen. Dort, wo die Bäckerei ist.«

Der Hinweis auf das Geschäft, in dem Marias Mutter arbeitete, ließ Tims Laune schlagartig sinken. Missmutig kniff er die Lippen zusammen.

Simon lehnte sich gegen den Fensterrahmen. »Ich war übrigens bei ihr.«

»Bei wem?«

»Bei Maria.«

Überrascht setzte Tim sich auf. »Und?«

»Sie vermisst dich.«

»Das hat sie dir gesagt?« Er runzelte ungläubig die Stirn.

Simon schüttelte den Kopf. »Nein. Ich habe es gefühlt.«

Tim blickte ihn verblüfft an.

»Sie ist traurig«, fuhr Simon fort. »Und sie denkt an dich. Ich habe es gespürt, als ich ihre Gefühle gelesen habe.«

»Aber das kann nicht sein! Warum will sie mich dann nicht sehen?«

Simon zögerte, bevor er antwortete. »Ich glaube, ihre Mutter verbietet ihr, dich zu treffen.«

Sein Bruder war hin- und hergerissen zwischen Zweifel und Hoffnung. »Wenn das stimmt, Bruderherz, dann hast du was gut bei mir.« Er sprang auf, griff sich den Schlüssel von seinem Motorroller und lief zur Zimmertür. Im Türrahmen drehte er sich noch einmal um, den Zeigefinger auf Simon gerichtet. »Wehe, du legst mich rein!«

Wenig später knatterte Tim mit seinem Roller die Auffahrt hinab. Simon, der in sein Zimmer hinaufgegangen war, sah ihm durch das Dachfenster nach. Eine Weile irrte das Licht des Scheinwerfers durch die Bäume, dann verschwand es auf der Straße, die hinab zum Dorf führte. Bald war es still.

Simon musste gähnen, er war müde, der Tag war mehr als anstrengend gewesen. Nach allem, was passiert war, fand er es in Ordnung, das Waschen und Zähneputzen ausfallen zu lassen. Schnell zog er sich aus, benutzte das Gästeklo und rief seiner Mutter durch das Treppenhaus einen Gute-Nacht-Gruß zu. Erschöpft kroch er unter die Bettdecke und blickte aus dem Fenster.

Der Mond schob sich gerade hinter einer Hügelkuppe hervor. Er war groß und rund und rot, so als ob er der Sonne Konkurrenz machen wollte. Die Farben des Tages verschwanden in seinem blassen Licht.

Simon dachte darüber nach, was in den vergangenen Stunden alles passiert war: der Besuch in der Stadt; die Begegnung mit den Soldaten und mit Ashakida; der Besuch bei Ira und ihrer Großmutter; der plötzlichen Sturm in der Scheune und der Kampf mit den Spinnen; der nahe Moment mit Ira unten im Badezimmer. Hätte ihm am Tag zuvor jemand prophezeit, was heute alles geschehen würde, er hätte ihn für verrückt erklärt.

Sein Blick fiel auf das Skizzenbuch, das auf dem Schreibtisch lag. Simon setzte sich und blätterte das Buch auf. Nachdenklich betrachtete er die farbigen Zeichnungen, eine nach der anderen.

Plötzlich stutzte er: Er hatte die Skizze der Ruinenstadt aufgeschlagen, der Tower erhob sich bedrohlich über den verfallenen Häusern. Wie auf dem großen Gemälde, das er bei seinem ersten Besuch im Atelier des Großvaters auf der Staffelei entdeckt hatte, blitzten Augen in der Dunkelheit auf. Doch erst jetzt sah Simon, dass etwas anders war: Am unteren Rand des Bildes stand eine Gestalt, ein Junge mit einer Fackel in der Hand. Neben ihm war ein Tier zu sehen, ein Leopard. Sein Fell war heller als das von Ashakida, es musste ein Schneeleopard sein.

Aufgeregt lief Simon in den angrenzenden Teil des Ateliers, in dem sie die Bilder des Großvaters aufbewahrt hatten. Das Gemälde von der Ruinenstadt stand noch immer dort, wo er es versteckt hatte. Er zog es hinter dem Schrank hervor und verglich die Skizze im Buch mit dem Ölgemälde. Auf dem Gemälde fehlte der Junge. War es Absicht oder war sein Großvater mit dem Ölbild einfach nicht fertig geworden? Ihm fiel die Zeichnung ein, die sein Opa an den Balken geheftet hatte, zwischen die Porträts von Simons Familie. Simon holte das Blatt hervor und verglich es mit der Skizze. Die Zeichnung auf dem Blatt und die Zeichnung in dem Skizzenbuch glichen sich. Sollte er etwa der Junge sein? Aber er war noch nie in einer solchen Stadt gewesen.

Nachdenklich schob Simon das Bild und das Blatt mit der Zeichnung wieder hinter den Schrank. Dann legte er das Skizzenbuch zurück auf seinen Schreibtisch. Das Licht des Mondes fiel auf den Tisch und zeichnete das Rosen-Relief auf dem Ledereinband des Buches nach. Simon fiel der Metalldorn ein, den er aus dem Türrahmen in der Scheune gezogen hatte und der das gleiche Bild trug. Er hatte ihn mit ins Haus genommen und ihn im Bad aus der Hosentasche geholt, bevor er seine und Iras Kleidung in den Plastiksack gestopft hatte. Er war sich auch sicher, dass er ihn nach dem Duschen aus dem Bad mitgenommen hatte. Dann war Tim aufgetaucht, und er hatte in der Aufregung den Metalldorn irgendwo abgelegt.

Simon schaltete das Deckenlicht ein. Er musste eine Weile suchen, bis er ihn entdeckte. Der Metalldorn lag auf einem Regal gleich neben der Tür. Er glänzte stumpf im Licht der Lampe.

Simon wollte gerade den Dorn in die Hand nehmen, als er es sah: Die eingravierte Rose war jetzt komplett vertrocknet! Die letzte Rose, die in der Scheune noch geblüht hatte, hatte alle ihre Blütenblätter abgeworfen. Auch die übrigen Blätter der Rose waren verdorrt, nur noch wenige hingen eingerollt an dürren Ästen. Das Tor hinter dem trockenen Busch war jetzt deutlich zu sehen, es war nur angelehnt.

Das Bild hatte sich verändert, es gab keinen Zweifel mehr.

Simon zögerte, den Dorn zu berühren, doch dann nahm er ihn, um die Gravur genauer zu betrachten. Kaum hatte er das Metall ergriffen, zerbröselte es zwischen seinen Fingern und wurde zu Staub, der auf das Regal herabrieselte.

Sprachlos starrte Simon auf die Reste des Metalldorns in seiner Hand.

Plötzlich rauschten die Bäume, und er vernahm ein leises Wispern. »Salvatore!«

Erschrocken hielt Simon den Atem an. Die Stimme hatte nahe geklungen und zugleich fern. Sein Herz klopfte ihm bis zum Hals.

Erneut begannen die Bäume zu rauschen, der Wind fuhr durch die Blätter. Simon ging zum Fenster und lauschte gespannt in die Nacht. Er dachte schon, sich getäuscht zu haben, als das Wispern wieder zu hören war. Es schwebte in den Raum, wie ein Windstoß, der eine Gardine bewegt. »Salvatore! Wo bist du? Ich warte auf dich!«

Simon starrte in die Dunkelheit. Machte sich jemand einen Spaß mit ihm? Aber wer? Tim war fort, und seine Mutter war die Letzte, die so etwas tun würde. Und auch Ira traute er das nicht zu.

»Salvatore! Komm zu mir!«

Simon spürte, wie die Stimme ihn magisch anzog.

Eilig stieg er in seine Kleidung und verließ das Zimmer.

33

Simon war angespannt, als er die Treppe hinabstieg. Sein Herz klopfte ihm bis zum Hals. Gerade noch rechtzeitig bemerkte er, dass ihm der Weg durch die Küche hinaus in den Garten versperrt war: Seine Mutter stand am Herd und telefonierte, sie schien aufgebracht. In ihrem Ärger bemerkte sie ihn nicht. »Nein, Simon ist in seinem Zimmer. Er schläft. Und Tim ist unterwegs.« Sie horchte ungeduldig, dann unterbrach sie den Anrufer. »Nein, ich weck ihn nicht. Du kennst meine Meinung. Lass uns darüber reden, wenn du hier bist.«

Behutsam zog Simon die Küchentür wieder zu. Seine Mutter schien mit seinem Vater zu reden, schloss er aus ihren Worten, und sein Vater war auf dem Weg hierher. Besser, er beeilte sich, damit er rechtzeitig wieder in seinem Zimmer war, bevor sein Vater hier eintraf.

Simon huschte durch den Vordereingang hinaus in die Nacht. Vor dem Haus blieb er stehen und lauschte in die Dunkelheit. Er konnte das Meer hören, das unten an der Küste gegen das Ufer brandete. Doch ansonsten war es still. Die Grillen schwiegen, der Wind schlief, die Nachtvögel gaben keinen Laut von sich. Auch die Stimme, die er eben noch in seinem Zimmer gehört hatte, war verstummt.

Zögernd ging Simon um das Haus herum. Die Werkstatt war dunkel, auch die Scheune lag wie verlassen da. Oder flackerte dort im Inneren ein Licht? Angestrengt starrte Simon in die Dunkelheit. Nein, er musste sich getäuscht haben. Vielleicht war es besser, wieder zurück ins Haus zu gehen.

Plötzlich traf ihn ein Windstoß und die Blätter über ihm begannen zu tanzen.

»Salvatore!«

Erschrocken fuhr er zusammen. Das Wispern war lauter gewesen als zuvor und die Stimme hatte drängender geklungen.

»Komm näher, Salvatore!«

Ohne nachzudenken, lief Simon durch das Gartentor in den Garten. Er fürchtete sich, doch zugleich spürte er die Kraft, die von der Stimme ausging. Er würde tun müssen, was sie ihm sagte.

Langsam ging er auf die Scheune zu. Die Tür stand einen Spalt weit offen. Jetzt sah er, dass tatsächlich Licht in der Scheune war, ein weißes Leuchten, das das Fenster von innen funkeln ließ und heller wurde, je näher er kam. Simon spürte, wie ihm kalt wurde. Auch die Kälte kam aus dem Inneren der Scheune. Simon beobachtete, wie das Gras vor dem Türspalt weiß wurde. Wassertropfen, die sich auf den Halmen niedergeschlagen hatten, froren zu weiß schimmernden Perlen. Sie wurden größer und größer, bis sie abbrachen und leise klirrend zu Boden fielen.

Simons Angst wuchs. Mit aller Kraft wehrte er sich gegen die Macht, die ihn vorwärtszog. Zitternd blieb er stehen.

»Nein, Salvatore«, wisperte die Stimme, »geh weiter! Du gehörst hierher zu mir!«

Die Stimme klang schmeichelnd, sie lockte ihn, doch Simon hatte das Gefühl, dass sie ihn umkreiste wie ein blutsaugendes Insekt, das darauf wartete, zuzustechen.

Er musste weg hier!

Simon wollte sich umdrehen, um zurück zum Haus zu laufen, als er erschrocken bemerkte, dass er seine Füße nicht mehr bewegen konnte. Sie hafteten am Boden, als wären sie dort festgeklebt. Verzweifelt zerrte er an seinen Beinen, er versuchte die Füße zu heben, nahm seine Hände zu Hilfe, um seine Schuhsohlen vom Boden zu lösen, doch es war vergeblich.

Hilfe suchend sah er sich um. Im Haus war es dunkel, bis auf das Licht in der Küche. Er öffnete den Mund, um seine Mutter zu Hilfe zu rufen, doch bis auf ein leises Krächzen kam kein Laut aus seiner Kehle. Er versuchte es noch einmal, aber vergeblich: Die Macht, die ihn in ihrer Gewalt hatte, war zu stark.

Ein Zittern durchlief seine Beine. Erschrocken sah Simon, wie sich sein rechter Fuß einen Schritt nach vorne bewegte, ohne dass er etwas dagegen tun konnte. Dann bewegte sich sein linker Fuß, dann wieder der rechte. Schritt für Schritt näherte er sich der Scheunentür.

Panik ergriff ihn. Er ahnte, wenn er die Scheune erst einmal betreten hatte, würde ihm niemand mehr helfen können.

Im gleichen Moment krachte es im Gebüsch und ein Schatten jagte heran. Erschrocken wollte Simon zurückweichen, doch die fremde Kraft hielt ihn fest. Der Schatten löste sich vom Boden, brach durch die Äste des Busches neben Simon und sprang auf ihn zu. Schützend hob Simon seine Arme vor das Gesicht.

Doch der Aufprall, mit dem er gerechnet hatte, blieb aus. Stattdessen war ein Knurren zu hören. Vorsichtig blinzelte Simon durch seine erhobenen Arme. Ashakida stand vor ihm, die Augen des Raubtieres leuchteten in der Nacht.

Die Leopardin öffnete ihr Maul, und ihre weißen Reißzähne blitzten auf. Wütend fauchte sie ihn an. »Was hast du getan?«

»Hilf mir, bitte!«

Unruhig peitschte der Schwanz der Leopardin hin und her. »Lauf fort, wenn ich es dir sage.«

Simon nickte.

Die Leopardin drehte sich um und schnellte auf den Lichtstrahl zu, der durch den Spalt der Scheunentür hinaus in die Dunkelheit fiel. Mit einem großen Satz, die Krallen der Tatzen ausgefahren, sprang sie direkt in das Licht. Es sah so aus, als würde sie den Strahl packen, um ihn festzuhalten. Ashakidas Fell leuchtete auf.

»Jetzt!«, schrie die Leopardin.

Im gleichen Moment, in dem sich Ashakida der Macht entgegenstellte und zu kämpfen begann, spürte Simon, wie die Kraft, die ihn erfasst hatte, plötzlich losließ. Ohne zu zögern, drehte er sich um und rannte zurück zum Gartentor. Er wollte es aufreißen, doch das Tor ließ sich nicht bewegen, sosehr er auch daran zerrte. Kurzerhand kletterte er über den Zaun und lief den Weg zurück, den er gekommen war. Vor der Hausecke drehte er sich noch einmal um und sah zurück zur Scheune: Ashakida kämpfte mit einem Gegner, den Simon nicht sehen konnte. Ihr Fell glühte in der Dunkelheit, ein pulsierendes Leuchten, das immer schwächer wurde.

»Lauf, Simon, lauf!«, rief die Leopardin.

Doch Simon war erstaunt stehen geblieben: Vor ihm in der Luft hing ein Vogel, regungslos, die Flügel im Flug ausgestreckt. Ashakida hatte die Zeit angehalten.

»Lauf, Simon! Rette dich!«

Die Stimme der Leopardin klang erschöpft. Sie stöhnte auf, ließ den Lichtstrahl los und taumelte zurück. Kraftlos fiel sie zu Boden. Das Leuchten in ihrem Fell verlosch. Im gleichen Augenblick kam Leben in den Vogel vor Simon, er flog weiter, als sei er nie im Flug gestoppt worden.

Plötzlich spürte Simon, wie die fremde Macht wieder nach ihm griff. Erschrocken schrie er auf. Die Kraft tastete nach ihm, um ihn mit sich zu ziehen. Simon fühlte, wie seine Beine zitterten, und verzweifelt stemmte er sich gegen den Sog. Er kämpfte sich bis zur Haustür und klammerte sich an der Klinke fest. Die Tür gab nach und schwang auf, Simon packte den Türrahmen, und mit größter Anstrengung zog er sich über die Schwelle. In der gleichen Sekunde ließ die Macht von ihm ab. Simon taumelte vorwärts. Benommen stolperte er in die Dunkelheit des Hausflurs.

34

Krachend fiel die Haustür ins Schloss. Simon taumelte durch den Flur, er stolperte, stürzte auf die Knie. Erschöpft kroch er zur Wand, um sich dort anzulehnen. Sein Herz hämmerte.

Licht fiel in den Flur, die Mutter hatte die Küchentür aufgerissen. Bestürzt sah sie ihn auf dem Boden sitzen. »Simon! Was ist passiert?« Sie eilte herbei und kniete sich vor ihn. »Simon! Hörst du mich?« Besorgt nahm sie sein Gesicht zwischen ihre Hände.

Er blickte zu ihr hoch. »Wir müssen ihr helfen!« Er schob die Hände seiner Mutter zur Seite. Mühsam stand er auf und ging zur Tür.

Seine Mutter hielt ihn zurück. »Wem müssen wir helfen?«

»Ashakida. Sie beschützt mich.«

Seine Mutter betrachtete ihn erstaunt, dann strich sie ihm sanft über den Kopf. »Du hast bestimmt nur geträumt. Komm, ich bring dich ins Bett.« Behutsam zog sie ihn mit sich. »Morgen wird es dir sicher besser gehen.«

»Das war kein Traum, Mama!« Simon riss sich los. »Da draußen liegt eine Leopardin! Sie braucht unsere Hilfe!«

Die Mutter horchte bei seinen Worten auf. »Eine Leopardin? Wie, meinst du, heißt sie?«

»Ashakida. Sie hat mich gerettet!« Und Simon erzählte ihr in knappen Worten, was in den letzten Tagen passiert war.

Der Blick seiner Mutter wechselte zwischen Sorge, Erschrecken und Fassungslosigkeit hin und her. »Aber warum hast du mir nichts davon gesagt?«

»Du hast mir doch auch nichts erzählt. Und Papa verboten, dass er mit mir redet.«

Seine Mutter stutzte. »Woher weißt du das?«

Simon spürte, wie er rot wurde. »Es stimmt doch, oder?« Entschlossen ging er zur Haustür. »Ich muss zurück zu Ashakida. Sie braucht meine Hilfe.«

»Ich werde gehen!« Die Mutter schob ihn zur Seite, um die Tür selbst zu öffnen. Vorsichtig sah sie hinaus, dann ging sie auf den Vorplatz und schaute sich um. »Hier ist niemand.«

Simon reagierte nicht, er lauschte angespannt, denn ihm war aufgefallen, dass sich die Nachtvögel wieder regten. Auch der Wind war zu hören, er strich leise durch die Bäume. Ein Motorrad knatterte den Hügel hinauf. Zögernd trat Simon über die Schwelle. Kurz fürchtete er, dass ihn die fremde Macht wieder packen würde, doch es geschah nichts – es war, als wäre nie etwas passiert.

Ihm wurde schwindelig. Die Mutter stützte ihn, als er taumelte, und nötigte ihn, sich auf die Stufen zu setzen. »Warte hier. Ich kümmere mich um die Leopardin. Wo ist sie?«

»Vor der Scheune.«

Die Mutter strich ihm über den Kopf, dann eilte sie fort.

Zwischenzeitlich war das Knattern lauter geworden, Simon erkannte in dem Geräusch den Roller seines Bruders. Ein Licht huschte durch die Bäume. Tim hatte das Tor erreicht und fuhr die Auffahrt hinauf. Ein Mädchen saß bei ihm auf dem Rücksitz, ihr langes Haar wehte unter dem Helm hervor.

Im gleichen Augenblick jaulte ein zweiter Motor auf, ein hochtouriges Heulen, das rasch näher kam. Tim hatte das Haus noch nicht ganz erreicht, als ein Wagen auf das Grundstück einbog und heranjagte. Er überholte den Motorroller und bremste vor ihnen. Die Fahrertür wurde aufgerissen, es war ihr Vater, er stürzte zu Simon und nahm ihn in die Arme.

Simon war erleichtert, den Vater zu sehen, bei ihm fühlte er sich sicher. Für einen Moment war alles gut. Dann fiel sein Blick auf den Ring am Finger des Vaters. Der Stein in der Fassung leuchtete.

Der Vater löste sich von Simon und betrachtete ihn besorgt. »Ist alles in Ordnung?«

Simon schüttelte den Kopf. »Du musst ihr helfen!«

»Wem? Mama?«

»Nein. Der Leopardin.«

Der Vater stutzte überrascht.

»Ich bring dich zu ihr. Komm!« Simon zog ihn mit sich. Gemeinsam liefen sie um das Haus herum.

Tim war abgestiegen und hatte seinen Helm abgesetzt, jetzt sah er ihnen erstaunt nach. Auch das Mädchen auf dem Rücksitz des Rollers hatte den Helm abgenommen: Es war Maria. Tim hob ratlos die Schultern, als sie ihn fragend anschaute.

Simon und sein Vater erreichten den Garten, sie stießen das Gartentor auf und liefen den Weg hinunter. Die Tür zur Scheune war verschlossen. Kurz dachte Simon, Ashakida sei fort, doch dann sah er hinter dem Gebüsch den gefleckten Körper auf dem Boden liegen. Ashakida hatte die Augen geschlossen und rührte sich nicht. Neben ihr saß die Mutter, sie hatte die Hand auf den Brustkorb der Leopardin gelegt und prüfte ihren Herzschlag. Erleichtert sah sie auf. »Sie lebt.«

Vorsichtig kniete der Vater neben Ashakida nieder, er nahm den leblosen Körper auf und trug ihn zum Haus. Seine Lippen waren schmal, ein Zeichen größter Anspannung. Simon eilte voran, um ihm zu helfen.

Sie brachten die Leopardin zur Bank neben dem Kücheneingang und legten sie auf ein Polster, das Simon aus dem Haus holte. Der Vater untersuchte Ashakida kurz, dann sah er sich zu seiner Frau um. »Bitte bring mir eine Schüssel mit Wasser und ein Tuch! Und die Kräutermischung, die mein Vater hiergelassen hat.«

Simons Mutter nickte und lief ins Haus.

»Wird sie es überleben?« Besorgt betrachtete Simon die bewusstlose Leopardin.

Der Vater lächelte beruhigend. »Ashakida ist zäh.« Er strich über ihr Fell.

Simon war erstaunt. »Du kennst sie?«

»Ja. Seit letztem Sommer.«

»Aber wer ist sie? Was macht sie hier?«

Der Vater zögerte einen Moment, bevor er antwortete. »Sie passt auf dich auf.«

»Aber warum?«

»Dein Großvater hat sie darum gebeten.«

Entgeistert starrte Simon seinen Vater an. Seit vergangenem

Sommer beschützte ihn eine sprechende Leopardin und niemand hatte ihm etwas gesagt! Er merkte, wie er wütend wurde.

Beruhigend legte der Vater seine Hand auf Simons Arm. »Ich werde dir bald alles erklären.«

»Nein, erklär es mir jetzt!« Ärgerlich schob Simon die Hand zur Seite. »Warum passiert das alles? Wer bin ich, dass ich beschützt werden muss?«

Ashakida regte sich. Sie sprach, ohne die Augen zu öffnen. »Aphyr sagt, alles passiert, weil es passieren muss.«

»Aphyr?«

»Die Göttin, die über die Welten herrscht. Mein Familie dient ihr, so wie auch deine.« Die Leopardin schlug die Augen auf und sah Simon an. »Du gehörst zu einer Familie von Torwächtern. Viele Jahre lang war dein Großvater ein Torwächter, so wie jetzt dein Vater einer ist. Und so wie nach ihm auch du einer sein wirst.«

Simon verstand kein Wort. »Ein Torwächter?« Fragend sah er zu seinem Vater.

Der nickte. »Es ist wahr. Ich bewache die Übergänge zwischen den Welten. Darum sind wir hierhergezogen.«

»Aber was für Welten?« Simon hatte das Gefühl, sein Kopf würde gleich platzen.

»Die Welten, die es neben unserer noch gibt.« Der Vater blickte auf den Ring an seinem Finger, der Stein in der Fassung leuchtete immer noch. »Simon, wir haben jetzt keine Zeit, über alles zu reden. Sag mir bitte, was geschehen ist.« Er warf einen beunruhigten Blick hinüber zur Scheune.

»Aber …«

Sein Vater unterbrach ihn ungeduldig. Er wies auf den leuchtenden Ring. »Ein Weltentor hat sich geöffnet, Simon! Das Weltentor in der Scheune. Was ist hier passiert?«

Überrascht starrte Simon seinen Vater an. Ein Weltentor hatte sich geöffnet.

»Simon, hörst du mich? Jemand hat den Dorn entfernt, der das Tor verschlossen gehalten hatte.«

Jemand hatte den Dorn entfernt. Jetzt begriff Simon, warum ihm sein Vater verboten hatte, die Scheune zu betreten: Der unscheinbare Türrahmen, der in der Scheune an der Wand lehnte, war ein Übergang zwischen jenen Welten, von denen Ashakida und sein Vater gesprochen hatten. Und er, Simon, hatte das Tor geöffnet, erst nur einen Spalt breit, als er den Metalldorn im Holz gelockert hatte, doch der Spalt war groß genug gewesen, damit die winzigen Spinnen in ihre Welt eindringen konnten. Und dann hatte Simon den Dorn ganz aus dem Holz gezogen …

»Simon, rede mit mir! Was ist hier passiert?«

Ashakida knurrte, als Simon nicht antwortete. Sie blickte den Vater an. »Das Tor steht offen. Drhan hat es entdeckt. Er wollte deinen Sohn zu sich holen.«

Besorgt drehte der Vater sich zu Simon um.

Im gleichen Moment schallte ein gellender Schrei aus dem Haus.

Simon erkannte sofort, wer da schrie: Es war seine Mutter.

35

Simon reagierte als Erster. Er sprang auf, lief ins Haus und rannte die Treppe hinauf. Sein Vater war dicht hinter ihm. Simons Mutter stand oben auf dem Treppenabsatz, eine Schüssel und ein Leinensäckchen in der Hand. Entsetzt starrte sie ins Bad. Simon und sein Vater waren schockiert, als sie sahen, was in dem Raum geschehen war: So wie das Innere der Scheune, war fast das gesamte Bad mit Spinnengewebe bedeckt, die Dusche, das Waschbecken, der Schrank, alles war von silbern glänzenden Fäden umhüllt. Auch ein Teil der Decke war schon voller Spinnenweben. Simon sah die winzigen Tiere, die unter der Schicht aus Fäden krabbelten und fraßen.

Die Lippen des Vaters bildeten einen schmalen Spalt. »Simon, schnell, erzähl, was hier geschehen ist. Wir haben nicht viel Zeit.«

So knapp es ging, berichtete Simon von den Ereignissen der vergangenen Tage. Sein Vater hörte ihm zu, ohne etwas zu entgegnen. Nur seine Augenbrauen, die sich immer weiter zusammenzogen, zeigten seinen Ärger.

»Es tut mir leid, Papa.«

Sein Vater schüttelte den Kopf. »Ich hätte dich nicht alleine lassen dürfen.« Er schloss die Badtür und sah Simon eindringlich an. »Ihr habt euch also hier ausgezogen und geduscht, nachdem ihr in der Scheune gewesen seid. Was ist mit den Sachen passiert, die ihr getragen habt?«

»Wir haben sie verbrannt.«

»Gut. Kann dabei eine Spinne entkommen sein?«

Simon schüttelte den Kopf. »Nein, ganz sicher nicht.«

»Hoffen wir, dass du recht hast. Vielleicht ist es noch nicht zu spät.« Er wandte sich seiner Frau zu und nahm das Leinensäckchen, das sie ihm reichte. »Pack alles Nötige ein. Wir müssen das Haus verlassen. Und hol den Rucksack aus dem Geheimfach.«

Wortlos verschwand die Mutter im Arbeitszimmer.

Der Vater sah zu Simon. »Du bringst Ashakida fort. Bade ihren Körper, in diesen Kräutern.« Er reichte ihm das Leinensäckchen.

»Aber ich kann dir doch helfen! Wir müssen das Tor verschließen!«

»Ich bin der Torwächter, nicht du.«

»Aber du hast gesagt, dass deine Kraft nachlässt.«

Der Vater betrachtete ihn verwundert. »Wer hat dir davon erzählt? Hast du uns etwa belauscht?«

Simon zuckte ertappt mit den Achseln. Er wusste, jetzt war es besser, nichts zu sagen.

Sein Vater schüttelte den Kopf. »Du bist noch nicht so weit. Kümmer dich um Ashakida. Ich schließe das Tor. Und jetzt keine weiteren Fragen, die Zeit drängt!« Bei seinen letzten Worten lief der Vater die Stufen hinunter in das Erdgeschoss. Simon folgte ihm.

Tim stand mit Maria am Fuß der Treppe und sah ihnen entgegen. »Kann uns mal einer erklären, was hier los ist?«

»Nicht jetzt, Tim.« Der Vater griff in die Tasche und warf ihm den Autoschlüssel zu. »Du bringst Simon fort. Und die Leopardin. Und auch deine Freundin. Sie ist doch deine Freundin, oder?«

Maria lächelte verlegen.

»Aber ich kann nicht Auto fahren.« Tim war überrascht.

»Ich weiß, dass du es heimlich geübt hast. Glaubst du, ich hab die Beule nicht gesehen?« Ein Lächeln huschte über das Gesicht des Vaters. »Also tu, was du kannst.«

Tim nickte stumm.

Simon fiel das Skizzenbuch des Großvaters ein. »Ich muss schnell noch was holen.« Er rannte zurück ins Haus und lief hinauf in das Atelier. Das Buch lag noch dort, wo er es zurückgelassen hatte. Simon nahm es vom Schreibtisch und stopfte es in seinen Hosenbund.

Seine Mutter erwartete ihn auf halber Treppe, sie hielt einen Rucksack in der Hand. Simon kannte ihn, er hatte im Geheimfach gelegen, in dem auch der Scheunenschlüssel hing. »Nimm den Rucksack bitte mit. Ich hoffe, du brauchst ihn nicht.« Seine Mutter sah besorgt aus.

Simon nickte.

Sie zog ihn an sich und umarmte ihn fest. »Du musst jetzt gehen«, sagte sie nach einer Weile, ohne ihn loszulassen. Als sie sich voneinander lösten, sah er eine Träne in ihrem Augenwinkel funkeln.

Simon mochte nicht, wenn sie weinte. Auch ihm wurde

dann immer ganz schummerig zumute. Hastig drehte er sich um und lief die Treppe hinab zur Ausgangstür.

Tim saß schon im Wagen, während sich sein Vater um Ashakida kümmerte. Die Leopardin hatte sich aufgerichtet, sie versuchte gerade, aus eigener Kraft aufzustehen.

»Nein, Ashakida.« Behutsam nahm der Vater sie auf den Arm und trug sie zum Auto. »Simon und Tim bringen dich fort. Die Spinnen sind im Haus.«

Ashakida hob den Kopf. »Die Spinnen? Du weißt, was das heißt.«

Sein Vater nickte nur.

Simon riss die Seitentür des Wagens auf und warf den Rucksack auf den Rücksitz. Dann half er seinem Vater dabei, die Leopardin auf die Rückbank zu legen. Vorsichtig schob er ihren Schwanz zur Seite, bevor er die Tür schloss.

»Fahrt jetzt.« Ernst blickt der Vater ihn an.

Simon zögerte. Es gab so viele Fragen.

Sein Vater umarmte ihn fest, bevor er nach einem letzten aufmunternden Lächeln zurück in das Haus lief. Simon spürte einen Kloß im Hals, während er ihm nachsah. Krachend fiel die Haustür ins Schloss.

»Worauf wartest du? Komm!« Tim hatte den Motor gestartet. »Steig ein.« Maria saß schon neben ihm auf dem Beifahrersitz. Simon lief auf die andere Seite des Wagens und setzte sich auf die Rückbank zu Ashakida. Die Leopardin atmete schwach.

Der Motor heulte auf. Tim trat auf das Kupplungspedal und legte einen Gang ein. Vor lauter Anspannung hatte er seine Zunge zwischen die Lippen geschoben. Vorsichtig ließ er die

Kupplung los. Der Wagen schoss nach vorne, und für einen Moment wirkte das Auto wie ein bockendes Wildpferd, das eingeritten wird. Dann fuhren sie die Auffahrt hinab.

Tim schaltete das Fahrtlicht ein. »Wohin soll ich euch eigentlich bringen?«

Simon überlegte kurz. »Zu Ira.«

Tim nickte, während er angestrengt auf den Weg vor ihnen starrte. Seine Hände hielten das Lenkrad fest umklammert.

Noch einmal sah Simon zurück. Das Haus lag da, als wäre nie etwas geschehen, als wäre dies eine gewöhnliche Sommernacht, lau und ruhig.

Doch alles hatte sich verändert.

36

Sie erreichten das Tor und verließen das Grundstück. Vorsichtig bogen sie ab. Die Scheinwerfer strichen über die staubige Straße. Fast hätte Tim den Wagen in die Böschung gefahren, doch es gelang ihm, die Räder wieder zurück auf den Asphalt zu lenken. Der Motor jaulte. Tim schaffte es, einen neuen Gang einzulegen, jetzt ging es besser.

Schweigend fuhren sie durch die Nacht.

Das Mädchen auf dem Beifahrersitz drehte sich zu Simon um. »Hi, ich bin Maria.«

Simon lächelte. »Ich weiß.« Dann verstummte er wieder.

Seine Gedanken rasten. Es fiel ihm schwer, zu begreifen, was geschehen war. Zwar verstand er, was Ashakida und der Vater ihm gesagt hatten. Doch er hatte nur wenig erfahren, und es war nicht leicht, das Wenige als Wahrheit anzunehmen. Sein Vater war ein Torwächter – das klang total verrückt. Allein die Vorstellung, dass es neben ihrer Welt noch andere Welten geben sollte, war komplett abgedreht. Doch er hatte selbst die Macht gespürt, die ihn durch das Tor hatte locken wollen. Von irgendwoher musste die Stimme ja gekommen sein, genau wie der Sturm in der Scheune, die Spinnen und die plötzliche Kälte.

Iras Großmutter hatte ihn vor der Kälte gewarnt.

Sie erreichten ohne weitere Probleme das Dorf. Ruckelnd und mit jaulendem Motor fuhren sie weiter. Endlich erreichten sie die Straße, in der Ira wohnte. Tim sah den Sandhaufen, der den Weg versperrte, doch er stoppte nicht, sondern trat das Gaspedal herab und trieb den Wagen durch das Hindernis. Der Motor heulte auf und die Räder wirbelten den feinen Sand zur Seite. Fast hätten sie sich festgefahren, doch Tim gelang es, wieder festen Grund zu erreichen. In einer Wolke aus Staub und Sand lenkte er das Auto bis zu dem kleinen Platz, an dem Ira lebte. Er hielt direkt vor ihrem Haus.

Noch während sie ausrollten, riss Simon die Tür auf und sprang aus dem Wagen. Schnell rannte er die Stufen zur Haustür hinauf. So fest er konnte, rammte er den Türklopfer gegen das Holz, wummernd dröhnte das Klopfen durch die Nacht. Bald waren von innen Schritte zu hören, dann eine Stimme.

»Wer ist da?« Es war Ira.

»Ich bin's, Simon! Mach auf!«

Ein Riegel schabte, dann öffnete sich die Haustür. Verschlafen sah Ira ihm entgegen. Sie trug einen Schlafanzug, sie war schon im Bett gewesen. »Was ist denn los?«

»Ich brauche die Hilfe von deiner Oma!«

»Aber …«

Ohne ihren Protest zu beachten, drehte Simon sich um und lief zurück zum Auto. Tim war ausgestiegen, er erwartete ihn neben dem Wagen. Er blickte zu Maria, die auf dem Beifahrersitz saß. »Du hast übrigens recht gehabt. Ihre Mutter hat ihr erzählt, dass ich sie angeblich nicht mehr sehen wollte. Maria dachte, dass ich mit ihr Schluss gemacht habe.«

Simon grinste ihn an, während er die hintere Tür des Wagens öffnete. Tim grinste dankbar zurück. Gemeinsam hoben sie Ashakida von der Rückbank. Simon nahm die Leopardin auf den Arm. Sie war leichter, als er gedacht hatte.

»Warte.« Tim hatte den Rucksack im Wagen entdeckt, er holte ihn und hängte ihn Simon um. Dann schloss er die Tür. »Ich fahr am besten wieder zum Haus von Opa. Vielleicht brauchen Papa und Mama meine Hilfe.«

»Nein, das geht nicht. Ihr könnt nicht zurück. Ihr müsst hier im Dorf bleiben.«

»Aber wo sollen wir hin? Zu Marias Eltern?« An Tims Gesicht war zu sehen, dass das unmöglich war. »Sollen wir mit dir kommen?«

Simon fiel das leer stehende Haus am Hafen ein und er erzählte Tim von dem Versteck. »Verbergt euch dort, bis alles vorbei ist.«

»Bis was vorbei ist?«

Simon hob hilflos die Schultern. »Ich weiß es nicht. Pass auf dich auf, Tim.«

»Du auch.« Tim grinste schief. »Irgendwie hast du dich verändert. Bist erwachsener geworden.«

Simon wusste nicht, was er antworten sollte, darum lächelte er nur kurz, bevor er Ashakida die Treppe hinauftrug. Hinter ihm jaulte der Motor auf, dann hörte Simon, wie sich der Wagen entfernte.

Ira stand an der Tür, als Simon die Halle betrat. Überrascht sah sie die Leopardin auf seinem Arm.

»Das ist Ashakida.«

Ira war baff. »Die Leopardin, von der du erzählt hast?«

Simon nickte. »Wo soll ich sie hinbringen?«

»Hierher!« Iras Großmutter war in die Tür ihres Zimmers getreten. Mit ihrem wehenden Nachthemd und den weißen, offenen Haaren sah sie wie ein Gespenst aus. Doch Simon kam sie mehr wie ein Engel vor.

»Wo bin ich?« Ashakida hob den Kopf.

»Bei einer Freundin. Ihre Oma wird dir helfen.« Simon trug die Leopardin in das Zimmer der Alten. Vorsichtig legte er Ashakida auf den großen Esstisch. Er war froh, sie nicht mehr tragen zu müssen, die letzten Meter hatte er sie kaum noch halten können. Eilig holte er die Kräuter aus dem Seitenfach des Rucksacks und reichte sie Iras Großmutter. »Das hat mir mein Vater mitgegeben.«

Die Alte nahm das Säckchen und roch daran. Sie nickte, ohne etwas zu sagen. Dann begann sie, die Leopardin zu untersuchen.

Ira hatte alles stumm und mit großen Augen beobachtet.

Simon war erschöpft und rieb sich die Augen. Die letzten Stunden, der ganze Tag war anstrengend gewesen und er hätte sich gerne einfach schlafen gelegt. Doch jetzt, da er Ashakida in sicheren Händen wusste, merkte er, dass er unruhig war. Er machte sich Sorgen. Am liebsten wäre er zurückgefahren, um nach seinen Eltern zu sehen.

»Kann man von hier aus das Haus meines Großvaters sehen?«

Ira schüttelte den Kopf. »Nicht von hier unten. Aber oben, vom Dach.«

»Dann lass uns hochgehen.«

Ira runzelte kurz die Stirn, doch dann drehte sie sich um und verließ den Raum. Simon folgte ihr. Gemeinsam stiegen sie die Treppe hinauf. Vor einer Tür im zweiten Stock bat Ira ihn, zu warten. Als sie kurz darauf wieder aus ihrem Zimmer kam, hatte sie sich angezogen.

»Komm.«

Die letzte Treppe bis hinauf unter das Dach war wackelig, und der Dachboden, den sie betraten, war noch staubiger und heruntergekommener als der in der Ruine am Hafen. Ira schob ein paar Dachpfannen zur Seite und quetschte sich durch die Lücke nach draußen. Simon folgte ihr.

Der Blick vom Dach ging über das ganze Dorf. Sogar die nächtliche Stadt mit dem Tower war von hier aus zu sehen. Doch Simon würdigte das Lichtermeer am Horizont keines Blickes. Entsetzt schaute er zum Hügel hinüber.

Dort, wo das Haus des Großvaters stand, loderten Flammen – die Scheune, die Werkstatt, das Wohnhaus, alles brannte.

Meterhoch schlugen die Flammen hinauf in die Nacht.

37

Simon wusste nicht, wie lange er schon auf dem First des Daches saß und hinüber auf das Feuer starrte. Es fiel ihm schwer, zu fassen, was er sah: Sein Zuhause verbrannte. Zwar lebten sie erst kurze Zeit hier und er hatte sich mit ihrem neuen Wohnort zunächst schwergetan, aber seit seinem Umzug in das Atelier war Simon im Haus des Großvaters angekommen. Jetzt sah er alles in Flammen aufgehen: Natürlich die Scheune mit den Spinnen und das spinnenverseuchte Bad, aber auch all jene Plätze, an denen er sich wohlgefühlt hatte. Auch seine Erinnerungen, die er aus seiner alten Heimat mitgebracht hatte, verbrannten dort, genau wie die Bilder, die sein Großvater gemalt hatte.

Irgendwann merkte Simon, dass sich Ira neben ihn gesetzt und tröstend den Arm um seine Schultern gelegt hatte. Er sagte nichts. Es tat einfach gut, dass sie da war.

Nach einer Weile erzählte er ihr, was geschehen war, auch wenn er noch längst nicht alles verstand. Ira stellte keine Fragen, hörte schweigend zu, bis Simon verstummte.

Beide starrten hinüber zu den lodernden Flammen.

Schließlich stand Ira auf. »Komm, wir gehen wieder hinunter.« Sie streckte ihm ihre Hand hin. Gemeinsam kletterten sie zurück ins Haus. Ira schob die Dachpfannen wieder an ihren Platz, dann stiegen sie die Treppen hinab.

Iras Großmutter war nicht da, als sie das Zimmer im Erdgeschoss betraten. Der Raum duftete intensiv nach Kräutern. Die Alte hatte die Leopardin in einer Wanne gebadet. Gerade brachte sie das benutzte Wasser fort, es klapperte unten in der Küche, und leise war das Gurgeln des Abflusses zu hören.

Das Bad hatte Ashakida gutgetan, sie saß auf dem Tisch und leckte ihr Fell. Sie schaute auf, als sie durch die Tür traten, und betrachtete Simon forschend. Sie merkte, dass er bedrückt war. »Was ist passiert?«

»Unser Haus brennt. Alles steht in Flammen.«

»Ich weiß.« Die Augen der Leopardin waren voller Mitgefühl. »Es musste sein, Simon. Dein Vater hatte keine Wahl.«

»Aber warum das ganze Haus?«

»Weil keine der Spinnen überleben darf.« Ashakida sprang vom Tisch. »Feuer ist das Einzige, was hilft. Die Spinnen vernichten sonst alles.«

Simon nickte nachdenklich, er hatte gesehen, wie schnell die gefräßigen Tiere ihre Kleidung zerfressen hatten »Was passiert mit dem Tor, wenn die Scheune verbrennt?«

»Es wird zerstört, für immer. Niemand wird es jemals wieder benutzen können. Nur so wird Drhan der Weg in diese Welt versperrt.«

Simon dachte an die Stimme, die versucht hatte, ihn zu sich zu locken. »Aber hat Drhan das Tor nicht längst durchschritten?«

»Nein. Das waren seine Helfer.« Unruhig peitschte Ashakidas Schwanz hin und her. »Wenn Drhan selber kommt, kann ihn niemand stoppen.« Sie fauchte auf und ihre Reißzähne blitzten.

Ira war dem Gespräch erstaunt gefolgt. »Wovon redet ihr? Wer ist dieser Drhan?«

Simon sah fragend zu Ashakida.

Die Leopardin fauchte erneut. Dann begann sie zu erzählen. »Es ist eine alte Geschichte, wir kennen sie seit Generationen. Meine Mutter hat sie mir erzählt, und ich werde sie meinen Kindern weitergeben, wenn es an der Zeit ist. Es ist die Geschichte vom Dunklen Tag.« Ashakida verstummte und starrte einen Moment ins Leere. Als sie wieder sprach, klang ihre Stimme tiefer. »Lange vor unserer Zeit war die Erde ein Paradies. Es gab weder Zorn noch Gier, weder Selbstsucht noch Neid, es gab keinen Geiz, keine Feigheit, keinen Hochmut. Die Menschen lebten in Frieden. Bis Drhan den Platz von Aphyr einnehmen wollte, der Göttin, die alles erschaffen hat. Aphyr verstieß ihn und am Tag seiner Vertreibung schwor Drhan Rache. Ein immerwährender Kampf begann. Drhan wurde stark, doch nicht stark genug, um Aphyr zu vertreiben und an ihrer Stelle den Weltenthron zu besteigen. Also heckte er einen Plan aus: Er wollte die Zeit aufbrechen, um die Macht von Aphyr zu teilen. Drhans Plan gelang, die Zeit zersplitterte und alles teilte sich. Das war der Dunkle Tag. Dieser Tag veränderte alles. Damals entstanden die sieben Welten. Sie bestehen nebeneinander, und sie gleichen sich, denn sie haben denselben Ursprung. Und doch sind sie einander fremd, denn jede von ihnen ist nur ein Teil des Ganzen.«

Sie stockte. Stille breitete sich im Raum aus.

Ira brach ungeduldig das Schweigen. »Schön, aber was hat das mit uns zu tun?«

Die Leopardin sah auf. »Diese sieben Welten gibt es bis heute. Ihr lebt in einer davon.«

»Du machst Witze, oder?« Ira grinste. »Ich mein, das ist eine Legende. Das ist doch nicht wirklich passiert!«

Ashakida blieb ernst. »Ob es so passiert ist oder anders, das weiß ich nicht. Aber es gibt diese sieben Welten und ihr seid ein Teil davon. Wir nennen eure Welt Gula.«

Ira war sprachlos.

Die Alte kam herein. Sie kicherte, als sie die letzten Worte Ashakidas hörte. Sie schien nicht erstaunt zu sein. »Gula …«, wiederholte sie leise und ging zu ihrem Medizinschrank.

Simon war verblüfft. Ungläubig sah er zu Ashakida. »Du willst damit sagen, dass es das alles hier noch sechs weitere Male gibt?« Er wies aus dem Fenster. »Zum Beispiel das Dorf hier?«

»Nicht dieses Dorf. Aber ein Dorf, das diesem ähnlich ist. Denn die Welten haben sich weiterentwickelt. Dinge verändern sich.«

Ira schüttelte ungläubig den Kopf. »Aber das müssten wir doch wissen! Davon hab ich noch nie was gehört.«

Ashakida nickte. »Die meisten Menschen ahnen nichts. Sie wissen nicht, dass ihnen etwas fehlt.«

»Aber was soll uns denn fehlen?« Ira grinste. »Ich fühl mich ziemlich vollständig.«

Die Leopardin sah sie an, und ihr Blick war voller Verachtung. »Du findest deine Welt perfekt? Sie ist eine der schäbigsten, die ich kenne. Ihr nehmt, ohne zu geben, ihr zerstört, was euch ernährt. Ihr vernichtet eure Welt, weil ihr nur an euch selbst denkt. Glaubt mir, euch fehlt so viel …«

Ira schwieg nachdenklich.

»Und die Tore sind die Verbindungen zwischen den Welten?« Fragend sah Simon die Leopardin an.

Ashakida nickte. »Kein gewöhnlicher Mensch kann sie durchschreiten und kaum jemand weiß von ihnen. Die Torwächter bewachen diese Orte.«

»So wie mein Vater.«

Ashakida nickte.

»Aber warum müssen sie bewacht werden, wenn die Tore kaum jemand kennt?«

»Wegen Drhan.« Ashakida fauchte unruhig. »Er zersplitterte die Zeit, weil er glaubte, so wäre es leichter, in den geteilten Welten die Herrschaft an sich zu reißen. Doch er hat einen Fehler begangen: Als er die Welten trennte, hat er auch seine eigene Kraft geteilt. Jetzt lebt in jeder der sieben Welten nur ein Teil von ihm.«

Simon ahnte, wo: »Im Tower …«

Ashakida nickte. »Drhan will seine Kraft wieder vereinen. Deshalb sucht er nach den Toren. Und deshalb ist es die Aufgabe der Torwächter, sie vor ihm zu verschließen.«

»Das ist nicht dein Ernst, oder?« Ira lachte unsicher. »Weltentore, zersplitterte Zeit … meine Fresse, das ist doch Bullshit! So etwas gibt es nicht!«

Ashakida sah sie an und ein Lächeln huschte über ihr Raubtiergesicht. »So wie es keine sprechenden Leoparden gibt, richtig?«

Darauf wusste Ira nichts zu antworten.

»Es gibt mehr Dinge zwischen Himmel und Erde, als du ahnst, mein Kind«, sagte im Hintergrund die Alte, während sie Kräuter in kleine Tütchen füllte.

Simon betrachtet Ashakida neugierig. »Aber wer bist du? Bist du auch ein Torwächter?«

»Nein. Wir nennen uns Läufer. Wir können die Tore weder öffnen noch schließen. Aber wir können sie passieren, wenn sie offen stehen. Und wir können die Zeit anhalten.«

»Das will ich sehen. Mach mal vor.« Ira hatte ihren Widerspruchsgeist noch nicht verloren.

Geduldig begegnete die Leopardin ihrem Blick. »Du würdest es nicht merken. Wenn ich sie anhalte, steht sie auch für dich still. Außer, ich löse dich aus der Zeit.« Sie stupste mit der Schnauze kurz gegen Iras Bein, auf dem noch die Spuren der Bisswunde zu sehen waren. »Du hast es schon einmal erlebt.«

Ira schwieg. Nachdenklich strich sie über ihr Bein. Ihr zweifelnder Blick wich zögernd. »Aber wie machst du das, die Zeit anhalten?«

»Das ist schwer zu erklären. Ich kann es einfach.«

»Und alle Läufer sind Leoparden?«

»Nein.« Mit einem eleganten Satz sprang Ashakida auf das Sofa. »Jeder Läufer sieht anders aus. Mein Körper ist der eines Raubtieres, in jenen Welten, in denen ich nicht zu Hause bin. Ich wandle meine Gestalt, wenn ich ein Tor passiere.«

»Krass.« Ira war beeindruckt. »Stell ich mir stark vor.«

Ashakida knurrte. »Es tut sehr weh.«

Nachdenklich starrte Simon auf den Boden. Er hatte Schuld auf sich geladen, als er das Tor geöffnet und Drhan den Weg in ihre Welt bereitet hatte. Sein Vater hatte gesagt, er würde das Tor schließen. Doch Simon spürte, dass die Gefahr noch nicht gebannt war. »Was würde passieren«, fragte er leise, »wenn es meinem Vater nicht gelingt, das Weltentor in der Scheune zu verschließen?«

»Dann wird Drhan in diese Welt eindringen.«

»Und dann?«

»Übernimmt er die Macht.«

»Was bedeutet das?«

Ashakida zögerte einen Moment. »Dann ist diese Welt verloren.«

Simons Herz wurde schwer. Nach einer Weile sah er auf. Sein Blick war entschlossen. »Ich muss zu ihm.«

»Was hast du vor?« Ashakida betrachtete ihn misstrauisch.

»Ich glaube, mein Vater braucht Hilfe. Also werde ich zurück zum Haus gehen.«

»Und was willst du da tun? Denkst du wirklich, du kannst ihm helfen?« Die Leopardin fauchte ungehalten. »Du weißt gar nichts! Du hast keine Ausbildung! Also vergiss diese Idee.«

»Soll ich hier rumsitzen und warten?« Simon war ärgerlich, dass Ashakida ihn zurückhalten wollte. »Schon vergessen? Ich habe das Tor geöffnet! Und genau deshalb werde ich dabei helfen, dass es wieder geschlossen wird.« Entschlossen drehte er sich um und ging zur Tür.

Mit einem Satz sprang die Leopardin direkt vor ihn. »Du bleibst hier!«

»Halt mich nicht auf, Ashakida.«

»Ich habe deinem Großvater versprochen, dich zu beschützen! Ich lass nicht zu, dass du zurückgehst!«

»Und was willst du machen? Mich beißen? Oder mit mir kämpfen?«

»Wenn es sein muss. Zwing mich nicht dazu.« Fauchend zeigte sie ihre Zähne.

Simon betrachtete sie nachdenklich. Er legte seine Hand auf ihr Fell und las, die Augen geschlossen, ihre Gefühle. Langsam schüttelte er den Kopf. »Das wirst du nicht tun.« Er war sich seiner Sache sicher. Behutsam schob er sie zur Seite, dann öffnete er die Tür und verließ den Raum.

Seufzend sah Ashakida ihm nach.

Ira war verblüfft. »Du willst ihn doch nicht alleine gehen lassen?« Ohne eine Antwort der Leopardin abzuwarten, lief sie Simon hinterher. Es wurde still im Zimmer der Alten.

Ashakida knurrte leise. »Hoffentlich ist er es wert.« Dann huschte auch sie aus dem Raum.

Die Alte unterbrach ihre Arbeit und sah ihnen nach. Kurz wirkte sie erstaunt. »Gula.« Sie kicherte.

Leise summend, wandte sie sich wieder ihren Kräutern zu.

38

Aufgeregte Stimmen hallten durch die Gasse, als Simon das Haus verließ. Menschen schrien und hasteten die Straße hinauf, Rauchgeruch hing in der Luft, in der Ferne heulte eine Sirene. Die Glocken der Kirche begannen zu läuten.

Simon ging die Stufen zur Straße hinab und schlug den Weg Richtung Hügel ein. Er fühlte sich unbehaglich. Zwar war er sich sicher, dass er das Richtige tat. Doch der Gedanke, jetzt ganz auf sich allein gestellt zu sein, bedrückte ihn.

Ein Auto raste mit aufheulendem Motor die Querstraße entlang.

Hoffentlich, dachte Simon, komme ich nicht zu spät.

Plötzlich hörte er hinter sich Schritte: Es war Ira, sie rannte ihm nach. Sie trug ihr Tri-Board unter dem Arm. »Warte! Ich komm mit.«

Er schüttelte den Kopf, obwohl er froh war, sie zu sehen. »Lieber nicht. Es kann gefährlich werden.«

Ira grinste schief. »Wenn dieser Drhan in unsere Welt kommt, ist sowieso alles aus. Also wenn ich das richtig verstanden habe. Da kann ich auch mitkommen und versuchen, dieses Tor zu schließen.« Sie stöhnte auf. »Mann, hoffentlich hört mich keiner! Die erklären mich alle für verrückt!«

Simon musste grinsen. Ira grinste zurück.

Neben Ihnen ertönte das leise Geräusch von Tatzen, die über Steinpflaster liefen, es war Ashakida. Sie sagte kein Wort.

Gemeinsam eilten sie durch die Nacht.

Überall waren jetzt Menschen auf den Straßen, trotz der späten Uhrzeit, sie standen zusammen und redeten aufgeregt miteinander. Je weiter sie kamen, desto beißender wurde der Rauchgeruch, der in den Gassen hing. Der Qualm wehte vom Hügel herab. Ira erklärte ihnen, was die Dorfbewohner so beunruhigte: Ein Brand war gefährlich, besonders jetzt in der trockenen Jahreszeit. Denn würde das Gestrüpp auf dem Hügel Feuer fangen, wäre das Dorf bald von den Flammen eingeschlossen.

Simon versuchte, die Blicke der Menschen nicht zu beachten – er hatte das Gefühl, dass sie ihn misstrauisch ansahen. Erst nach einer Weile begriff er, warum sie angestarrt wurden. Zwei Jugendliche und ein Leopard, die nachts durch die Straßen liefen, waren mehr als ungewöhnlich. Es war verblüffend, dass niemand sie ansprach oder gar aufhielt.

Sie mieden die Hauptstraßen, nachdem ihnen das klar geworden war, und suchten sich in dem Labyrinth aus Gassen und Treppen einen Weg. Ira zeigte ihnen einige Abkürzungen, und bald hatten sie den Rand des Ortes erreicht. Direkt hinter der Tankstelle begann das freie Feld, von dort konnten sie den Hügel hinaufschauen.

Erschrocken hielt Simon die Luft an. Zwar war von hier der direkte Blick auf das Haus versperrt, Bäume umgaben das Grundstück. Doch hinter den Stämmen flackerte das Feuer, es leuchtete hell, es musste riesig sein. Ab und an schlug eine Flamme über die Baumwipfel hoch in den Himmel. Funken stiegen auf.

Ein Krankenwagen raste an ihnen vorbei, mit Blaulicht und Martinshorn, er fuhr den Hügel hinauf, dem Feuer entgegen. Erschrocken sah Simon ihm nach. Ohne ein Wort rannte er los, Ira folgte ihm. Ashakida lief in eleganten Sprüngen neben ihnen her. Bald erreichten sie die Steigung, steil führte die Straße den Hügel hoch. Simon biss die Zähne zusammen und lief weiter, die Sorge um seine Eltern trieb ihn an.

Je näher sie dem brennenden Haus kamen, desto unheimlicher war der Anblick des Feuers. Die Flammen, die hinter den Bäumen hervorleckten, leuchteten in allen Farben, bunte Lichtblitze tanzten hinaus in die Nacht. »Das sind die Spinnen, die verbrennen.« Es war der einzige Satz, den Ashakida während des gesamten Weges sagte.

Endlich erreichten sie das Tor. Rauch trieb durch die Bäume. Simon war verschwitzt und außer Atem, seine Muskeln schmerzten. Auch Ira rang erschöpft nach Luft. Die Leopardin hingegen wirkte entspannt, ihr schienen der Weg und das Tempo nichts ausgemacht zu haben. Doch Simon spürte, dass auch sie erschöpft war, die Ereignisse des Tages hatten sie viel Kraft gekostet.

Auf dem Platz vor dem Haus ging es hektisch zu. Löschfahrzeuge standen in der Auffahrt, Feuerwehrleute waren dabei, Schläuche auszurollen, um das Feuer zu bekämpfen. Der Krankenwagen, der an ihnen vorbeigefahren war, parkte vor der Terrasse, ein Stück weiter sahen sie einen Polizeiwagen. Ein

Polizist saß darin und sprach in sein Funkgerät. Die Blaulichter auf den Wagendächern blinkten.

Seine Eltern waren nirgendwo zu sehen.

Langsam gingen sie die Auffahrt hinauf. Der Anblick des brennenden Hauses war furchtbar. Das gesamte Gebäude brannte lichterloh, gierig leckten die Flammen aus dem Dach und aus den Fenstern. Alle Scheiben waren zerborsten, das Feuer schleuderte Asche und Qualm hinaus in die Nacht.

»Wir müssen zur Scheune.« Simon drehte sich zu den anderen um. »Wir laufen hinten um das Haus herum. Es ist besser, wenn uns keiner sieht.« Noch hatte sie niemand bemerkt.

Ashakida begegnete Simons Blick, und kurz leuchteten ihre Augen auf. Simon spürte ihre Anspannung. Sie fauchte leise, es war ihre Art, zu antworten, sie wollte ihm Mut machen. Dann, mit ein paar Sprüngen, lief sie los. Ihr Körper verschmolz mit der Dunkelheit.

Auch Simon und Ira verließen die Auffahrt, sie schlugen einen Bogen um das brennende Haus und schlichen im Schatten der Mauer, die das Grundstück umgab, hinüber zur Scheune. An einer Stelle trieb der Wind den Rauch zu ihnen herüber, sie hielten den Atem an und kniffen die Augen zusammen, bis sie den Qualm durchquert hatten. Endlich erreichten sie den Garten. Nun sahen sie, dass auch die Werkstatt und die Scheune brannten. Glühende Asche wirbelte hinauf in den Nachthimmel, hoch zu den Bäumen, die bis jetzt noch kein Feuer gefangen hatten.

»Und jetzt?« Ira war stehen geblieben. Die Hitze des Feuers war bis zu ihnen zu spüren.

Simon antwortete nicht, er hatte etwas Ungewöhnliches entdeckt. Die Flammen im Inneren der Scheune sahen seltsam aus, sie flackerten bläulich. Er zeigte es Ashakida. »Siehst du das?«

Die Leopardin knurrte unruhig. »Das ist Drhans Atem. Das Tor steht noch offen.«

Ohne zu zögern, zerrte Simon den Ärmel seines Kapuzenpullis über seine Hand und hielt sie schützend vor das Gesicht. Langsam ging er näher an das Feuer heran.

Ashakida sprang ihm nach. »Wo willst du hin?«

»Ich muss das Tor schließen!«

»Aber das Feuer schließt das Tor!«

»Und warum ist es dann immer noch offen?«

Darauf wusste Ashakida keine Antwort.

Simon ging einen weiteren Schritt auf die brennende Scheune zu. Schweißperlen glänzten auf seiner Haut, es war unerträglich heiß.

Die Leopardin setzte ihm nach, sie schnappte nach ihm, um ihn festzuhalten. »Bleib hier, das ist zu gefährlich!«

Simon schüttelte sie ab, während er angestrengt in das Feuer starrte. Etwas war dort auf dem Boden, ein Körper, er lag vor der Scheune, nahe der bläulich flackernden Flammen. So weit es die Hitze zuließ, ging Simon näher. Erschrocken erkannte er die Gestalt: Es war sein Vater. »Papa! Papa, ich bin es, Simon!«

Sein Vater reagierte nicht auf die Rufe, er musste bewusstlos sein. Doch dann bewegte er sich etwas.

Auch Ashakida hatte den Körper entdeckt. Entsetzt fauchte sie auf.

Simon biss die Zähne zusammen. Er musste seinem Vater helfen!

Entschlossen zog er sich die Kapuze seines Pullis über den Kopf, um sich vor der Hitze zu schützen. Doch er konnte seinem Vater nicht zu Hilfe eilen, das Feuer war zu heiß, er kam nicht dichter an ihn heran. »Wir brauchen Wasser!« Suchend sah er sich um, obwohl er wusste, dass es hoffnungslos war. Die Regentonne war ausgetrocknet und die Zisterne mit ihrem Wasservorrat lag direkt unter der brennenden Werkstatt. Sie würden Hilfe holen müssen. Nur wen? Die Feuerwehrleute standen auf der anderen Seite des Hauses, ihre Schläuche würden nicht bis zu ihnen herüberreichen. Aber vielleicht kamen sie in ihren Schutzanzügen bis zu seinem Vater.

In dem Moment knackte es im Gebälk der Scheune, Funken stoben, dann löste sich langsam ein Dachbalken. Er kippte ein Stück und fiel herab, bis er auf einen anderen Balken prallte. Der brennende Dachstuhl zitterte.

Erschrocken sah Simon, wie sich das Dach bog. Noch hielt es, aber es würde nicht mehr lange dauern, bis der gesamte Dachstuhl zusammenbrechen und hinabstürzen würde, dorthin, wo sein Vater lag.

In dem Moment kam Simon ein Gedanke. Aufgeregt sah er die Leopardin an. »Halte die Zeit an!«

Ashakida zögerte. »Ich weiß nicht, ob ich das noch schaffe.«

»Versuch es, schnell! Bevor die Scheune zusammenbricht.«

Die Leopardin drehte sich um und schloss die Augen. Im gleichen Augenblick ruckte es, die Flammen erstarrten, einen Lidschlag lang, dann flackerten sie weiter. Ashakida stöhnte auf, ohne die Augen zu öffnen. Erneut stoppte die Zeit, aber nur für einen Moment, die Leopardin war zu schwach. Simon sah, wie ihr Körper zitterte.

Es krachte im Dachstuhl, ein weiterer Balken löste sich. Simon schrie auf. »Ashakida, schnell!«

Die Leopardin fauchte, auch sie hatte den herabstürzenden Balken gesehen. Ihr Körper krümmte sich. Im gleichen Augenblick erstarrte alles ringsherum. Wie festgefroren hing der fallende Balken in der Luft.

Ira, die fasziniert zugesehen hatte, stand ebenfalls regungslos da.

Ashakida stöhnte. »Beeil dich. Ich kann es nicht lange halten.«

Simon nickte. Eilig lief er auf die Scheune zu.

39

Der Weg zu seinem Vater war nicht einfach. Simon musste sich zwischen Qualmschwaden und Ascheflocken durchschlängeln, die steinhart und unverrückbar in der Luft hingen und die ihm den Weg versperrten. Endlich erreichte er sein Ziel. Sein Vater lag auf dem Boden vor der Scheune. Er sah furchtbar aus: Seine Kleidung war schwarz von Ruß und Asche, die Haare waren angesengt, und seine Haut war von Brandwunden übersät.

»Papa!«

Erschrocken kniete Simon nieder, und er streckte seine Hände aus, um seinen Vater zu rütteln. Für einen Moment fürchtete er, dass der regungslose Körper steinhart wäre, wie der von Ira, gefangen in der Zeit. Doch dann fiel ihm ein, dass sein Vater ein Torwächter war. Er würde sich bewegen können, während Ashakida die Zeit anhielt.

Sein Vater stöhnte auf, als Simon ihn berührte. Simon war erleichtert, dass er lebte.

»Papa, hörst du mich?«

Sein Vater schlug die Augen auf. Er hustete. Benommen sah er seinen Sohn an.

»Ashakida hat die Zeit angehalten, Papa. Komm, du musst fort von hier!«

Sein Vater nickte schwach. Hustend stützte er sich auf seine Arme. Jede Bewegung fiel ihm schwer, er war kaum bei Bewusstsein. Simon packte ihn, und mühsam, mit aller Kraft, zerrte er den Vater aus der Scheune, vorbei an den erstarrten Flammen, den Qualmwolken, den Ascheflocken. Außer Atem erreichte er die Leopardin.

Als Ashakida sie hörte, öffnete sie die Augen. Im gleichen Augenblick flackerten die Flammen wieder auf und der herabfallende Balken setzte seinen Weg fort. Es krachte, als er auf den Boden der Scheune prallte. Funken stoben, Glut wurde zur Seite geschleudert, genau dorthin, wo eben noch Simons Vater gelegen hatte.

Auch Ira bewegte sich wieder, sie hatte sich umgedreht und starrte verblüfft auf Simons Vater. »Wie kommt er hierher?« Sie sah zu Simon. »Stand eben echt die Zeit still?«

Simon nickte, noch außer Atem.

»Das ist ja der Hammer!«

Der Vater stöhnte, dann hustete er. Endlich schlug er die Augen auf. Simon beugte sich über ihn. Sein Vater lächelte, als er seinen Sohn erkannte. »Mein Gott, Simon … Danke! Ohne dich …« Er hustete, während er hinüber zur Scheune sah. Der Platz, auf dem er eben noch gelegen hatte, war voller Glut und Feuer. Weitere Balken krachten herab, bald würde der Dachstuhl zusammenbrechen.

Simon wusste, was sein Vater sagen wollte: Ohne ihn würde er nicht mehr leben.

»Und ich hab dich fortgeschickt …« Der Vater schloss die Augen. Seine Stimme klang schwach.

»Ich hol Hilfe!« Simon wollte aufspringen, doch sein Vater hielt ihn fest. Ein Hustenanfall schüttelte ihn, dann sprach er mit schwacher Stimme. »Hör mir zu, Simon. Mama ist im Dorf, sie wartet am Hafen. Geh zu ihr. Bring dich in Sicherheit.«

Simon schüttelte den Kopf. »Ich geh hier nicht weg. Ich muss erst das Tor schließen.« Er blickte zum Ring am Finger seines Vaters. Der Stein leuchtete hell. »Sag mir, was ich tun muss.«

»Nein. Das ist zu gefährlich!«

»Willst du mich wieder fortschicken? Ich habe das Tor geöffnet, also muss ich auch dafür sorgen, dass es wieder versperrt wird.« Simon wies auf das brennende Haus. »Das hier ist alles meine Schuld, Papa.«

Hustend richtete sich der Vater auf. »Nein, Simon. Was geschehen musste, ist geschehen. Ich wollte es die ganze Zeit nicht glauben, aber vielleicht hat dein Großvater ja recht.« Ein Hustenanfall unterbrach ihn. Erschöpft sank er zurück und schloss die Augen.

»Was hat Opa gesagt?«

Es dauerte etwas, bis sein Vater wieder genug Kraft zum Sprechen hatte. »Er denkt, dass du Salvatore bist.«

In dem Moment durchbrachen Rufe die Nacht. Ira hatte die Sanitäter geholt, jetzt eilten sie herbei, den Notfallkoffer und eine Trage in der Hand. Die beiden Männer kamen zu ihnen, der größere der beiden schob Simon zur Seite und beugte sich über seinen Vater. »Können Sie mich hören?«

Der Vater wehrte sich schwach. »Ich will mit meinem Sohn reden.«

»Jetzt nicht.« Der Sanitäter sah seinen Kollegen an. »Er

braucht sofort Sauerstoff.« Während er die Trage aufklappte, holte der andere eine kleine Metallflasche aus dem Notfallkoffer und presste das Mundstück über den Mund und die Nase des Vaters. »Halt mal fest, Junge.« Er nahm Simons Hand und führte sie zum Mundstück. »Nicht loslassen. Ist das dein Vater?«

Simon nickte.

»Wir bringen ihn ins Krankenhaus. Ist noch jemand im Haus?«

»Nein, da ist sonst keiner.«

Die beiden Männer hoben den Vater auf die Trage. Dann brachten sie ihn zum Krankenwagen. Simon lief neben ihnen her, er hielt die Flasche fest, so wie es der Sanitäter gesagt hatte. Zischend strömte der Sauerstoff in das Mundstück.

Sein Vater schob die Atemmaske zur Seite. »Simon, sie dürfen das Feuer nicht löschen!«

Der Sanitäter protestierte. »Nicht reden! Sparen Sie sich Ihre Kraft.«

Der Vater beachtete ihn nicht. Eindringlich sah er seinen Sohn an. »Es ist wichtig! Die Scheune muss brennen, bis das Weltentor zerstört ist!«

Simon nickte. Erschöpft ließ der Vater seinen Kopf zurücksinken. Während Simon das Mundstück der Sauerstoffflasche wieder auf sein Gesicht presste, zog der Vater den leuchtenden Ring von seinem kleinen Finger und schob ihn in Simons Hand. Simon blickte ihn erstaunt an. Der Vater nickte und lächelte schwach. »Du bist so weit. Jetzt wirst du ihn tragen.« Seine Stimme war unter dem Mundstück kaum zu verstehen.

Simon spürte, wie die Hand des Vaters seine Faust zudrückte, bis seine Finger den Ring fest umschlossen.

Sie erreichten das auf dem Vorplatz stehende Krankenfahrzeug, die beiden Männer schoben die Trage in das Innere des Wagens.

»Los, steig ein.« Der größere der beiden Sanitäter hatte Simon die Sauerstoffflasche aus der Hand genommen, jetzt kletterte er in den Wagen. Mit geschickten Bewegungen schnallte er das Mundstück eines Beatmungsgerätes über Mund und Nase des Vaters. »Du willst ihn doch sicher begleiten, oder?«

Simon schüttelte den Kopf. »Nein, ich bleibe hier.«

Der Sanitäter runzelte die Stirn. Doch er sagte nichts weiter, warf stattdessen die Tür zu. Der Motor heulte auf, wenig später fuhr der Krankenwagen mit flackerndem Blaulicht die Auffahrt hinab und verschwand durch das Tor.

Stumm sah Simon dem Wagen nach, dann blickte er den Ring an, den sein Vater ihm gegeben hatte. Langsam schob er ihn über seinen Ringfinger. Er passte wie angegossen. Der Stein in der Fassung leuchtete.

Ira trat neben ihn, sie hatte nach Ashakida gesehen, bevor sie Simon nachgeeilt war. Erstaunt sah sie den Ring an seiner Hand. »Was ist das?«

»Das ist der Ring der Torwächter.«

»Und warum leuchtet der Stein?«

Simon zuckte mit den Achseln. »Ich weiß nicht genau. Ich glaube, daran sieht man, dass ein Weltentor offen ist.«

»Das Tor in der Scheune.«

Simon nickte nachdenklich.

Die Feuerwehrleute hatten ihre Schläuche inzwischen ausgerollt und an das Löschfahrzeug angeschlossen. Die Männer ließen das Haus brennen, es war nicht mehr zu retten. Stattdessen konzentrierten sich darauf, die Flammen an den Rändern einzudämmen, damit sie nicht auf die weitere Umgebung übergriffen. Gerade begannen sie damit, die Scheune zu löschen, um die mächtigen Bäume dahinter zu schützen.

Simon schreckte auf. »Nicht die Scheune!« Er rannte los, um die Feuerwehrleute zurückzuhalten. Ira eilte ihm nach.

»Hey, ihr zwei, wo wollt ihr hin?« Der Polizist hatte sie entdeckt.

Simon reagierte nicht, und auch Ira lief nach einem Seitenblick auf Simon weiter.

»Bleibt sofort stehen!« Hastig stieg der Polizist aus seinem Wagen, er trat ihnen entgegen, packte sie und hielt sie fest. »Ihr könnt hier nicht zusehen. Los, geht nach Hause.«

»Das ist mein Zuhause.«

»Oh.« Simons Antwort brachte den Polizisten kurz aus der Fassung. Dann führte er die beiden zu seinem Wagen. »Na, dann kommt mal mit.«

Simon wehrte sich. »Ich muss zu den Feuerwehrleuten! Sie dürfen die Scheune nicht löschen!«

Der Polizist starrte ihn ratlos an. Man sah ihm an, dass er dachte, Simon sei verwirrt. Sein Gesichtsausdruck zeigte Mitgefühl. »Ist ja gut, Junge, du kannst hier nichts mehr tun. Steigt in das Auto, ich bring euch weg von hier.« Er öffnete die Tür und schob Ira in den Wagen. Simon versuchte sich loszureißen, doch der Polizist hielt ihn eisern fest.

»Aber die Scheune muss verbrennen!« Simon war verzweifelt. »Glauben Sie mir doch, sie darf nicht gelöscht werden.«

»Ist ja gut.« Der Polizist mühte sich, beruhigend zu klingen. »Pass auf, ich mach dir einen Vorschlag: Du steigst jetzt ein, und ich werde zu den Feuerwehrleuten gehen und sagen, dass sie die Scheune verbrennen lassen sollen, okay?«

Simon nickte. Zögernd stieg er ein.

Der Polizist ging zum Brandmeister, der bei seinen Männern am Löschfahrzeug stand. Die beiden Männer redeten, dann sah Simon sie lachen. Er begriff, sie würden nicht tun, worum er sie gebeten hatte.

Inzwischen waren die Feuerwehrleute näher an die Scheune herangerückt, Wasser schoss aus den Schläuchen und erstickte die Kraft der Flammen. Mehr und mehr drängten die Männer das Feuer zurück.

Simon blickte auf den Ring an seinem Finger. Er stutzte verblüfft. Der Stein leuchtete hell, doch zugleich hatte er die Farbe gewechselt, er war blau geworden. Der Farbton wurde immer intensiver, je mehr Flammen die Feuerwehrmänner löschten.

Ira stieß ihn an. »Alles klar bei dir?«

Simon reagierte nicht. Fasziniert starrte er den Ring an. Das blaue Leuchten pulsierte, so als würde der Stein zum Leben erwachen. Ein ungutes Gefühl stieg in Simon auf. Er verließ den Wagen und schaute sich suchend um. Er entdeckte Ashakida im Schatten der Mauer, sie blickte zu ihm herüber.

Er hob seine Hand und zeigte ihr den blau leuchtenden Ring.

Ashakida zuckte erschrocken zusammen und ihre Zähne blitzten auf.

Da erlosch das Licht in dem Ring.

Im gleichen Moment knisterte es im Feuer, und die wenigen Flammen, die noch in der Scheune züngelten, wechselten ihre Farbe, zuerst die im inneren des Gebäudes, dann sprang das Blau nach und nach auf die anderen Flammen über. Aufgeregte Rufe ertönten, die Feuerleute hatten es zuerst bemerkt. Das Feuer wurde kleiner und die Hitze ließ nach. Kälte kroch über die Wiese.

Simons Herz klopfte. Auch Ira war ausgestiegen.

Ashakida huschte heran. Simon sah ihr entgegen. »Was passiert hier?«

Die Leopardin sagte nur ein Wort. »Lauft!«

Ohne zu zögern, drehte Simon sich um, er packte Ira bei der Hand und rannte los. Sie strauchelte überrascht, doch Simon zerrte sie mit sich. Gemeinsam liefen sie die Auffahrt hinunter. Ashakida folgte ihnen. Das Knistern und Knacken hinter ihnen wurde lauter, während die Rufe der Menschen zu Schreien wurden. Es wurde immer kälter.

»Schneller!«

Simon und Ira rannten weiter, ohne sich umzuwenden, bis sie das Tor erreicht hatten. Dann erst blickten sie zurück.

Was sie sahen, war unglaublich. Die Flammen waren erstarrt, nur noch ihre Form erinnerte an den Tanz, den sie aufgeführt hatten. Sie schillerten blau, genau wie das Haus, genau wie die Menschen davor.

Es war still. Nichts rührte sich.

Simon brauchte etwas, bis er verstand, was er sah: Die Flammen, das Haus, die Menschen – alles war zu Eis erstarrt.

40

Fassungslos starrte Simon auf das Bild, das sich ihnen bot. Alles war gefroren: das Haus und das Feuer, der Qualm, der sich in den Himmel gewälzt hatte, die Feuerwehrmänner mit ihren Schläuchen und Löschwagen. Auch der Polizist, der sie festgehalten hatte, war zu Eis geworden, er hatte zu fliehen versucht und war von der Kälte eingeholt worden.

Simons Verstand weigerte sich, zu glauben, was er sah.

»Nicht stehen bleiben! Weiter!« Ashakida war schon auf der Straße, sie hatte sich umgedreht und sah ungeduldig zu ihnen zurück.

Simon reagierte nicht. Auch Ira starrte schockiert zum Haus zurück. Der Anblick war so unwirklich, dass sie die Gefahr, die auf sie zukam, nicht erkannten. Sie merkten nicht, dass die Kälte auf sie zukroch, wie eine Lawine, die alles erfasste und unter sich begrub. Knirschend gruben sich Risse in die schockgefrorene Erde. Gerade erreichte der Frost die große Korkeiche, der Baum vereiste innerhalb von Sekunden. Ein gefrorenes Käuzchen fiel zu Boden und zersplitterte.

Mit ein paar Sätzen war Ashakida bei ihnen. »Wir müssen weg hier!«

Simon starrte sie hilflos an, und auch Ira reagierte nicht.

Kurzerhand biss Ashakida zweimal zu. Die beiden schrien auf, und der Schmerz riss sie aus ihrer Erstarrung. Es war in letzter Sekunde: Kurz bevor die herannahende Kälte sie erreichte, drehten Simon und Ira sich um und rannten Ashakida nach.

»Was passiert hier?« Iras Stimme zitterte, während sie die Straße zum Dorf hinabliefen.

Simon antwortete nicht, seine Gedanken überschlugen sich. Drhan dringt in unsere Welt ein, hämmerte es in seinem Kopf, ich habe das Tor geöffnet und es nicht geschafft, es wieder zu schließen! Jetzt ist die Welt verloren!

»Ihr müsst schneller laufen!« Ashakida jagte heran. »Die Kälte wird euch sonst einholen!«

Simon antwortete nicht. Er wusste, lange würden sie das Tempo nicht durchhalten können. Wenn kein Wunder geschah, würden sie es nicht schaffen.

Plötzlich merkte er, dass Ira nicht mehr neben ihm lief. Er schaute sich um und sah erschrocken, dass sie zurückgeblieben war.

»Ira, nicht! Komm weiter!«

Sie reagierte nicht auf seinen Ruf. Simon ahnte, was sie vorhatte: Sie wollte ihr Tri-Board holen, das sie bei ihrer Ankunft im Gebüsch neben der Straße versteckt hatte – mit dem Tri-Board hätten sie eine Chance, Drhans Atem zu entkommen. Ira war dabei, hektisch unter den Büschen nach ihrem Rollbrett zu suchen. Als hätte die Kälte sie gesehen, peitschte ein Riss im Boden heran, er schoss durch das Tor und fuhr direkt auf sie zu. Erschrocken zuckte Ira zusammen. Doch sie gab nicht auf und suchte weiter. Knirschend verwandelte sich hinter ihr das

Tor zu Eis. Endlich fand sie das Board, riss es aus dem Gestrüpp und warf es auf die Fahrbahn.

Im gleichen Augenblick begann sich der Boden unter ihren Füßen zu verfärben. Ira schrie auf. Hastig sprang sie auf das Brett und rollte die Straße hinab, erst langsam, dann immer schneller. Ihr Gesicht war schmerzverzerrt. »Simon!« Sie schrie seinen Namen und ihre Stimme war voller Angst. Jetzt fuhr sie direkt auf ihn zu.

Simon spannte seine Muskeln an, um rechtzeitig hinter ihr auf das Brett zu springen. Doch sie bremste nicht, wie er es erwartet hatte, sondern schoss mit dem Board an ihm vorbei. So schnell er konnte, rannte er ihr nach. Erschrocken sah er, dass sie taumelte, offenbar schaffte sie es nicht, das Brett zu steuern. In der ersten Kurve verlor sie das Gleichgewicht, sie stürzte, rollte über die Straße und blieb benommen auf dem Asphalt liegen.

Kurz darauf hatte Simon sie erreicht. »Ira!« Er beugte sich über sie. Erleichtert sah er, dass sie sich bewegte. Doch sie war blass und verzog schmerzverzerrt das Gesicht.

Simon streckte ihr seine Hand hin, um sie hochzuziehen. »Komm, wir müssen weiter!«

Ira stöhnte. »Ich kann nicht.«

Das Knistern hinter ihnen wurde lauter, die Kälte näherte sich unerbittlich. Simon packte Iras Arm und zog sie hoch. »Los jetzt! Wir können hier nicht bleiben!«

Ira schrie auf, als sie stand und ihr Bein belastete. Geschockt erkannte Simon den Grund ihrer Schmerzen, und jetzt verstand er auch, warum ihr die Kraft gefehlt hatte, zu bremsen oder das Board zu steuern. Die Kälte hatte ihre Fußsohle berührt und war in ihren Fuß hineingekrochen. Langsam stieg sie höher.

Ashakida hetzte zu ihnen zurück. Sie knurrte, als sie die blau verfärbte Stelle an Iras Fuß sah. »Ihr müsst weiter! Jetzt sofort!«

Die Kälte hatte sie fast erreicht, der Boden hinter ihnen vereiste, Risse liefen auf sie zu. Knisternd erstarrte ein Busch neben ihnen zu einer Skulptur aus Eis.

Simon zögerte keinen Augenblick. Er drehte das Rollbrett um und sprang darauf, dann griff er Iras Hand und zog sie zu sich. »Halt dich an mir fest.«

Sie nickte und stieg hinter ihm auf das Tri-Board.

Simon stieß sich ab, im letzten Moment, und sie begannen zu rollen. Das Board schwankte, fast wären sie gestürzt. Doch es gelang ihm, das Gleichgewicht zu halten. So wie er es bei Ira gesehen hatte, beugte er sich vor. Das Brett beschleunigte.

»Schneller!« In lang gestreckten Sprüngen jagte Ashakida neben ihnen die Straße hinab.

Simon neigte sich weiter nach vorne, seine Lippen vor Anspannung zusammengepresst. Er spürte, wie sich Ira hinter ihm an ihn lehnte. Sie wurden immer schneller, bis sie wie ein Pfeil die Straße hinabschossen. Fast hätte sie die Geschwindigkeit aus einer der Kurven getragen, doch Ira half ihm, indem sie ihn flüsternd dirigierte. Weiter, als er es sich sonst getraut hätte, lehnte er sich mit ihr in die Kurven. Gemeinsam gelang es ihnen, das Board, ohne zu stürzen, bis hinab zum Dorf zu steuern. Simon ballte die Fäuste: Sie hatten es geschafft!

Im gleichen Moment, sie hatten gerade die Tankstelle am Dorfeingang passiert, spürte er, wie sich Iras Griff lockerte. Ihre Beine knickten ein, und ihre Arme, die sie um seinen Körper geschlungen hatte, rutschten ab.

»Ira!« Erschrocken versuchte Simon, sie festzuhalten, doch es gelang ihm nicht. Ihr Körper erschlaffte, dann fiel sie vom Brett.

Simon bremste und riss das Board herum. So schnell er konnte, rannte er zurück zu ihr.

Mit verrenkten Gliedern lag Ira im Staub der Straße.

Simon stürzte zu ihr. Er rüttelte sie. »Komm, steh auf! Wir müssen weiter.«

Ira rührte sich nicht.

Voller Angst beugte er sich über sie und legte sein Ohr an ihren Brustkorb. Erleichtert hörte er ihr Herz schlagen.

Dann sah er es, und der Anblick war furchtbar: Nicht nur ihr Fuß, sondern auch ein Teil ihres Beines war inzwischen blau verfärbt, die Kälte war hinauf in ihren Körper gekrochen. Zentimeter für Zentimeter schob sich der Frost weiter.

Ashakida hetzte heran, sie war ein großes Stück vorausgelaufen, ehe sie bemerkt hatte, dass Simon zurückgeblieben war. Sie sah sofort, was mit Ira passierte.

Aufgeregt blickte Simon die Leopardin an. »Wir müssen ihr helfen! Was soll ich tun?«

Ashakida senkte bedrückt den Kopf. »Du kannst ihr nicht helfen. Komm.«

Simon war entsetzt: »Aber wir können sie doch hier nicht liegen lassen!«

»Es ist Drhans Atem, Simon. Er wird sie nicht loslassen. Die Kälte wird ihr Herz erreichen, bevor wir sie fortbringen können.«

»Dann müssen wir Drhan aufhalten! Es muss einen Weg geben!«

Das frostige Knirschen, das sie bei ihrer rasenden Fahrt hinter sich zurückgelassen hatten, wurde wieder lauter. Simon blickte zurück, und was er sah, ließ ihn erschauern. Die gesamte Landschaft vereiste. In einer riesigen Welle rollte die Kälte den Hügel hinab und ließ alles erfrieren, was sich ihr in den Weg stellte. Immer größer wurde die vereiste Fläche, Drhans eisiger Atem, der aus dem offenen Weltentor strömte, breitete sich in alle Richtungen aus. Bald würde nicht nur der Hügel, sondern die gesamte Küste aussehen, als wäre ein Eissturm über sie hinweggezogen. Simon war klar, es war nur noch eine Frage der Zeit, bis die Welle das Dorf erreichte. Der Frost würde in die Straßen kriechen, er würde die Fenster sprengen und die Türen aufbrechen. Die Häuser würden vereisen, und mit ihnen die Menschen, die dort lebten. Niemand würde fliehen können.

Ashakida legte ihre Tatze auf seinen Arm. »Du kannst nichts mehr tun. Es ist stärker als du. Du musst jetzt an dich denken. Bring dich in Sicherheit.«

Simon schüttelte den Kopf. »Das kann ich nicht! Es ist meine Schuld, dass das alles passiert.«

»Wird es besser, wenn du hierbleibst? Kämpfe, wenn es sinnvoll ist. Und fliehe, wenn du keine Chance hast.«

Simon weigerte sich, Ashakidas Urteil anzunehmen. Er sah zu Ira. Die Kälte in ihr war noch ein Stück höher gekrochen, sie hatte nun auch ihre Hüfte erfasst. Ira stöhnte leise. Simon beugte sich über sie und strich tröstend über ihre Stirn. Verblüfft zuckte er zurück, Iras Kopf glühte. Ihr Körper versuchte anscheinend mit aller Kraft, sich gegen die Kälte zu wehren.

Simon hielt inne. Ein Gedanke durchschoss ihn.

Noch einmal legte er seine Hand auf Iras heiße Stirn.

Jetzt wusste er, was er tun musste.

41

»Feuer!« Aufgeregt blickte Simon auf. »Wir brauchen Feuer!« Sein Herz hämmerte.

Ashakida verstand ihn nicht.

»Was hilft gegen Kälte? Hitze.« Simon sprang auf. »Wir müssen ein Feuer entzünden!«

»Und wie stellst du dir das vor?« Ashakida knurrte ungeduldig und wies auf den Hügel. »Sieh, was auf uns zukommt!«

Simon ließ sich nicht beirren. Hastig durchsuchte er seine Taschen und fand die Schachtel mit Streichhölzern, die er am Nachmittag eingesteckt hatte.

»Und jetzt?« Ashakida fauchte unruhig, als sie die Zündhölzer sah. »Willst du ein Lagerfeuer entzünden, damit wir uns wärmen? Vergiss es und komm!«

Doch Simon beachtete sie nicht. Suchend schaute er sich um. Sein Blick fiel auf die Tankstelle, dann sah er zu der verdorrten Plantage daneben. Der Gedanke, der ihm kam, war so erschreckend wie fesselnd.

Noch einmal blickte er den Hügel hinauf. Die Kälte kam immer näher.

Er musste es versuchen.

»Los, hilf mir!« Simon packte Ira und zog sie über den Asphalt bis zu einem ausgetrockneten Graben. Als Ashakida sah, was er vorhatte, half sie ihm, Ira in die Senke neben der Straße zu zerren.

Außer Atem wandte sich Simon der Leopardin zu. »Du bleibst hier. Pass auf Ira auf.«

Ashakida knurrte. »Ich pass auf dich auf.«

»Das kannst du auch von hier aus. Ich geh nicht weit.«

So schnell er konnte, rannte Simon hinüber zur Tankstelle. Der Verkaufsraum war dunkel, doch die Zapfsäulen leuchteten, es herrschte Nachtbetrieb. Ein junger Mann saß hinter dem Nachtschalter und schlief, seine Füße auf dem Verkaufstresen. Er bemerkte Simon nicht.

Ohne zu zögern, riss Simon den Zapfhahn aus einer der Säulen und zog ihn mit sich. Ratternd rollte der Schlauch von der Trommel ab. Simons Ziel war die ehemalige Plantage, die brachliegenden Felder begannen direkt neben der Tankstelle. Er hatte Glück, der Schlauch war lang genug, er reichte bis zu den Rinnen des einstigen Bewässerungssystems. Simon rammte den Zapfhahn in eines der offenen Rohre und drückte den Hebel durch. Einen Moment lang passierte nichts. Simon fürchtete schon, dass die Säulen nicht freigeschaltet waren, doch dann sprang die Pumpe an, und die goldfarbene Flüssigkeit schoss aus dem Hahn in das offene Rohr. Gurgelnd floss das Benzin die Rinne hinab bis zur nächsten Abzweigung, es verteilte sich, floss weiter, der nächsten Abzweigung entgegen.

Simon verkeilte den Zapfhahn, sodass er ihn nicht halten musste, und rannte zurück zur Tankstelle. Ein zweiter Schlauch, den er aus einer der Säulen zog, war zu kurz. Mit einem alten Rohr, das er auf dem verdorrten Feld fand, überbrückte er die Lücke, und bald schoss aus zwei Schläuchen Benzin in das Bewässerungssystem. Es stank fürchterlich. Simon wandte den Kopf ab, doch den zweiten Zapfhahn musste er halten, er konnte ihn in dem locker auf dem Boden liegenden Rohr nicht verkeilen.

Ein Schatten huschte durch die Nacht, Ashakida kam herbeigelaufen. Überrascht sah sie, was Simon tat. Sie fauchte und ihre Zähne blitzten im Mondlicht. »Das ist Wahnsinn, was du vorhast!« Simon hätte schwören können, dass Anerkennung in ihrer Stimme mitschwang.

Er versuchte, den Hügel hinaufzusehen, doch die alten Gebäude der Plantage versperrten ihm die Sicht. »Wie viel Zeit habe ich noch?«

Ashakida lief ein Stück Richtung Straße und sah zum Hügel, dann hetzte sie zu ihm zurück. »Nicht mehr viel. Eine Minute, höchstens, dann ist der Frost hier.«

Ein Poltern ertönte, die Tür des Verkaufsraumes wurde aufgerissen. Schritte ertönten, dann eine Stimme: »Bist du verrückt? Was machst du da?« Der junge Tankwart war aufgewacht, er stürzte wütend auf Simon zu. »Hör sofort auf damit!«

Simon blickte zu Ashakida. »Halt ihn auf.«

Die Leopardin reagierte sofort. Mit einen Satz sprang sie auf den Mann zu, sie landete direkt vor ihm, zeigte fauchend ihre Zähne. Erschrocken stoppte der Mann seinen Lauf. Sprachlos, den Mund aufgerissen, starrte er die Raubkatze an. Ashakida knurrte erneut und schlich drohend näher. Voller Angst drehte der Mann sich um und rannte davon.

»Du musst dich beeilen!« Ashakida lief zu Simon zurück und zerrte, als er nicht reagierte, an seinem Hosenbein.

»Schon gut, ich hab ja verstanden!« Simon zog den Zapfhahn aus der Rinne und ließ ihn los. Die Schlauchtrommel drehte sich und der Schlauch wickelte sich auf. Simon löste auch den anderen Zapfhahn und ließ ihn zurückrollen. Doch das Ventil des Hahns war nicht ganz geschlossen, Benzin spritzte überall auf den Boden, während der Schlauch auf die Trommel gewickelt wurde.

»Zurück, Ashakida! Schnell!«

Die Leopardin zögerte, doch dann entfernte sie sich ein Stück, wandte sich aber sogleich wieder um. Wachsam beobachtete sie, was geschah.

Simon holte die Streichhölzer hervor. Er war nun doch nervös, er hatte noch nie Benzin angezündet und wusste nur, dass es sehr gefährlich war, weil es blitzschnell und sehr heiß brannte. Er musste an die Stichflamme denken, die aus der Tonne geschossen war, als sie mithilfe von Spiritus die Spinnen verbrannt hatten.

Kurz entschlossen griff er sich einen trockenen Ast, an dem noch einige zusammengerollte Blätter hingen. Abseits der benzingefüllten Rinne entzündete er die trockenen Blätter. Es gelang ihm nicht sofort, der Wind hatte zugenommen, er blies Simon immer wieder die Streichhölzer aus. Endlich glühte die Flamme auf und die trockenen Blätter fingen Feuer.

Ashakida fauchte. »Beeil dich, Simon!«

Simon sah zur Straße, die Kälte war dicht herangekommen, die Zufahrt zur Tankstelle vereiste, gleich hatte der tödliche

Frost sie erreicht. Jetzt oder nie! Simon lief zur Rinne und warf mit gestrecktem Arm das brennende Ende des Astes in das offene Bewässerungsrohr. Dann drehte er sich um und rannte, so schnell er konnte, zurück zu Ashakida. Gemeinsam hasteten sie weg von der Tankstelle die Straße hinunter, bis sie den Graben erreichten und sich neben Ira in die Deckung fallen ließen. Außer Atem sahen sie zurück.

Das Feuer hatte das Benzin entzündet, eine Wand aus Flammen loderte in den Himmel. Züngelnd lief das Feuer weiter, die Bewässerungsrinnen entlang. Es teilte sich, wenn die Rinnen sich teilten, und breitete sich immer weiter aus. Das trockene Gestrüpp links und rechts der offenen Rohre begann zu brennen.

Gespannt sah Simon zum Hügel vor der Tankstelle, dorthin, wo sich die Kälte näherte. Das Feuer in den Rinnen stellte sich dem eisigen Frost entgegen, es war hell lodernd und heiß, Simon spürte die Hitze bis zu ihnen. Die Kälte bäumte sich auf, sie stemmte sich gegen das Feuer und versuchte, es niederzuringen. Es war ein Kampf der Elemente. Aufgeregt ballte Simon die Fäuste. Sein Plan funktionierte, das Feuer hielt Drhans Atem auf!

Doch da sah er entsetzt, wie die Flammen kleiner wurden. Stück für Stück drängte die Kälte das Feuer zurück. Simon tastete nach Ashakida, ohne die Augen von dem Kampf zu lassen.

Plötzlich zuckte die Leopardin zusammen. »Simon, die Tankstelle!«

Überrascht schaute Simon in die Richtung, in die Ashakida wies: Das Feuer hatte glühende Asche durch die Luft geschleudert und das Benzin entzündet, das beim Aufwickeln des Schlauches aus dem Zapfhahn gespritzt war. Hell loderten die Flammen auf dem sandigen Boden. Und jetzt sah er auch, was Ashakida alarmiert hatte: Aus einem der Zapfhähne floss noch immer Benzin.

Den Atem angehalten, beobachteten sie das Feuer, das wie eine glühende Schlange den benzingetränkten Boden entlangkroch. Hell züngelten die Flammen auf die Tankstelle zu. Sie erreichten die Zapfsäule und leckten den Schlauch hinauf, aus dem weiterhin Benzin floss. Simon riss Ashakida auf den Boden des Grabens und warf sich über sie. Im gleichen Augenblick zerriss eine gewaltige Explosion die Nacht.

42

Erst kam das Licht, Simon sah es, obwohl er die Augenlider fest zusammenkniff. Dann donnerte es ohrenbetäubend. Sekunden später fegte ein Feuersturm über sie hinweg. Die Arme schützend über seinen Kopf gelegt, ahnte Simon nur, was geschah. Die Flammen mussten in den unterirdischen Benzintank gekrochen sein und den Kraftstoff darin entzündet haben, dann hatte das Feuer seine Macht bewiesen: Die Tankstelle war explodiert, und ein gleißender Ball aus Flammen, Qualm und Hitze war hinaus in die Nacht geschleudert worden.

Für einen Augenblick rangen Simon, Ashakida und die bewusstlose Ira nach Luft. Das Feuer brauchte Sauerstoff, und es sog ihn aus dem Graben heraus, um ihn gierig zu fressen. Dann kam der Qualm, er umhüllte sie und drang in ihre Lungen ein. Hustend lagen sie im Staub. Es dauerte zum Glück nur wenige Sekunden. Der Wind, der vom Meer kam, blies den Qualm fort, er brachte frische klare Luft mit sich, und mit ihr den nötigen Sauerstoff. Tief sogen sie die Luft in sich hinein – für einen Moment fühlten sie sich wie neugeboren. Auch Iras Atem ging wieder ruhiger.

Nach einer Weile ließ die Hitze etwas nach. Simon wischte sich den Staub vom Gesicht und sah vorsichtig über den Rand des Grabens hinüber zur Tankstelle. Dort, wo eben noch die Zapfsäulen und das Kassenhaus gestanden hatten, befand sich nun ein großer Krater, umgeben von brennenden Trümmern. Die umliegenden Felder standen in Flammen, auch die Gebäude der alten Plantage sowie einige Bäume hatten Feuer gefangen. Der Wind trieb das Feuer weiter voran. Jetzt bemerkte Simon, was sie für ein Glück gehabt hatten: Der vom Meer kommende Wind hatte die Explosion und das Feuer zur anderen Seite gedrängt und sie so gerettet.

Ashakida schüttelte sich den Staub und die Asche aus dem Fell und sprang aus dem Graben. Auch Ira rührte sich, sie hob den Kopf und schaute sich verwundert um. Simon sah erleichtert, dass sie wieder bei Bewusstsein war. Er half ihr auf und schob sie über den Grabenrand auf die Straße. Dann kletterte er hinterher. Besorgt beugte er sich über sie. »Kannst du mich verstehen?«

Sie stöhnte und nickte. »Was ist passiert?«

Simon antwortete nicht. Sprachlos blickte er auf Iras Bein. Einen Augenblick traute er seinen Augen nicht. Der Frost war zurückgegangen, nur noch der Unterschenkel und der Fuß waren gefroren! Und die Kälte wich immer weiter zurück.

»Ashakida!« Simon flüsterte, als habe er Angst, mit seiner Stimme das Wunder zu vertreiben. »Ashakida, sieh dir das an.«

Die Leopardin hatte es schon bemerkt. Sie starrte auf Iras Bein, sah zu Simon, dann drehte sie sich um und lief ein Stück die Straße entlang, um auf den Hügel zu schauen. Begeistert fauchte sie auf. Simon rannte der Leopardin nach, und nun sah auch er es: Die Kälte, die das Dorf umklammert hatte, wurde vom Feuer zurückgedrängt, die Flammen waren stärker als Drhans Atem. Drhan zog sich zurück. Und der Wind fachte die Flammen noch weiter an, die Felder rings um das Dorf brannten lichterloh. Was sonst eine Katastrophe gewesen wäre, war jetzt die Rettung. Das Dorf lag geschützt hinter einer Wand aus Feuer und Licht – für den Moment war es sicher. Allerdings durfte der Wind nicht drehen: Die vom Meer kommende Brise hielt die Flammen von den Häusern fern, ohne den Wind würde das Feuer auf das Dorf übergreifen.

Simon lief zurück zu Ira. Sie saß auf dem Boden, starrte verblüfft auf ihr Bein. Nur noch ihr Fuß war gefroren. Und der Frost ließ weiter von ihr ab, Stück für Stück. »Was passiert hier?«

Ashakida knurrte beeindruckt. »Drhan verliert seine Kraft.«

»Aber wie habt ihr das geschafft?«

»Nicht wir.« Ashakida sah zu Simon. »Er hat es geschafft. Er hat für dich ein kleines Feuer entzündet.«

Mit großen Augen schaute Ira zu der gewaltigen Wand aus Feuer und Qualm. »Das warst du?« Ungläubig blickte sie Simon an.

Simon lächelte verlegen, er wusste nicht, was er sagen sollte.

»Hier hinter der Flammenwand«, sagte Ashakida zu Ira, »sind wir geschützt vor Drhans Atem, zumindest für den Augenblick. Das rettet dich.« Die Leopardin warf einen anerkennenden Blick auf Simon. »So etwas habe ich noch nie vorher erlebt …« Sie verstummte.

Ira tastete nach Simons Hand, und gemeinsam sahen sie auf Iras Fuß, aus dem sich die Kälte immer weiter zurückzog. Nur noch der Spann war blau und kalt, bald waren es nur noch die Zehen, zuletzt die Zehenspitzen, bis der Frost ganz aus Ira gewichen war.

Sie lächelte erleichtert. Dann musste sie weinen.

Simon kniete sich neben sie und nahm sie tröstend in den Arm. Es fühlte sich gut an, sie zu halten.

Nach einer Weile löste sich Ira von ihm. Sie zog die Nase hoch und wischte sich mit dem Ärmel über die Augen. Der Staub und die Tränen verschmierten ihr Gesicht. Es war ihr unangenehm, geweint zu haben.

Simon blickte zu Ashakida, ihm war ein Gedanke gekommen, und dieser Gedanke gefiel ihm nicht. »Was passiert, wenn das Feuer verlöscht?«

Die Leopardin zögerte. »Dann kommt Drhan zurück. Wir müssen weg von hier.«

Simon sprang auf. »Nein. Wir warnen die Menschen im Dorf!«

Ashakida fauchte auf. »Und wie stellst du dir das vor? Niemand hier weiß, wer Drhan ist. Sie wissen noch nicht einmal, dass es ihn gibt. Keiner wird dir glauben.«

»Mir vielleicht nicht. Aber ihr.« Simon wies auf Ira. »Sie sagt es ihren Freunden, die vertrauen ihr. Und die überzeugen dann ihre Familien von der Gefahr. Und die können es dann den anderen sagen.«

Ira nickte. »Das könnte gehen.«

Ashakida knurrte. »Versucht es. Sagt ihnen, sie sollen auf

das Meer hinausfahren. Das Wasser ist tief, Drhan verliert dort seine Kraft.«

»Aber wo sollen sie hin?«

Die Leopardin schüttelte sich. »Ich weiß es nicht. Niemand hat je versucht, Drhan zu entkommen. So wie bislang niemand versucht hat, sich ihm entgegenzustellen.« Erneut sah sie Simon an, und ihr Blick war nachdenklich.

Simon bemerkte es nicht. Er ordnete seine Gedanken. »Gut. Ira, wir beide suchen deine Freunde. Ashakida, du läufst am besten zurück zum Haus von Ira. Wir kommen dorthin, sobald wir fertig sind.«

Die Leopardin knurrte. »Beeilt euch. Wir sind im Moment zwar sicher, aber verliert trotzdem keine Zeit. Wir müssen fort, bevor Drhan zurückkommen kann. Einen Kampf gegen ihn zu überstehen, ist großartig. Einen zweiten Kampf zu gewinnen, ist unmöglich.«

Simon nickte stumm.

Ashakida kam zu ihm, sie stupste ihn mit ihrer Schnauze an. Simon hob seine Hand und strich über ihr Fell.

Er lächelte, als ihre Blicke sich begegneten.

»Pass auf, dass dich keiner sieht.«

Sie knurrte leise.

Einen Moment später war die Leopardin in der Dunkelheit verschwunden.

43

Als Simon und Ira in das Dorf kamen, schien die Nacht zum Tag geworden zu sein. Alle waren auf den Beinen, die Explosion hatte die Bewohner geweckt, und die Menschen standen auf den Straßen oder blickten aus den Fenstern hinüber zu der Flammenwand, die das Dorf inzwischen von drei Seiten umschloss. Das hell leuchtende Feuer verdrängte die Dunkelheit. Alle waren aufgeregt und beklagten das große Unglück. Niemand wusste, dass die Flammen sie nicht nur bedrohten, sondern auch beschützten, niemand ahnte, welche Gefahr hinter der Flammenwand lauerte.

»Hier entlang.« Ira huschte eine Gasse hinauf. Simon folgte ihr. Sie nahmen eine Abkürzung über eine Mauer und folgten einem Pfad bis zu einem unscheinbaren Häuschen. Ira klopfte und winkte Simon zu sich. Tomas öffnete ihnen. Er erschrak bei ihrem Anblick. Sie sahen furchtbar aus: staubbedeckt, die Kleidung zerrissen, das Haar vom Feuer angesengt.

»Meine Fresse, was habt ihr denn gemacht? Kommt rein!«

Sie betraten das Haus. Tomas hörte stumm zu, als Ira von den zurückliegenden Ereignissen erzählte. Sein Gesicht war voller Zweifel.

Ira merkte, dass er ihnen nicht glaubte. Eindringlich sah sie ihn an. »Es ist die Wahrheit! Du musst deine Eltern davon überzeugen, raus auf das Meer zu fahren! Sie sollen euer Boot holen und so viele Nachbarn wie möglich mitnehmen. Fahrt so weit hinaus, wie ihr könnt!«

»Und wie stellst du dir das vor, jetzt, mitten in der Nacht?« Tomas schüttelte den Kopf. »Kein Mensch fährt bei Nacht auf das Meer. Abgesehen davon ist deine Geschichte vollkommen verrückt.«

»Bitte, Tomas, du weißt, dass ich dich nicht belügen würde. Das weißt du doch, oder?«

Tomas nickte.

»Dann überzeuge deine Eltern! Das ist eure einzige Chance!«

Tomas blieb skeptisch. »Und wie soll ich das schaffen? Ihr müsstet euch mal anhören: ›Das Böse kommt und lässt die Welt erfrieren.‹ Würdet ihr mir das glauben, wenn ich euch das erzähle?« Erneut schüttelte er den Kopf. »Die werden mich auslachen.«

Simon mischte sich in das Gespräch ein. »Aber über das Feuer lachen sie nicht. Sag ihnen, dass sie sich vor dem Feuer retten müssen. Wenn der Wind nachlässt, ist das Dorf in Gefahr, die Flammen könnten auf die Häuser übergreifen. Auf dem Meer sind die Dorfbewohner in Sicherheit!«

Tomas nickte nachdenklich. Ihm kam eine Idee. »Ich weiß, wo wir hin können! Auf die Abendinsel! Dort können wir bleiben!«

Ira erzählte Simon von dem unbewohnten Eiland, das in einiger Entfernung vor der Küste im Meer lag; die Dorfbewohner nutzten die Insel für Ausflüge und genossen dort die heißen Sommerabende, daher ihr Name. Es gab dort sogar eine kleine Wasserquelle – der Ort war für die Menschen eine perfekte Zuflucht.

Ira fiel ein Stein vom Herzen, und erleichtert umarmte sie Tomas. Der erwiderte die Umarmung, mit einem Seitenblick auf Simon.

Simon bemerkte es nicht, ihn bewegte die Sorge um seine Familie. Sein Vater war mit dem Krankenwagen fortgebracht worden, er war vermutlich auf dem Weg in die Stadt – Simon konnte nichts für ihn tun und nur hoffen, dass er einen Weg fand, der Gefahr zu entkommen. Aber seine Mutter war hier im Dorf, und auch sein Bruder. Er erzählte Tomas von ihnen. »Können die beiden mit euch auf die Insel fahren?« Bittend sah er ihn an.

Tomas nickte. »Ich sorge dafür, dass sie auf ein Schiff kommen. Versprochen.«

»Danke.« Simon lächelte erleichtert, und weil er nicht wusste, wie er sonst seinen Dank ausdrücken sollte, streckte er ihm seine Hand hin. Tomas drückte sie fest.

Sie verabschiedeten sich. In der Tür hielt Tomas sie zurück. Nachdenklich sah er sie an. »Eure Geschichte ... hoffentlich irrt ihr euch.«

Simon lächelte nur traurig.

Stumm machten sie sich wieder auf den Weg.

Die Straßen des Dorfes waren voller, als Simon sie jemals am Tag erlebt hatte, alle Bewohner waren auf den Beinen. Keiner beachtete sie.

»Komm!« Ira wollte die Gasse hochlaufen. »Wir müssen noch zu Filippo und Luc!«

Doch Simon schüttelte den Kopf. »Geh alleine. Ich muss meiner Familie Bescheid sagen. Wir treffen uns bei dir zu Hause.«

Ira nickte nur. Sie knuffte ihm mit einem Lächeln in die Seite, dann war sie in der Dunkelheit verschwunden.

Simon sah ihr kurz nach, bevor er sich umdrehte und hinab zum Hafen lief. Er kannte den Weg nicht, doch solange die Gasse bergab ging, war er richtig.

Am Hafen war es ruhig, die Menschen waren hinauf zum Feuer gelaufen. Niemand achtete auf ihn. Seine Mutter war nirgendwo zu sehen. Simon stieg durch das Fenster in das verlassene Haus und kletterte die Treppen hinauf. Der Mond schien durch die Fensteröffnungen und beleuchtete die Stufen. Hoffentlich, dachte Simon, war Tim seinem Vorschlag gefolgt und hierhergekommen.

Er sah seinen Bruder sofort: Tim steckte fluchend fest, er war auf dem Weg zum Versteck durch eine der Bohlen gebrochen. Maria war bei ihm, sie versuchte vergeblich, Tim aus seiner misslichen Lage zu befreien.

Simon musste kichern. Er hatte vergessen, Tim von dem morschen Dachboden zu erzählen.

»Mann, ist das ein Rattenloch hier!« Tim war sauer.

Simon half ihm, das Bein aus dem Dielenboden zu ziehen. Maria stieg bereits durch die Öffnung in der Wand. Auch Tim wollte in das Versteck klettern.

Simon hielt ihn zurück.

»Was ist?«

»Ihr könnt nicht hierbleiben.«

»Und warum?«

Simon zögerte. Wie sollte er erklären, was alles passiert war? Das war unmöglich, dazu hatten sie nicht die Zeit, anderes war wichtiger. »Bitte, kümmer dich um Mama. Sie kommt zum Hafen. Eines der Boote wird euch mitnehmen.«

»Was für ein Boot? Und warum sollten wir hier weg?«

»Tu es einfach. Wenn ich es Mama selbst sage, lässt sie mich nicht mehr fort. Aber das geht nicht, ich muss zu Ira. Ich komme so schnell ich kann nach.«

Ein Schrei ertönte, Maria war an ein Dachfenster getreten und hatte das Feuer entdeckt. Tim eilte zu ihr und sah so wie sie zum ersten Mal die Feuerwand. Schockiert kam er zu Simon zurück. »Hast du was damit zu tun?«

»Ich erklär dir alles später. Kümmer dich um Mama! Versprochen?«

Tim nickte. Einen Augenblick standen sie sich gegenüber und sahen sich an. Simon hob seine Hand, Tim nahm sie und zog Simon an sich. Sie umarmten sich. Das hatten sie lange nicht mehr getan. Doch es war gut, auch wenn es Simon ein wenig traurig machte. Er wusste nicht, warum.

»Pass auf dich auf, du Penner.« Tim grinste.

Simon grinste zurück. »Du auch, du Pflaume.«

Er winkte Maria zu, dann drehte er sich um und ging den Weg zurück zur Treppe. Noch einmal sah er zurück.

Tim schaute nachdenklich zu ihm. Grüßend hob sein Bruder zum Abschied die Hand.

44

Die ersten Dorfbewohner kamen gerade zum Hafen, als Simon durch die leere Fensterhöhle auf die Straße kletterte. Er huschte an der Häuserwand entlang, ohne dass ihn jemand bemerkte oder gar aufhielt, und lief die Straßen hinauf zu Iras Haus. Nach einer Weile erreichte er den Platz, an dem sie wohnte. Auch hier waren, so wie überall, die Menschen auf den Beinen, aufgeregte Stimmen schallten zwischen den Häusern hin und her.

Ira öffnete, als er klopfte, erleichtert zog sie ihn in die Halle. Die Tür fiel ins Schloss, es wurde still. Simon brauchte einen Moment, bis sich seine Augen an die Dunkelheit im Inneren des Hauses gewöhnt hatten; draußen auf der Straße war es hell gewesen, der Feuerschein leuchtete in die Straßen hinein.

Eine Hand schob sich in die seine, es war die von Ira. Dann sah er ihr Gesicht dicht vor dem seinen. Simons Herz klopfte. Sie schaute ihn stumm an, so als wolle sie seine Gedanken lesen und seine Gefühle ergründen. Dann zog sie ihn an sich und umarmte ihn. Simon genoss den Moment.

Ein leises Kratzen näherte sich, es war das Geräusch von Tatzen, die über Steinboden liefen. Zwei Augen leuchteten in der Dunkelheit.

»Ashakida!« Simon war froh, die Leopardin zu sehen.

Ira hatte sich von ihm gelöst, und für einen Augenblick schien es, als sei es ihr peinlich, Simon umarmt zu haben. »Kommt!« Sie drehte sich um und rannte zur Treppe. »Lasst uns nachsehen, was im Dorf passiert.«

Gemeinsam stiegen sie die Stufen hinauf und kletterten auf das Dach.

Der Wind hatte nachgelassen, doch er blies immer noch stetig und hielt den Qualm aus den Straßen fern. Auch die Feuerwand umschloss noch immer das Dorf von drei Seiten. Doch nun war auch die dem Meer zugewandte Seite des Ortes von Licht erhellt: Am alten Hafen herrschte reger Betrieb, Scheinwerfer brannten, Gestalten liefen hin und her. Die Dorfbewohner hatten ihre alten Fischerboote aus den Lagerschuppen geholt und ins Wasser gelassen, mit tuckernden Motoren lagen die Kähne am Kai. Menschen gingen an Bord. Bald würden die ersten Boote hinaus auf das Meer fahren. Simon sah es mit Erleichterung, und auch Ira freute sich. Begeistert drückte sie seine Hand. Sie hatten es geschafft!

Ashakida jedoch wurde unruhig, sie blickte zur anderen Seite, dort, wo die Flammen brannten. Das Feuer war kleiner geworden und die Flammenwand schmäler. Zudem war die Außenseite der Wand blau verfärbt – die Kälte drängte die Flammen immer weiter zurück.

Die Leopardin stubste Simon mit der Schnauze an. »Wir müssen hier weg, solange wir es noch können.«

Simon schwieg nachdenklich.

Ira warf einen Blick auf die Flammenwand, bevor sie die

Dachschräge hinunterrutschte. »Lass uns zum Hafen gehen. Irgendjemand wird uns sicher mitnehmen.« Und sie kletterte durch die Öffnung im Dach zurück in das Haus.

Simon wollte ihr folgen, doch Ashakida hielt ihn auf. Sie war besorgt. »Du kannst nicht mit dem Boot fliehen. Selbst dort draußen auf der Insel wirst du nicht sicher sein.«

»Aber wieso? Du hast doch selber gesagt, Drhans Kraft lässt auf dem Meer nach.«

»Ja. Aber dich wird er verfolgen. Mit allem, was ihm zur Verfügung steht. Denn du hast dich gegen ihn aufgelehnt.«

»Ich habe ein Feuer angezündet, mehr nicht.«

»Du hast seine Macht infrage gestellt. Und gezeigt, dass er angreifbar ist. Das wird er niemals vergessen! Er wird dich suchen, egal, wo du bist.«

Simon wurde es flau im Magen. »Aber was soll ich tun?«

Ashakida zögerte. »Es gibt nur einen Weg, ihm zu entkommen: Du musst ein Weltentor finden, es öffnen und hindurchgehen.«

»Aber ich kann doch hier nicht einfach abhauen!«

»Was willst du denn sonst tun? Zu Eis erstarren? Du hast keine Chance gegen ihn, Simon.«

Simon schwieg bedrückt. Schweigend kletterten sie ins Haus zurück. Sie schoben die Dachziegel wieder an ihren Platz, dann gingen sie die Treppe hinunter.

»Wo bleibt ihr denn?« Ira sah ihnen ungeduldig entgegen. »Wir müssen los! Oma ist gleich so weit. Ich hol meinen Vater.« Sie zögerte kurz. »Wenn er überhaupt mitkommt …« Seufzend wandte sie sich der Treppe zu.

Simon hielt sie auf, um ihr zu berichten, was Ashakida ihm gesagt hatte.

Erstaunt hörte sie ihm zu. »Und jetzt?«

»Du gehst mit deiner Oma und deinem Vater zum Hafen. Fahrt auf die Insel, dort seid ihr sicher. Drhan wird mich verfolgen, nicht euch.« Simon verstummte bedrückt.

Ira war von Simons Vorschlag nicht begeistert. »Und was ist mit dir?« Entschlossen schüttelte sie den Kopf. »Ich bleibe hier! Ich kann dir helfen!«

»Und wobei?«

»Aber irgendwas müssen wir doch tun!«

Simon hob hilflos die Schultern. »Du hast Ashakida gehört. Wir können ihn nicht besiegen.«

Sie schwiegen einen Moment.

Ashakida knurrte leise. »Vielleicht gibt es doch einen Weg ...«

Simon fuhr herum und sah sie an. »Was für einen Weg?«

»Es ist nur eine Legende. Aber es gibt Weltenwanderer, die davon überzeugt sind, dass mehr hinter den alten Geschichten steckt.« Sie zögerte.

»Jetzt sag schon! Was ist das für eine Geschichte?«

»Die Legende besagt, dass einst ein Wächter kommt, der, im Feuer geboren, die Welten durchschreitet und die Kraft finden wird, Drhan gegenüberzutreten.« Die Leopardin verstummte.

Gespannt sah Simon sie an. »Und weiter?«

»Nichts weiter. Höchstens noch eines: der Name der Legende. Es ist die Legende von Salvatore ...«

Simon zuckte zusammen und auch Ira horchte auf. Aufgeregt sah sie Simon an. »So hat dich dein Großvater genannt!«

Langsam schüttelte Simon den Kopf. »Das kann nicht sein! Schaut mich doch an! Ich bin nicht dieser Salvatore.«

»Aber mit dem Feuer, das kommt doch hin!« Ira war von ihrem Gedanken begeistert. »Und du hast Drhan aufgehalten. Das hat vor dir noch keiner geschafft, oder?« Sie sah zu Ashakida.

Die Leopardin schüttelte den Kopf.

»Aber ich weiß doch gar nicht, wie so ein Tor aussieht! Wie soll ich da die Welten durchschreiten? Vor ein paar Tagen wusste ich noch nicht mal, dass es überhaupt andere Welten gibt!« Wut kochte in Simon hoch, Wut auf sich selber, es war die Wut der Verzweiflung. Hätte er das Verbot des Vaters befolgt, wäre alles so geblieben, wie es war. »Verdammt! Wenn ich nur nicht diesen blöden Dorn aus dem Türrahmen gezogen hätte!«

Simon verstummte, als er seine eigenen Worte hörte, und seine Wut wich Anspannung. Der Dorn mit der Gravur, der Dorn mit der blühenden Rose – er war das Zeichen! Der Dorn hatte das Weltentor in der Scheune verschlossen! Und einen solchen Dorn hatte er noch ein weiteres Mal gesehen.

Simon drehte sich aufgeregt zu seinen Freunden um. »Ich glaube, ich weiß, wo ein Weltentor ist!«

45

Iras Oma war dabei, ihre Sachen zu packen, als Simon ihr Zimmer betrat. Sie wirkte abwesend und reagierte nicht, als sie ihn sah, trotz seiner angesengten Haare und der verdreckten Kleidung. Auch Iras Anblick schien sie nicht zu bewegen. Erst als die Leopardin lautlos durch die Tür glitt, verzog sich ihr Mund zu einem schiefen Lächeln. »Da bist du ja wieder!« Ächzend ging die Alte in die Knie und streckte ihre Hand aus. Ashakida sprang zu ihr und schmiegte den Kopf an sie. Behutsam begann die Alte, die Leopardin hinter den Ohren zu kraulen. Dabei raunte sie ihr leise Worte zu. Ashakida schloss die Augen.

Simon sah sich nach dem Dorn um, den er hier gesehen hatte. Das glänzende Metall steckte im Rahmen der Tür, durch die sie gekommen waren. Wie in der alten Scheune, war auf der flachen Seite des Metalls ein Bild eingraviert, ein blühender Rosenstock, der mit seinen Blättern, Dornen und Blüten einen Durchgang versperrte. Die Blüten waren prall und voller Kraft. Simon war erleichtert: Dieser Dorn hielt das Weltentor fest verschlossen.

»Ist er das?« Ira trat neben ihn und betrachtete das matt glänzende Metall genauer.

Simon nickte.

»Und wie kriegen wir das Tor jetzt auf? Soll ich ihn rausholen?« Sie hob die Hand, um das Metall aus dem Türrahmen zu ziehen.

»Halt!« Schnell riss Simon ihre Hand zurück. Er erzählte ihr, was er in der Scheune gemacht hatte – was danach passiert war, hatte sie selbst erlebt. »Wenn wir den Dorn einfach herausreißen, können wir das Tor nicht mehr verschließen.«

»Und jetzt? Weißt du, wie man das Tor öffnet?«

Simon hatte keine Ahnung. Auch Ashakida, die er fragend ansah, schüttelte den Kopf.

Vielleicht, überlegte er, hielt der Dorn das Tor nicht nur verschlossen, sondern er war auch der Schlüssel dafür. Simon versuchte ihn zu drehen, er drückte und schob und zog auch vorsichtig, ohne dass sich etwas tat. Schließlich gingen ihm die Ideen aus. Er ließ von dem Dorn ab und setzte sich auf einen Stuhl, hilflos und erschöpft. Müde schloss er die Augen.

Eine Stimme ließ ihn aufmerken. »Salvatore!« Iras Oma stand vor ihm, ihre trüben Augen auf ihn gerichtet.

Simon zuckte zusammen, als sie ihn so ansprach.

»Es ist nicht der Schlüssel!« Sie lachte keckernd, dann trat sie an den Türrahmen und betrachtete den Metalldorn, das faltige Gesicht dicht über das Bild von dem Rosenstock gebeugt. Ihre Hände zitterten, als sie mit ihren Fingern die Gravur abtastete. »Es ist nicht der Schlüssel«, wiederholte sie, und sie wirkte verwirrt, wie bei ihrer ersten Begegnung. »Es ist der Schlüsselbart. Den Schlüssel hat der Torwächter.«

Simon sah sie erstaunt an. »Wer sagt das?«

Sie antwortete nicht.

»Hat das mein Opa gesagt?« Simon stockte kurz, dann setzte er nach: »Der verrückte Maler?«

Der Blick der Alten flackerte. »Du musst ihm folgen!«

Simon horchte auf. »Wohin muss ich ihm folgen?« War sein Großvater etwa durch das Tor gegangen?

Doch die Alte schwieg, so als hätte sie seine Frage nicht gehört. Behutsam fuhr sie mit dem Zeigefinger die Linien der Gravur nach. Dabei summte sie leise vor sich hin.

Was, fragte sich Simon, könnte sie mit ihren Worten gemeint haben? Der Dorn war der Schlüsselbart … Kurz musste er überlegen, was ein Schlüsselbart war, bis ihm einfiel, dass damit das Ende eines Schlüssels gemeint war, mit dem man in einem Schloss den Riegel zur Seite schob. Aber was war dann der Schlüssel? Wenn es stimmte, was Iras Oma gesagt hatte, dann musste sein Vater den Schlüssel haben, denn er war der Torwächter.

Nachdenklich drehte Simon, während er nachdachte, den Ring an seinem Finger.

Plötzlich hielt er inne. Der Ring! Der Großvater hatte ihn getragen, alle im Dorf hatten es gesehen. Dann hatte sein Opa den Ring an den Vater weitergegeben. Und jetzt trug er ihn selbst.

Was, wenn der Ring der Schlüssel war?

Simon hob seine Hand und betrachtete den Ring an seinem Finger. Es war nichts an ihm, das irgendwie an einen Schlüssel erinnerte. Auch sah er nach nichts Besonderem aus. Er war grob geschmiedet und wirkte unscheinbar, genau wie der Stein in seiner schlichten Fassung. Niemand würde auf die Idee kommen, dass er leuchten konnte, wenn ein offenes Weltentor in der Nähe war.

Nachdenklich strich Simon mit den Fingerspitzen über den Stein. Er stutzte. Seine Finger hatten etwas ertastet – der Stein war nicht glatt, sondern rau. Simon ging zum Licht und untersuchte ihn genauer. Mit den Augen betrachtet, wirkte der eingefasste Stein glatt und unauffällig, Simon konnte keine Unebenheit auf der Oberfläche erkennen. Doch wenn er die Augen schloss und mit der Fingerspitze über den Stein strich, spürte er feine Erhebungen und Linien, so als wäre dort ein Relief.

»Was ist?« Ira hatte bemerkt, dass Simon etwas entdeckt hatte. Auch Ashakida war aufmerksam geworden. Simon zeigte ihnen den Ring. Beide waren beeindruckt, dass der Ring etwas verbarg, was man zwar spüren, aber nicht sehen konnte.

»Wartet mal kurz.« Ira war eine Idee gekommen und sie rannte aus dem Zimmer. Kurze Zeit später kam sie mit einem Bogen Papier und einem Stempelkissen zurück. Sie legte den Bogen auf den Tisch. Auffordernd blickte sie Simon an. Er hatte ihr erstaunt zugesehen, nun begriff er, was sie vorhatte. Sie wollte, dass er den Ring wie einen Stempel benutzte – vielleicht konnten sie so erkennen, was für ein Relief auf dem Stein verborgen war.

Simon drückte den Ring erst in das Stempelkissen und dann auf das Papier. Langsam hob er ihn wieder ab. Ira nahm den Bogen und schaute ihn mit großen Augen an. Wortlos reichte sie ihn weiter. Auch Simon betrachtete den Abdruck auf dem Papier, und jetzt verstand er Iras Erstaunen. Auf dem Papierbogen war eine blühende Rose zu sehen, die vor einem Tor wuchs und es mit ihren Blättern, ihren Dornen, ihren Ästen versperrte. Es war das Bild, das auf der flachen Seite des Dorns eingraviert war – der Ring war das Gegenstück zu dem Metalldorn in der Tür. Auch Ashakida erkannte das Bild auf dem Papier.

Aufgeregt sah Simon die anderen an. Alle dachten dasselbe.

Simon ging zur Tür, er hob seine Hand und steckte den Ring vorsichtig auf den Metalldorn. Das unsichtbare Relief auf dem Stein glitt in die Gravur, Simon spürte einen Ruck. Der Ring war mit dem Dorn fest verbunden.

Er hatte den Schlüssel zum Weltentor entdeckt.

46

Alle hielten den Atem an, als sie sahen, was passiert war. Vorsichtig rüttelte Simon an dem Ring. Er saß fest, als wären er und der Dorn aus einem Guss.

Zögernd wandte sich Simon zu den anderen um. Ira nickte ihm zu und Ashakida knurrte mutmachend. Auch Iras Oma war verstummt, sie starrte zu ihm. Niemand sagte ein Wort.

Simon holte tief Luft, dann drehte er behutsam den Ring, so als würde er ein Schloss aufschließen. Ein leises Knirschen war zu hören und der Dorn bewegte sich im Holz. Simons Herz klopfte. Vorsichtig drehte er weiter, bis er einen Widerstand spürte. Es klackte. Der Ring löste sich vom Dorn.

Simon trat einen Schritt zurück. Gespannt wartete er, was geschehen würde. Die anderen waren hinter ihn getreten, genauso aufgeregt wie er.

Plötzlich begann der Türrahmen zu zittern. Ein Knarren ertönte, so als ob sich weit entfernt eine schwere Tür öffnet. Dann war ein Rauschen zu hören, ein leises Säuseln, das schnell näher kam.

Simon wurde blass. »Vorsicht! Weg von der Tür!« Genauso hatte es sich angehört, als er unabsichtlich in der Scheune das Weltentor geöffnet hatte! Er sprang zur Seite und zerrte Iras

Oma mit sich. Schützend stellte er sich vor sie. Auch Ira, die neben Simon gestanden hatte, hechtete von der Tür fort. Ashakida sprang mit einem Satz hinter das Sofa.

Angespannt beobachteten sie, was geschah. Hatte Drhan hinter dem Weltentor gewartet und würde sein Atem sie erfassen?

Das Rauschen wurde lauter und lauter. Dann schoss ein Windstoß aus dem Türrahmen, er wirbelte durch den Raum und schleuderte alles, was nicht festgemacht war, in die Luft. Simon kniff die Augen zusammen. Doch anders als in der Scheune, war der Wind nicht kalt, und er war längst nicht so stark wie der Sturm, der dort gewütet hatte. Es dauerte nur ein paar Sekunden, dann schlief der Wind ein. Es wurde still.

Vorsichtig öffnete Simon die Augen. Alles war ruhig, außer ihnen war niemand zu sehen. Doch der Türrahmen hatte sich verändert, er schien zu leuchten, ein leichtes Glimmen, das in der Luft flimmerte. Auch Simons Ring leuchtete.

Vorsichtig näherte Simon sich dem Türrahmen. Ira und Ashakida folgten ihm. Schemenhaft, als würde er im Raum schweben, war dort ein Gang zu erkennen, ein Tunnel, der in die Tiefe führte. Aber gleichzeitig sahen sie immer noch die geschlossene Tür zur Halle – es war, als hätte jemand zwei Bilder übereinandergelegt.

»Hallo!« Simon rief in den Gang hinein. Seine Stimme verhallte in der Tiefe des Tunnels.

Simons Herz klopfte ihm bis zum Hals. Er hatte ein Weltentor geöffnet! Dort am Ende des Gangs lag eine der sieben Welten, er brauchte nur durch das Tor zu gehen, um Dinge zu entdecken, die vielleicht vor ihm niemand von seiner Welt gesehen hatte.

Doch wollte er das überhaupt? Simon schluckte. Was würde ihn dort erwarten?

Ashakida hob den Kopf, und es war, als könnte sie seine Gedanken lesen. »Was wirst du tun?«

Langsam schüttelte Simon den Kopf. »Ich bin nicht Salvatore.«

»Und wenn doch? Was ist, wenn die Legende wahr ist? Dann hast du die Chance, Drhan zu besiegen!«

Simon schwieg nachdenklich. Alles in ihm wehrte sich, Ashakida zu glauben. Doch zugleich war ihm klar, dass er Leid über viele Menschen gebracht hatte: über jene, die er liebte, und viele andere, die er nicht kannte. Er hatte Drhan den Weg in ihre Welt gebahnt. Es war egal, ob er Salvatore war oder nicht, er würde versuchen müssen, Drhan entgegenzutreten. Er würde versuchen müssen, seine Welt und all die Menschen darin zu retten.

Die Leopardin beobachtete ihn aufmerksam.

Simon sah auf. »Was tust du, wenn ich gehe?«

»Ich begleite dich. Ich habe es deinem Großvater versprochen.«

»Gut.« Simon nickte. »Gehen wir.«

»Wenn ihr geht, dann gehe ich auch!« Ira meldete sich zu Wort. Sie war blass wie Simon, aber entschlossen.

Simon lächelte und fasste neuen Mut. »Wir gehen alle zusammen.«

Ashakida wollte etwas entgegnen, doch sie zögerte.

»Was ist?« Simon blickte sie fragend an.

Ashakida schüttelte sich und ließ seine Frage unbeantwortet. »Wir müssen uns beeilen. Wir wissen nicht, wie lange das Tor offen steht. Und wir wissen nicht, ob wir es noch einmal öffnen können, wenn es sich schließt.«

Während sie geredet hatten, war die Alte an das offene Tor getreten. Mit offenem Mund starrte sie in den Gang hinein. Langsam schüttelte sie den Kopf.

»Was ist?« Ira sah ihre Oma fragend an. »Du kommst doch mit uns, oder?«

Noch einmal schüttelte die Alte ihr Haupt, wie um ihre Abwehr zu bekräftigen. »Mein Platz ist hier, Ira. Und deiner auch!« Sie wandte sich ihrer Enkelin zu. »Wir sind nicht auserwählt, zu gehen.«

Simon hörte die Worte der Alten und er wurde unruhig. Die Vorstellung, ohne Ira durch das Tor zu gehen, versetzte ihm einen Stich. Eilig unterbrach er die Alte. »Komm, Ira, wir müssen los.«

Ira nickte.

Ashakida senkte stumm ihren Kopf.

Iras Oma ging zu ihrem Medizinschrank und holte einige Kräuter und Salbentöpfe hervor. Sie stopfte sie in den Rucksack, den Simon von seinem Vater bekommen hatte. Auch das Skizzenbuch seines Großvaters schob sie hinein, Simon hatte es bei ihr liegen gelassen.

»Danke.« Simon nahm den Rucksack und warf ihn über seine Schulter.

Die Alte ergriff seine Hand. Ernst sah sie ihn an. »Dein

Großvater ist vorangegangen. Geh ihm nach. Er braucht deine Hilfe.«

Simon nickte stumm.

Er spürte, wie ihre Gefühle in ihn flossen. Diesmal hatte er keine Angst. Er spürte Trauer und auch ein wenig Sorge und Furcht. Aber da war ganz viel Hoffnung. »Finde deinen Großvater.« Sanft strich sie ihm mit ihrer schwieligen Hand über die Wange. »Und dann geh deinen Weg.«

Simon nickte stumm.

Das Tor hinter ihnen ächzte leise.

Ashakida zuckte zusammen. Ungeduldig lief sie zu ihnen. »Kommt, schnell. Wir müssen aufbrechen!«

Simon nickte. Er tastete nach Iras Hand.

Ashakida knurrte. »Spring einfach hindurch und lass dich fallen.« Erneut knurrte sie und ihre Zähne blitzten auf. Sie war nervös. »Fertig?«

Simon suchte Iras Blick.

Ira lächelte tapfer. »Wir sind bereit.«

»Dann los.« Blitzschnell rannte Ashakida los und sprang in das Tor hinein. Ein Lichtblitz, der Türrahmen leuchtete auf, ein Licht raste den Gang hinunter und verschwand. Ashakida war fort.

»Jetzt wir.« Simon hielt Iras Hand fest. »Bist du so weit?«

Ira nickte stumm.

So wie sie es bei Ashakida gesehen hatten, rannten sie auf das Tor zu, sie sprangen gemeinsam ab, vor sich den offenen Gang. Doch als sie den Türrahmen passierten, geschah etwas Furchtbares: Während Simon in den Gang eintauchte, auf dem

Weg in eine andere Welt, prallte Ira gegen die Tür, die Tür zur Halle. Sie schrie auf. Simon spürte, wie sich ihre Hand aus der seinen löste, er sah, wie sie an der Tür herabglitt, zu Boden fiel und im Zimmer zurückblieb. Entsetzt schrie auch er.

Im gleichen Augenblick erfasste ihn das Tor, etwas riss ihn mit sich, fort von Ira, fort von allem, was er kannte.

Simon schrie erneut. Dann verschwand er in der Tiefe des Raumes.

47

Stille.

Um ihn herum war es dunkel, ein absolutes Schwarz, so wie Simon es noch nie zuvor erlebt hatte. Er versuchte, mit den Händen seine Umgebung zu ertasten. Doch da waren keine Hände. Da war einfach nichts.

Was war geschehen? Wo war er?

Es war ein rasender Sturz gewesen, ein Fall in unendliche Tiefe. Irgendwo auf dem Weg hatte er sich aufgelöst: seine Arme, seine Beine, sein Rumpf, zuletzt sein Kopf. Sein Körper war fort. Er war nur noch ein Gedanke.

Simon hatte keine Angst, als er das begriff. Etwas in ihm wusste, dass es so sein musste und dass es in Ordnung war. Er wurde ruhig und wartete.

Dann kamen die Schmerzen.

Stück für Stück, Körperteil für Körperteil, kehrte Simon in seine Hülle zurück. Erst spürte er seine Füße und seine Beine. Dann merkte er, dass er mit seinem Rücken auf etwas Hartem lag. Er fühlte seine Arme, seine Hände, und auch in die Finger kehrte das Gefühl zurück, sie ertasteten kleine Steine. Zuletzt spürte er seinen Kopf. Der Schmerz pulsierte in ihm, im Takt seines Herzschlages. Er lebte.

Nach einer Weile ließ der Schmerz nach.

Vorsichtig öffnete Simon die Augen. Die Dunkelheit um ihn herum wurde heller, doch er erkannte nicht mehr als Schemen, es musste Nacht sein. Schwaches Mondlicht fiel auf eine rußgeschwärzte Mauer. Über ihm blinkten Sterne.

Simon setzte sich auf und sah sich um.

Er befand sich in einem Haus, vielmehr in den Resten davon, das Dach des Gebäudes fehlte, die Fensterhöhlen waren leer. Der Mond schien durch die Reste eines Dachstuhls. Darüber öffnete sich ein sternenbedeckter Himmel.

Ashakida war nirgendwo zu sehen.

Ein Lichtschein ließ Simon aufmerken. Gespannt drehte er sich um. Direkt hinter sich sah er die Reste einer Tür, sie war zerbrochen und hing schief in den Angeln. Der Rahmen der Tür jedoch war ganz, und er leuchtete in der Dunkelheit – das musste das Weltentor sein, durch das er gekommen war. Das Licht verblasste, es wurde immer schwächer. Simon kam es vor, als hörte er von weither ein Klacken, so als wäre eine Tür zugefallen. Im gleichen Augenblick erlosch das Leuchten. Das Weltentor war verschlossen.

Mühsam stand Simon auf. Er hatte das Gefühl, seinen Körper nicht ganz zu beherrschen, doch mit jeder Bewegung wurde es besser.

Wo war Ashakida? Der Türrahmen spendete kein Licht mehr, doch seine Augen hatten sich inzwischen an die Dunkelheit gewöhnt, sodass er im Mondschein nach ihr Ausschau halten konnte. Er fand sie ein Stück weiter hinter einem Mauervorsprung. Ashakida lag auf der Seite und hatte die Augen geschlossen. Sie jaulte leise, so wie er kehrte auch sie nur langsam und unter Schmerzen in ihren Körper zurück. Sie wurde ruhiger, lag schließlich entspannt da.

Sie hatte sich verändert. Zwar war sie immer noch ein Raubtier, doch ihr Körper erschien ihm schmaler als zuvor. Ihr Fell schimmerte hell. Simon erkannte ihr Gesicht, trotz der ungewohnten Fellzeichnung. Sie war in dieser Welt ein Schneeleopard.

Nach einer Weile schlug sie die Augen auf. Erleichtert sah sie ihn neben sich. »Es hat geklappt! Du bist durch das Tor gekommen!«

»Ja, ich schon. Aber Ira nicht.« Simon war wütend. »Du hast gewusst, dass sie nicht durch das Weltentor gehen kann, oder? Warum hast du mir das nicht gesagt?«

»Ich hatte Angst, dass du dich anders entscheidest.« Ashakida streckte sich vorsichtig, bevor sie sich auf ihre Pfoten stellte. Sie wankte leicht, auch sie hatte Probleme, ihre Bewegungen zu kontrollieren. Forschend sah sie ihn an und ihre Augen blitzten. »Sei ehrlich: Wenn ich dir das erzählt hätte, wärst du dann mit mir gekommen?«

Simon zögerte.

»Genau deshalb habe ich nichts gesagt. Ich musste dich retten, ich habe es deinem Großvater versprochen. Du musstest das Tor durchschreiten. Alles andere war nicht wichtig.«

Simon spürte erneut Wut in sich aufsteigen. »Du rettest mich und opferst Ira?«

Ashakida fauchte ärgerlich auf. »Ich opfere niemanden! Du hast Drhan in deine Welt gelassen! Schon vergessen?«

Simon starrte sie an, dann wandte er sich schweigend ab. Es schmerzte, was sie gesagt hatte, denn sie hatte recht.

Die Schneeleopardin betrachtete ihn nachdenklich. Sie ging ihm nach. »Tut mir leid, ich wollte dir nicht wehtun.«

Simon antwortete nicht.

»Ira kann sich retten«, versuchte sie ihn zu trösten. »Sie wird auf die Insel fahren, dort ist sie sicher. Aber du wärst auch dort in Gefahr gewesen. Drhan hätte dich vernichtet.«

Simon nickte. Er sah auf. »Die Legende von Salvatore, hast du dir die auch ausgedacht, um mich durch das Tor zu locken?«

Stumm schüttelte Ashakida den Kopf. Dann begann sie, ihr staubbedecktes Fell abzulecken.

Simon sah ihr eine Weile zu. Als die Leopardin keine Anstalten machte, noch etwas zu sagen, blickte er sich um.

Zunächst untersuchte er den Türrahmen, durch den sie gekommen waren. Doch so genau er auch das Holz abtastete, er entdeckte nirgendwo einen Metalldorn – das Weltentor bot von dieser Seite aus keine Möglichkeit, aufgeschlossen zu werden. Simon wurde mulmig zumute, als er das bemerkte. Wie sollten sie wieder in seine Welt zurückkehren?

Es raschelte leise, Ashakida trat neben ihn. »Ein Weltentor lässt sich nur von einer Seite aus öffnen«, erklärte sie.

»Und wie kommen wir wieder zurück?«

»Hier jedenfalls nicht. Es geht nur auf, wenn es jemand von der anderen Seite aus aufschließt. Du musst einen anderen Übergang finden.«

Simon runzelte die Stirn. »Aber wie finde ich ein Weltentor?«

»Ich habe keine Ahnung.« Ashakida schüttelte sich. »Ich bin ein Läufer, kein Torwächter.«

Fassungslos starrte Simon die Schneeleopardin an.

Ashakida sprang ein Stück fort und sah sich auffordernd zu ihm um. »Komm. Lass uns nachsehen, wo wir sind.«

Gemeinsam erkundeten sie die Umgebung. Sie befanden sich in einem ausgebrannten Haus, es musste groß gewesen sein, die Außenmauern waren hoch. Wind fuhr durch leere Fensterhöhlen. Es dauerte eine Weile, bis Simon merkte, dass das Haus dem von Ira ähnelte: Hier war die Halle, dort das Zimmer von Iras Oma, auf der anderen Seite, hinter den Resten der Treppe, befand sich der Haupteingang. Der Weg dorthin war versperrt von Gerümpel und verbrannten Balken, die aus dem Dachstuhl herabgestürzt sein mussten.

»Dort geht es raus.« Simon wies auf die Tür.

Während Ashakida elegant über die Hindernisse hinwegsprang, suchte Simon sich mühsam einen Weg durch die Trümmer. Endlich erreichten sie das Ende der Halle. Die Ausgangstür klemmte, Simon versuchte vergeblich, sie mit Gewalt aufzustoßen, bis die Scharniere brachen und die Tür zur Seite kippte. Durch den Spalt, der sich geöffnet hatte, kletterten sie hinaus auf die Straße.

Simon erkannte sofort, wo sie waren. Die kleine Treppe, die Häuserfassaden, der Brunnen: Sie befanden sich auf einem Platz, der jenem ähnelte, an dem Ira wohnte. Doch die Häuser an diesem Platz standen leer, es waren Ruinen, ausgebrannt und zerfallen. Kein Mensch war zu sehen – dieses Dorf war verlassen, anders als jenes, das sie in ihrer Welt zurückgelassen hatten.

»Hast du eine Ahnung, wo wir sind?«

Die Leopardin antwortete nicht. Die Ohrmuscheln aufgerichtet, sah sie sich um.

Simon musste an das Feuer denken, das er entzündet hatte. Vielleicht würden die Flammen, die das Dorf vor Drhans Atem schützten, irgendwann auch auf die Häuser übergreifen. Dann würde das Dorf in seiner Welt bald genauso aussehen wie jenes, in dem sie jetzt waren. Simon war sich nicht mehr so sicher, ob das Feuer wirklich eine gute Idee gewesen war.

Die Schneeleopardin hatte die Augen geschlossen. Regungslos, mit gehobenem Kopf, sog sie die Luft durch die Nase ein. Auch Simon schnupperte nun. Es roch nach Qualm, vermischt mit einem fauligen Dunst, der leicht bitter schmeckte.

»Was ist das?« Simon schnupperte erneut.

Die Leopardin beantwortete seine Frage nicht, sie schien sich noch nicht sicher zu sein. Doch sie war unruhig. »Komm.«

Schweigend überquerten sie den Platz und gingen die Gasse hinab. Überall bot sich ihnen das gleiche Bild: rauchgeschwärzte Ruinen, ausgebrannte Autowracks, verlassene Plätze. An einer Kreuzung vermoderte das Gerippe eines Lastwagens.

Kein Mensch war zu sehen.

Und doch hatte Simon das Gefühl, dass sie nicht alleine waren: Jemand beobachtete sie. Einmal, als er sich umdrehte, glaubte er, ein Augenpaar im Mondlicht aufblitzen zu sehen.

Endlich erreichten sie den Hafen. Auch hier war alles dunkel, auch hier entdeckten sie keine Menschenseele. Doch am Horizont war Licht zu sehen, dort, wo sich die Stadt befand. Leuchtend, doch viel düsterer als in der zurückliegenden Welt, reckte sich der Tower in den Himmel. Ihn umgab kein glitzerndes Lichtermeer, sondern ein Moloch aus Häusern und Türmen, Schloten und Fabriken. Aus den Schornsteinen wälzte sich dunkler Qualm, den der Wind zu ihnen herübertrug.

Regungslos starrte Ashakida zum Tower. Sie fauchte leise, dann drehte sie sich zu Simon um. »Ich weiß jetzt, wo wir sind.«

»Und wo?«

»Wir nennen diese Welt Avaritia.« Sie verstummte.

Simon sah sie gespannt an. »Kennst du dich hier aus?«

Die Schneeleopardin schüttelte sich. »Ich war noch niemals hier. Kein Läufer würde freiwillig hierherkommen.«

»Aber warum?« Simon wies um sich. »Was ist hier los? Jetzt sag schon!«

Ashakida zögerte, bevor sie antwortete: »In dieser Welt hat Drhan die Macht.«

48

Sie verbrachten die Nacht in der alten Markthalle. Ein großer Teil des Daches war eingestürzt, doch weiter hinten entdeckten sie noch ein Stück, unter dem sie geschützt waren, wenn es regnen sollte. Obwohl es kalt war, zündeten sie kein Feuer an: Auch Ashakida hatte das Gefühl, dass sie nicht die Einzigen in den Ruinen waren. Außerdem wollten sie Drhans Soldaten nicht auf sich aufmerksam machen. Zum Glück entdeckte Simon in dem Rucksack seiner Eltern eine dünne Folie, mit der sie sich bedecken konnten und die sie erstaunlich gut wärmte.

Während Ashakida bald schlief, machte Simon kein Auge zu. Wieder und wieder musste er daran denken, was geschehen war. Die Vorstellung, nicht nach Hause zurückkehren zu können, trieb ihm Tränen in die Augen. Entschlossen wischte Simon sie weg. Er hatte es geschafft, Drhan zu entkommen, und er würde auch hier stark sein! Er würde sich nicht unterkriegen lassen!

Es fiel ihm nicht leicht, stark zu sein. Die Nacht war lang und dunkel und kalt.

Irgendwann musste er eingenickt sein, Simon hatte es nicht bemerkt. Als er aufschreckte, sah er ein Bild vor sich, das ihm einen fürchterlichen Schrecken einjagte: Die Nacht war voller

Augen. Simon hielt den Atem an. Es war wie auf dem Ölgemälde seines Großvaters, das er im Atelier gesehen hatte und dessen Entwurf sich in seinem Skizzenbuch befand. Doch dies hier war kein Bild, dies hier war die Wirklichkeit. Und er war ein Teil der Szene, gemeinsam mit Ashakida, so wie es sein Großvater skizziert hatte.

Ohne sich zu regen, sah er sich um. Die Augen beobachteten sie. Sie spähten aus Mauerritzen und durch Fensteröffnungen, sie verbargen sich hinter Vorsprüngen und lauerten hinter herabgestürzten Balken. Nichts rührte sich, niemand kam näher. Als Simon die Folie zurückschlug und aufstand, verschwanden die Augen, und die Nacht war schwarz und still wie zuvor.

Stunden später dämmerte es. Erschöpft erwachte Simon aus einem unruhigen Halbschlaf. Er hatte sich dicht an Ashakida gekuschelt. Trotz ihrer Wärme und dem Schutz der Folie waren seine Muskeln steif vor Kälte. Jeder Knochen seines Körpers tat ihm weh. Auch Ashakida erwachte, sie streckte sich und sprang auf. Sie wirkte ausgeruht, ihr schien die Nacht nicht viel ausgemacht zu haben.

Sie nahmen ein paar trockene Kekse aus dem Rucksack, auch etwas Wasser war unter den Vorräten. Während sie aßen, erklärte Simon, was er vorhatte. Die Schneeleopardin nickte nur, sie hatte es erwartet und konnte ihn verstehen. Gemeinsam machten sie sich auf den Weg hinauf zum Hügel. Simon wollte sich das Haus anschauen, das in seiner Welt das Haus des Großvaters gewesen war. Vielleicht fanden sie dort einen Hinweis auf ihn, vielleicht gab es dort ein Weltentor.

Der Weg hinauf schien fast vertraut, die Straßen waren ähnlich angeordnet wie in dem Dorf, das Simon kannte. Doch der Hügel dahinter war dicht bebaut mit Häusern – in dieser Welt hatte die nahe Stadt die gesamte Küste überwuchert. Dicht an dicht standen die Wohnblocks, es musste hier laut gewesen sein und voller Menschen, bis das Feuer alles zerstört hatte. Fast hätte Simon die Auffahrt zum Haus verpasst, sie versteckte sich hinter einer Reihe von Wohnblocks, die rußgeschwärzt und leer die Straße säumten.

Schweigend gingen sie die Auffahrt hinauf. Nichts bis auf die Form der Zufahrt erinnerte Simon an seine einstige Heimat. Das Wohnhaus war verbrannt und in sich zusammengefallen und auch die Scheune war nicht mehr als ein Haufen verkohlter Balken. Wenn es hier je ein Weltentor gegeben hatte, war es längst zerstört.

»Und jetzt?« Ashakida sah Simon fragend an.

Simon wusste keine Antwort. Bedrückt gingen sie wieder zur Straße.

Es traf ihn wie ein Faustschlag, als er sich noch einmal umsah und zurückschaute – es war, als hätte er den Anblick des verbrannten Hauses und der verkohlten Scheune gebraucht, um zu begreifen, was geschehen war.

Er war allein.

Zwar war Ashakida bei ihm, aber er hatte alle Menschen, die er liebte, zurücklassen müssen: seine Mutter, seinen Vater, seinen Bruder. Und er hatte einen Menschen zurücklassen müssen, von dem ihm erst jetzt klar wurde, wie viel er ihm bedeutete. Er vermisste Ira. Simons Herz wurde schwer.

Bedrückt ging er weiter.

Ashakida spürte, was in ihm vor sich ging. Sie sagte nichts. Doch sie wich ihm nicht von der Seite.

Schweigend und ohne Ziel wanderten sie durch die Straßen der verlassenen Stadt.

Plötzlich – Simon wusste nicht, wie lange sie gelaufen waren – bemerkte er aus den Augenwinkeln eine Bewegung. Angespannt starrte er zurück. War da jemand hinter ihnen? Aber alles war ruhig, er sah niemanden. Auch Ashakida hatte nichts bemerkt.

Unruhig ging er weiter.

Erst jetzt bemerkte Simon, dass sich das Bild um sie herum gewandelt hatte. Noch immer waren sie von Ruinen umgeben, noch immer waren die Straßen verlassen, noch immer lagen überall Trümmer herum. Nur hatte hier kein Feuer gewütet, die Häuser waren verfallen, aber nicht ausgebrannt. Kleine Pflanzen wuchsen zwischen den Steinen.

Simon blieb stehen.

Im gleichen Augenblick zischte etwas an seinem Ohr vorbei, eine Sekunde später klirrte Glas. Erschrocken fuhr er herum.

In der Fensterhöhle eines verlassenen Hauses saß eine Gestalt, ein Junge auf den ersten Blick, doch es war ein Mädchen, kaum älter als er, mit zerzausten dunklen Haaren und frech blitzenden Augen.

Verblüfft starrte Simon sie an.

»Hab ich dich gestört?« Das Mädchen grinste und sprang auf die Straße. Ihre Finger spielten mit der Zwille in ihrer Hand.

Simon öffnete den Mund, aber er bekam kein Wort heraus.

»Was ist? Kannst du nicht reden?«

Simons Herz klopfte bis zum Hals. Das Mädchen war ihm vertraut, er kannte ihren Blick und den Klang ihres Lachens, er wusste, wie sie sich mit der Hand durch die Haare fuhr und wie sie die Augen niederschlug, wenn sie verlegen war. Jede ihrer Bewegungen war ihm vertraut, auch ihr spöttischer Gesichtsausdruck, mit dem sie ihn jetzt ansah.

»Ira …« Simons Stimme krächzte.

Das Mädchen betrachtete ihn erstaunt. »Woher weißt du meinen Namen?«

»Mensch, Ira, ich bin es! Erkennst du mich nicht?« Simons Herz klopfte heftig. Er streckte die Hand aus.

Das Mädchen lachte, und für einen Augenblick wirkte sie unsicher. Sie schaute kurz zur Seite, es war eine Aufforderung: Drei Jungen traten aus dem Schatten einer Ruine. »Kennt ihr den?«

Die drei schüttelten den Kopf.

»Tomas! Filippo! Luc!« Simon lachte vor Freude. Aufgeregt, wie er war, sah er nicht ihre erstaunten Gesichter. »Ist ja irre! Wie kommt ihr denn hierher?« Begeistert eilte er auf sie zu.

Die vier wichen zurück. Simon bemerkte es verblüfft.

Ashakida sprang ihm nach und hielt ihn auf. »Sie sind es nicht.«

»Was sagst du?« Simon schaute die Schneeleopardin erstaunt an.

»Es sind nicht deine Freunde.«

Simon sah zu Ira und den anderen, dann blickte er Ashakida an. »Aber ich seh sie doch. Das sind sie!«

»Sie sehen nur so aus. Sie leben in dieser Welt, Simon, in

Avaritia. Deine Freunde sind immer noch dort, wo du sie zurückgelassen hast.«

Einer der drei Jungen, ein Kurzhaariger mit einer frechen Stupsnase, hatte erstaunt die Augen aufgerissen. »Bin ich blöd oder hat die Katze da eben geredet?«

Das Mädchen grinste. »Erstens, Filippo, du bist blöd. Zweitens ist das keine Katze.«

Simon musste kichern.

»Und drittens«, fuhr das Mädchen fort und sah Simon an, »hat der Schneeleopard eben wirklich geredet.« Neugierig kam sie näher. Ihr Blick war ohne Angst. Dicht vor Simon blieb sie stehen. »Wer bist du?«

Simon musste schlucken, als er sie so nahe vor sich sah. »Ich heiße Simon.« Er wies auf die Leopardin. »Das ist Ashakida, meine Begleiterin. Wir sind gerade erst in dieser Welt angekommen.«

Der Blick des Mädchens war ruhig und fest. Sie schien über seine Worte nicht erstaunt zu sein. Sie stellte keine Fragen, sah ihn nur an.

Simon tauchte in ihren Blick ein. Sie ließ es zu, bis er ihre Gefühle lesen konnte.

In diesem Moment wusste er: Er hatte neue Freunde gefunden.

Epilog

Es dämmerte, als Simon die Decke zur Seite schlug und von seinem Nachtlager aufstand. Ashakida hatte die Augen geschlossen, ihr Atem ging ruhig. Auch die anderen schliefen noch. Eingewickelt in ihre Decken, lagen sie um die Feuerstelle herum. Simon schürte das Feuer und legte einen Holzscheit in die Flammen. Die Nacht war kalt gewesen, und der Morgen war frisch, es würde noch dauern, bis die Sonne genug Kraft haben würde, sie zu wärmen.

Die Straßenschlucht, in der sie übernachtet hatten, wirkte so einsam und verlassen wie am Tag zuvor. Noch immer waren die Häuser unheimlich und fremd, mit ihren eingestürzten Mauern und den leeren Fensterhöhlen. Doch die zerstörte Stadt hatte etwas von ihrem Schrecken verloren. Simon wusste nun, dass in den Ruinen Menschen lebten – Menschen, die seine Gefährten, seinen Freunde waren.

Vorsichtig kletterte er durch eine Fensteröffnung in eines der verlassenen Häuser hinein. Er hatte eine steinerne Treppe entdeckt, die früher einmal hinauf zum Dach des Gebäudes geführt hatte und die nun sinnlos im Nichts endete. Von dort oben würde er einen freien Blick auf die Stadt haben.

Simon stieg die Stufen hinauf, bis er das Ende der Treppe

erreicht hatte. Der Wind, der vom Meer herüberkam, fuhr in seine Haare. Wie eine zerklüftete Steinlandschaft breiteten sich die Ruinen unter ihm aus. Der Himmel darüber leuchtete rot, bald würde die Sonne glühend über dem Horizont aufgehen und die Stadt mit ihrem Licht übergießen.

Nachdenklich blickte Simon zum Tower hinüber. Was war, wenn sie sich irrten? Was, wenn er dort auf seine Fragen keine Antworten fand? Fabrikschlote und verfallene Hochhäuser umringten den Turm, düster und abweisend. Gerade stieg ein Vogelschwarm aus den Häuerschluchten in den Himmel auf. Eine Mauer umgab diesen Teil der Stadt. Niemand aus den Ruinen hatte die Mauer je überwunden, niemand wusste genau, was sich dahinter verbarg. Ira hatte erzählt, dass dort Menschen lebten, unter der Macht von Drhan.

Ob sein Großvater wirklich dort war?

»Finde ihn«, hatte die Alte gesagt, »und dann geh deinen Weg.«

Er würde seinen Weg gehen.

ENDE des ersten Teils.

MARKUS STROMIEDEL hat schon als Kind davon geträumt, irgendwann einmal eine Tür zu öffnen, hindurchzugehen und sich plötzlich in einer neuen fremden Welt wiederzufinden. Aber er musste erst die Schulzeit, seine Ausbildung zum Journalisten und sein Studium abwarten, bis ihm das gelang: Sein erstes Drehbuch entwarf er mit fast 30 Jahren. Seither schreibt Markus Stromiedel vor allem Krimis für das Fernsehen. Aus seiner Feder stammt zum Beispiel die Figur des Kieler Tatort-Kommissars Klaus Borowski. Seit einigen Jahren schreibt Markus Stromiedel auch als Buchautor erfolgreiche Thriller für Erwachsene. *Der Torwächter* ist sein erstes Buch für jüngere Leser – wieder ein Schritt in eine neue aufregende Welt. Wenn Markus Stromiedel nicht in fremden Welten unterwegs ist, lebt er mit seiner Familie in Bonn.

Mehr Informationen unter: www.markus-stromiedel.de

Die Musik zum Torwächter und die von Markus Stromiedel selbst vorgelesenen Hörbücher gibt es online auf der Webseite www.kopf-kick.de - „Kopf-Kino ist cooles Kino“

So geht es weiter:
Leseprobe aus „Der Torwächter - Die verlorene Stadt“:

Prolog

Die plötzliche Hitze traf Simon wie ein Schlag. Er riss den Mund auf und sog den Atem ein wie ein Ertrinkender, der verzweifelt nach Luft ringt. Nach zwei, drei Atemzügen ging es besser. Dann kam der Schmerz. Er kroch in seinen Körper hinein, vom Kopf abwärts in den Rumpf und weiter bis zu den Spitzen seiner Finger, den Enden seiner Zehen.

Wo war er?

Simon blieb liegen, bis die Schmerzen nachließen und er unter seinen Händen feuchte Erde spürte. Der satte Geruch von Moder stieg ihm in die Nase. Vorsichtig bewegte er seine Arme, seine Beine. Dann richtete er sich auf und blinzelte in das Licht.

Um ihn herum war es grün. Großblättrige Pflanzen wucherten unter gewaltigen Bäumen, Schlingpflanzen hingen von den Ästen herab und bedeckten die Stämme. Dazwischen öffneten sich Blüten in allen Formen und Farben. Der Boden dampfte, wie Nebel hingen die Wassertröpfchen in der Luft. Ein vielstimmiges Kreischen und Zetern erfüllte das Dickicht.

Mühsam stand Simon auf. Es fiel ihm schwer, seinen Körper zu beherrschen, doch mit jeder Bewegung ging es besser. Seine Haut war feucht, der Dunst kroch in seine Kleidung und durchnässte den Stoff.

Wie kam er hierher?

Erst jetzt sah Simon, dass er sich in einer Senke befand. Wände aus Backstein lugten durch das wuchernde Grün. Er kletterte an einer Liane aus der Vertiefung. Auch oben entdeckte er Mauerreste im Dickicht der Pflanzen. Moos überzog die Trümmer, Schlingpflanzen schoben ihre Triebe in jede Ritze. Der Dschungel umklammerte alles mit festem Griff ...